Familienhotels zum Träumen

D1932758

Claus Schweitzer

Familienhotels
zum Träumen

Spass und Stil für kleine und grosse Gäste
Schweiz, Italien, Frankreich, Deutschland, Österreich

AT Verlag

Umschlagbild:
Grüner Baum, Bad Gastein

© 2006
AT Verlag, Baden und München
Fotos: Claus Schweitzer oder mit freundlicher Genehmigung
von den porträtierten Hotels zur Verfügung gestellt
Lithos: AZ Print, Aarau
Druck und Bindearbeiten: AZ Druck und Datentechnik, Kempten
Printed in Germany

ISBN 3-03800-255-0
ISBN 978-3-03800-255-0

www.at-verlag.ch

Inhalt

Editorial

Coole Ferien für coole Familien

«Es gibt zwei Arten zu reisen, first class und mit Kindern», stellte der amerikanische Humorist Robert Benchley ernüchtert fest. Und er trifft damit den Punkt: Kinder haben ganz andere Vorstellungen von Traumferien als Erwachsene. Für Kinder gehört zu einem Wohlfühlhotel das Springen ins Schwimmbad, das Wühlen im Sand, das Wettrennen durchs Restaurant, die Piratenschlacht in der Sofalandschaft, der Fussballmatch in der Hotelhalle. Und für Eltern beginnen ideale Ferien dann, wenn Ruhe einkehrt, wenn man sich um nichts kümmern muss, wieder Zeit für sich und füreinander hat. Welten, wie sie gegensätzlicher nicht sein könnten. Und genau deswegen arten Familienurlaube nicht selten in Stress aus.

Wie der Ferientraum für die Kinder auch zu Traumferien für die Eltern werden kann, zeigt dieser Reiseratgeber. Er gibt erstmals einen Überblick über Hotels, in denen grosse und kleine Gäste gleichermassen auf ihre Kosten kommen. Hotels, in denen Ästhetik, Kulinarik und Gastlichkeit denselben Stellenwert geniessen wie das Spiel- und Abenteuerprogramm und das kindergerechte Angebot im und ums Haus. Im Sommer und im Winter. In der Schweiz, in Österreich, Italien, Frankreich und Deutschland. In jeder Preislage von «Low budget» bis absolut «Deluxe». Jedes der 133 vorgestellten Häuser wurde aktuell besucht, getestet und anhand von sieben Kriterien bewertet. Gewisse Überschneidungen mit einigen meiner anderen Hotelführer («Traumhotels für wenig Geld», «Wellness in Weekendnähe») waren bei der Auswahl unvermeidlich, weil einzelne der dort vorgestellten Hotels auch für Familien zu den besten gehören.

Der Freiraum der Kinder ist die Freizeit der Eltern. Obwohl man im Familienkreis gerne vieles gemeinsam erleben möchte, hat doch jeder auch seine persönlichen Vorlieben und individuellen Interessen. Hotels, die diese Unterschiede zu würdigen wissen und ihr Angebot vielfältig gestalten, sind entsprechend erfolgreich. «Die Harmonie eines Familienurlaubs entsteht aus zwei Elementen: Nähe und Distanz», meint Ernst

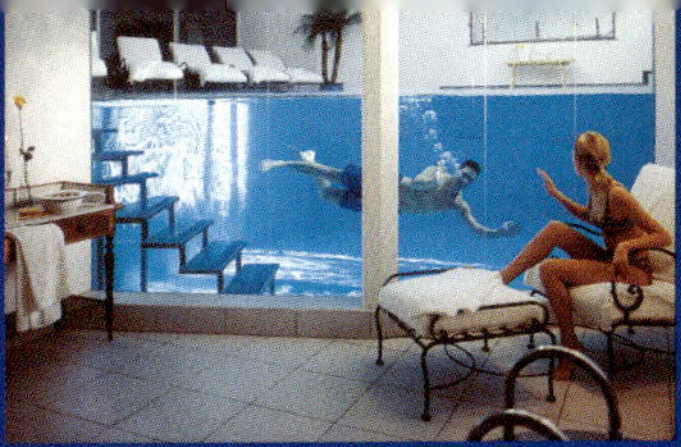

Mayer, Gastgeber des Kinder- und Familienhotels «Alpenrose» in Lermoos, Tirol. «Wenn Eltern und Kinder zeitweise zusammen, zeitweise voneinander befreit sind, entsteht Entspannung, Erholung und Anregung für beide Teile.»

Dieser Führer präsentiert Hotels, in denen Nähe und Distanz zugleich möglich sind, er listet die Stärken und Schwächen jedes Hauses auf und orientiert über spezifische Details für Familien: Gibt es einen Babysitter, eine Kochgelegenheit im Zimmer, einen attraktiven Spielplatz, eine altersgerechte und stressresistente Betreuung für die Kids? Verfügt das Hotel gar über spezielle Junior-Angebote, etwa einen Streichelzoo, einen Hochseilgarten, Italienisch-Sprachunterricht, ein Kino, ein Kinderrestaurant, eine hauseigene Ski- und Snowboardschule?

Urlaub mit der Familie heisst, dass jeder andere Wünsche hat. Die Hotels in diesem Buch bieten zur Erfüllung dieser Wünsche ideale Voraussetzungen und ermöglichen Gross und Klein einen aussergewöhnlichen Wohlfühlurlaub – ganz ohne das ständige «Pssst, seid leise!»

Claus Schweitzer

PS. Wo die Hotels über spezielle «Familienzimmer» verfügen, wird darauf hingewiesen. Wie sich ein Familienzimmer konkret präsentiert, ist bei jedem Haus verschieden und kann im selben Hotel je nach Grösse und Ausstattungskategorie stark variieren: Mancherorts besteht es aus einem Wohnschlafraum und einem separaten Kinderzimmer mit Kajütenbetten, andernorts gehören Kochgelegenheit, Esstisch, Babyüberwachungsanlage, Wickeltisch und Lavabo-Trittbrett zur Standardausrüstung. Ein Familienzimmer kann über drei Betten in einem einzigen Raum verfügen oder über sechs Betten in drei Räumen. Alle Hotels in diesem Führer werden bei der Reservationsanfrage zweifellos gerne auf die Eigenschaften jedes der angebotenen Zimmer hinweisen, um so optimal auf die Bedürfnisse ihrer Gastfamilien eingehen zu können.

Schweiz

Arosa Kulm Hotel

CH-7050 Arosa

Tel. +41 (0)81 378 88 88
Fax +41 (0)81 378 88 89
www.arosakulm.ch
info@arosakulm.ch
Anfang Dezember bis Ostern und Mitte Juni bis Ende September geöffnet

Preise

EZ 190–410 Fr.
DZ 380–730 Fr.
Juniorsuite/Suite 590–1790 Fr.
inklusive Halbpension

Kinder im Zusatzbett im Sommer:
0–11 Jahre kostenlos
12–15 Jahre 95–150 Fr.

Der markante Holzbau, der «im Winter den Pisten, im Sommer den Wanderwegen und immer den Gästen am nächsten ist» (Eigenwerbung), bietet ein dezent luxuriöses Ambiente, das die maximale Schnittmenge aller in der Inneneinrichtung verwendeten Farben und Formen von den siebziger Jahren bis heute dokumentiert. Einen architektonischen Kontrast zum Rest der Hotelanlage bildet das cool gestylte und grosszügig angelegte «Alpin Spa», das mit einer mannigfaltigen Palette an Bade- und Relaxmöglichkeiten erfreut. Frisch umgebaut wurde die grosse Hotelhalle, die sich nun im Stil einer amerikanischen Mountain-Lodge präsentiert. Während die Grossen abschalten, kommen die Kids auf Hochtouren. Es wird gespielt, gekocht, gezeichnet und gebastelt, und im Sommer stehen diverse Kinder-Workshops und Sprachkurse zur Wahl.

Die Quittung:

Ambiance: ****
Weitläufiges, heiter stimmendes Drei-Generationen-Ferienhotel mit «Sport-Appeal».

Lage: *****
Am sonnigen Südhang im oberen Dorfteil. Wenige Schritte zu den Bergbahnen.

Freizeitangebot für kleine Gäste: ***
Professionelle Kinderbetreuung. Im Sommer Sprachkurse in Englisch, Französisch, Italienisch und Deutsch (für Kinder zwischen 7 und 17 Jahren). Workshops in Gipsgiessen, Specksteinschnitzen, Jonglieren.

Freizeitangebot für grosse Gäste: ****
Moderner Wellnessbereich mit Hallenbad, Duft-und-Sound-Grotte, Sauna, Dampfbad, diverse Körper- und Beauty-Behandlungen. Bikes, 2 Tennisplätze, Putting-Green, Kegelbahn.
Empfang und Service: ****
Freundlich und hilfsbereit.
Zimmer: ****
137 sehr unterschiedliche Zimmer, Juniorsuiten und Suiten.
Essen und Trinken: ****
Durchschnittliche Hotelküche im grossen Halbpensionsrestaurant. Raclette, Pizza und Steaks in der «Taverne». Zusätzlich im Winter: Italienische Spezialitäten in der «Stüva Cuolm» zwei Gehminuten unterhalb des Hotels, thailändische Küche im «Ahaan Thai».

Anfahrt: Autobahn A3 bis Ausfahrt Chur Süd/Arosa. Chur durchqueren und den Wegweisern nach Arosa folgen. In Arosa durchs Zentrum immer geradeaus bis in den oberen Dorfteil.

Hof Maran

CH-7050 Arosa

Tel. +41 (0)81 378 51 51
Fax +41 (0)81 378 51 00
www.hofmaran.ch
hofmaran@arosa.ch
Mitte Juni bis Mitte September und Mitte Dezember bis Ende März geöffnet

Preise
EZ 80–220 Fr.
DZ 160–490 Fr.
Familienzimmer 180–400 Fr.
inklusive Frühstück

Kinder im Zusatzbett:
0–15 Jahre 60–80 Fr.

Der «Hof Maran» ist ein klassischer Familienbetrieb – traditionell und familiär im besten Sinne des Wortes. Behagliche Zimmer und Stuben, eine ehrliche Küche und die absolut ruhige Panoramalage am Rand der Skipisten (Winter) und des Golfplatzes (Sommer) machen aus dem «gewachsenen» Haus eine immer empfehlenswerte Adresse im Freizeitpark Arosa.

Die Quittung:
Ambiance: ****
Von aussen ein unschönes, für Arosa typisches Flachdachgebäude, im Innern ein sympathisches Vierstern-Ferienhotel. Frühmorgens bis spätabends grandioses 360-Grad-Panorama auf die Bergwelt.

Lage: ******
Auf einer Sonnenterrasse hoch über Arosa. Skipisten, Langlaufloipen und Wanderwege führen direkt am Haus vorbei; im Sommer liegt der Golfplatz gleich vor dem Hotel.
Freizeitangebot für kleine Gäste: ***
Natureisbahn, Kinderspielzimmer mit Kinderbetreuung, eigene Kinderskischule.
Freizeitangebot für grosse Gäste: **
Saunas, Dampfbad, Fitnessraum. 2 Tennisplätze. Im Winter Skipisten und gute Schlittelmöglichkeiten vor der Haustür.
Empfang und Service: ****
Freundlich und aufmerksam.
Zimmer: ****
53 komfortable Zimmer und Familienzimmer (ein Doppel- und ein Einzelzimmer mit gemeinsamem Bad) in modern-rustikalem Stil.
Essen und Trinken: ****
Gut gemachte Halbpensionsmenüs und A-la-carte-Gerichte in der «Stüva» und im Veranda-Restaurant. Gut bestückter Weinkeller mit rund 180 verschiedenen Weinen (40 davon in halben Flaschen).

Anfahrt: Autobahn A3 bis Ausfahrt Chur Süd/Arosa. Chur durchqueren und den Wegweisern nach Arosa folgen. Beim Dorfeingang rechts in die Maranerstrasse einbiegen (Wegweiser zum Golfplatz) und der Strasse bis zum Hotel folgen.

Sporthotel Valsana

CH-7050 Arosa

Tel. +41 (0)81 378 63 63
Fax +41 (0)81 378 63 64
www.valsana.ch
info@valsana.ch
Mitte Juni bis Ende September und Anfang Dezember bis Mitte April geöffnet

Preise

EZ 154–305 Fr.
DZ 226–580 Fr.
(Familien-)Suite 316–670 Fr.
inklusive Halbpension

Kinder im Zusatzbett:
0–3 Jahre kostenlos
4–6 Jahre 0–20 Fr.
7–12 Jahre 40–95 Fr.
13–16 Jahre 60–115 Fr.
ab 17 Jahre 90–135 Fr.
jeweils inklusive Halbpension

Aufgefrischter Hotelklassiker, der die gesamte Klaviatur der Hotellerie beherrscht: Feriengäste, Wellness- und Beautyurlauber, Tagungsteilnehmer, Sportmannschaften, Golfer und Tennisspieler und last but not least Familien mit Kindern finden hier zusammen. Alles ist im «sportlichsten Sporthotel der Schweiz» (Eigenwerbung) sehr wohltuend. Wer es gerne gediegen mag, aber steifen Snobismus verabscheut, wird vom «Valsana» begeistert sein und gerne wiederkommen.

Die Quittung:

Ambiance: *****
Natürlichkeit und Heiterkeit prägen dieses sympathische Haus, das sich an einem bunten Gästemix aus drei Generationen erfreuen kann.

ArabellaSheraton Hotel Waldhuus

CH-7270 Davos Platz

Tel. +41 (0)81 417 93 33
Fax +41 (0)81 417 93 34
www.arabellasheraton.com
waldhuus.davos@arabellasheraton.com
Mitte Mai bis Anfang Oktober und Ende November bis Anfang April geöffnet

Preise
EZ 118–387 Fr.
DZ 179–630 Fr.
inklusive Frühstück

Kinder im Zusatzbett:
0–16 Jahre 80–125 Fr.

Das zur ArabellaSheraton-Gruppe gehörende «Waldhuus» erfreut mit modernem Mainstream-Komfort, warmen Farben, viel Holz und gemütlich-unkomplizierter Ferienatmosphäre. Familien mit Kindern wird grosse Aufmerksamkeit geschenkt: Dass kleine Gäste willkommen sind, ist hier keine Floskel, sondern täglich gelebte Überzeugung.

Die Quittung:

Ambiance: ****
Mit Herz und Verstand geführtes Kettenhotel mit zurückhaltend elegantem, angenehm alpenländischem Ambiente.

Lage: ****
Freistehend und ruhig direkt am Golfplatz und am Waldrand. In den Wintermonaten ziemlich schattig.

Lage: ***
Im untersten Dorfteil neben der Hauptstrasse.

Freizeitangebot für kleine Gäste: ****
Kinderclub «Valsi» (durchgehend geöffnet), Montag bis Freitag Kinderprogramm für 3- bis 12-Jährige, Kinderparty, Kinderkino, in der Hotelküche backen und kochen, Schatzsuche, Schnuppertennis, Play Station 2, Fussballkasten, Beachvolleyballfeld, Kinderabendessen jeweils 18.15 Uhr in der «Chesalina» (Montag bis Freitag), Babysitting auf Anfrage, Babyphone, Zauberwochen für Kinder und Erwachsene.

Freizeitangebot für grosse Gäste: ****
Hallenbad, Saunawelt, Beautysalon, Massagen, Fitnessraum, Tennishalle, Aussentennisplätze, Nordic Walking, Mountainbikes, diverse Kurse, vielseitiges Aktivitätenprogramm, kostenloser Schlittenverleih.

Empfang und Service: *****
Man wird mit unaufdringlicher Herzlichkeit umsorgt. Es fehlt an nichts für einen erfreulichen Aufenthalt.

Zimmer: *****
65 komfortable Zimmer und 8 (Familien-)Suiten im modern-rustikalen Look. Diverse Doppelzimmer mit Verbindungstüren.

Essen und Trinken: ****
Auswahlmenüs und kulinarische Themenbuffets im grossen Halbpensionsrestaurant, Schweizer Spezialitäten sowie Raclette und Fondue in der rustikalen «Chesalina».

Anfahrt: Autobahn A3 bis Ausfahrt Chur Süd/Arosa. Chur durchqueren und den Wegweisern nach Arosa folgen. Das Hotel liegt gleich beim Dorfeingang rechts.

Freizeitangebot für kleine Gäste: ***
Fachgerechte Kinderbetreuung mit vielseitigem Spiel- und Sportprogramm. Kinderspielzimmer, Jugendraum mit Playstation 2, Minigolf.
Freizeitangebot für grosse Gäste: **
Kleines Hallenbad, Sauna, Dampfbad, Massagen. Golfplatz (Sommer) und Langlaufloipen (Winter) direkt vor dem Haus.
Empfang und Service: *****
Empfang und Service sind ein Vergnügen. Kleine Nachlässigkeiten werden mit souveräner Freundlichkeit wettgemacht.

Zimmer: *****
104 komfortable, modern-rustikale Zimmer und Familienzimmer mit Verbindungstür.
Essen und Trinken: ****
Gut gemachte Bündner Küche und internationale Gerichte, serviert in heimeligen Restaurantstuben.

Anfahrt: Autobahn A13 bis Ausfahrt Landquart, dann Landstrasse via Klosters nach Davos. Im Ort auf der Hauptstrasse Promenade bleiben. Beim Kongresszentrum den Wegweisern zum Hotel folgen.

Landgasthof Lengmatta

CH-7276 Davos Frauenkirch

Tel. +41 (0)81 413 55 79
Fax +41 (0)81 413 60 53
www.lengmatta.ch
info@lengmatta.ch
Mitte November bis Ende April und Mitte Juni bis Anfang Oktober geöffnet

Preise
EZ 100–115 Fr.
DZ 170–230 Fr.
Familienzimmer 200–230 Fr.
inklusive Frühstück

Kinder im Zusatzbett:
0–6 Jahre kostenlos
7–12 Jahre 40 Fr.
ab 13 Jahre 80–105 Fr.

Wenn man auf der Sonnenterrasse sitzt und in die schöne Bergwelt

blickt, können die Augen stundenlang auf Wanderschaft gehen.
In der Gemütlichkeit der rustikalen Stuben gilt die ungeteilte Aufmerksamkeit der fein zubereiteten Regionalküche und dem liebevoll arrangierten Interieur. Die Adresse dieses schmucken Landgasthofs dürfte eigentlich nur unter vorgehaltener Hand weitergereicht werden, was Hotelliebhaber auch fleissig tun. So ist es für einmal keine Frage des Geldbeutels (Doppel- und Familienzimmer in der Höchstsaison maximal 230 Franken), sondern eher der frühzeitigen Reservierung, dass man in den Genuss dieses idyllischen Fleckchens gelangt. Kinder löschen den Durst gratis an der «Sirup-Tankstelle», steigen in die Schwingerhosen und messen ihre Kräfte im hauseigenen Sägemehl-Ring; Familien spielen Federball, bis die Sonne untergeht.

Die Quittung:

Ambiance: ******
Das holzgeprägte Chalet ist ein Traum von einem Landgasthof und lässt schönste Feriengefühle aufkommen.

Lage: *****
Ruhig am Rand des Weilers Frauenkirch, 5 Kilometer ausserhalb von Davos, wo der Hahn vom Nachbarhof kräht und sich Fuchs und Hase gute Nacht sagen. Busstation wenige Schritte entfernt.

Freizeitangebot für kleine Gäste: **
Schmucker Spielplatz, Kinderspielecke in der Stube.

Freizeitangebot für grosse Gäste: *
Bikes und Nordic-Walking-Stöcke stehen für die Gäste kostenlos zur Verfügung.

Empfang und Service: *****
Ausgesprochen freundlich und zuvorkommend.

Zimmer: ****
16 heimelige Zimmer, davon eine Juniorsuite (die «Herrschafts-Chammer») und 4 Familienzimmer. 2 Gruppenunterkünfte mit je 30 Betten.

Essen und Trinken: ****
Einfaches und Regionales wird hier ausserordentlich gut zubereitet, sei es «Buure»-Bratwurst vom Grill, Monsteiner Käsefondue, fangfrische Bündner Forelle oder Rindsentrecôte mit Rösti. Nachmittags stehen leckere Fruchttorten zur Auswahl.

Anfahrt: Autobahn A13 bis Ausfahrt Landquart, dann Landstrasse via Klosters nach Davos. Davos Dorf und Platz durchqueren und weiter Richtung Fideris bis Frauenkirch. Dort ist das Hotel gut ausgeschildert.

Meierhof

CH-7260 Davos Dorf

Promenade 135
Tel. +41 (0)81 416 82 85
Fax +41 (0)81 416 39 82
www.meierhof.ch
info@meierhof.ch
Anfang Juni bis Anfang Oktober und Ende November bis Mitte April geöffnet

Preise
EZ 130–255 Fr.
DZ 230–510 Fr.
inklusive Frühstück

Kinder im Zusatzbett:
0–6 Jahre kostenlos
7–16 Jahre 80–100 Fr.

Zugegeben, das unscheinbare Äussere dieses Hotels ist keine gastgewerbliche Offenbarung. Erstbesucher sollten sich jedoch davon nicht entmutigen lassen. Denn der Empfang ist ausgesprochen herzlich und kompetent, die Küche erfreulich modern und das Restaurant atmosphärisch einzigartig. Wer im «Meierhof» angekommen ist, merkt bald: Hier hat sich einer etwas überlegt. Von der Gestaltung der freundlichen Zimmer über das kulinarische Angebot bis zum kleinen Spa scheint jedes Detail durchdacht – und ordnet sich doch einer Idee unter. «In kleinen Dingen gross sein» heisst das Motto, welches das Gastgeberehepaar Kathrin und Riet Frey ihrem Hotel gegeben hat.

Die Quittung:

Ambiance: ****
Heiter stimmendes, familiär geführtes Hotel, in dem man gerne seine Koffer auspackt.

Lage: ****
An der Hauptstrasse nahe dem Dorfzentrum. 200 Meter zur Parsennbahn.

Freizeitangebot für kleine Gäste: *
Kinderspielzimmer.

Freizeitangebot für grosse Gäste: ***
Hallenbad, Sauna, Dampfbad, Whirlpool, Massagen.

Empfang und Service: ******
Warmherzig, individuell, kompetent.

Zimmer: ****
75 komfortable, wohnliche Zimmer.

Essen und Trinken: *****
Zeitgemäss interpretierte Bündner Küche in zwei Restaurants. Attraktive Halbpensions-Auswahlmenüs.

Anfahrt: Autobahn A13 bis Ausfahrt Landquart, dann Landstrasse via Klosters nach Davos. Im Ort auf der Hauptstrasse Promenade bleiben bis zum Hotel.

Kinderhotel Muchetta

CH-7494 Davos Wiesen

Tel. +41 (0)81 404 14 24
Fax +41 (0)81 404 17 18
www.kinderhotel.ch
muchetta@kinderhotel.ch
Mitte Juni bis Mitte Oktober und Mitte Dezember bis Mitte April geöffnet

Preise
EZ 90–180 Fr.
Familienzimmer 230–360 Fr.
Einzimmerappartement 180–350 Fr.
Zweizimmerappartement 260–460 Fr.
inklusive Halbpension

Kinder im Zusatzbett:
0–3 Jahre 20 Fr.
3–7 Jahre 30 Fr.
7–12 Jahre 40 Fr.
12–16 Jahre 60 Fr.

Hier sind ausschliesslich Familien mit Kindern zu Gast. Letztere erwartet drinnen und draussen ein bestens ausgerüstetes Spielparadies – je nach Programm können sie Drachen bauen, im Indianerzelt logieren, auf der Alp beim Käsemachen zuschauen. Dank der qualifizierten Kinder- und Babybetreuung während 78 Stunden pro Woche können Erwachsene ihren Ferientag ganz nach ihren individuellen Wünschen gestalten. Viele nützliche Dinge stehen den Gästen kostenlos zur Verfügung, damit das Urlaubsgepäck überschaubar bleibt: Babybadewanne, Nachtlicht, Nachttöpfchen, Babyflaschenwärmer, Wickelauflage, Buggy, Dreiradwagen, Zewi-Decke (für Kinderbett und normales Bett), Adapter, Kinderbett, Babybett, WC-Aufsatz, Fiebermesser, Bébétel usw.

Die Quittung:

Ambiance: ****
Familiär mit Flair.
Lage: *****
Auf einer Sonnenterrasse im Bergdorf Wiesen zwischen Davos und Lenzerheide.
Freizeitangebot für kleine Gäste: *****
Professionelle kostenlose Betreuung für Kinder ab 3 Jahre (täglich 9–21 Uhr) und Babys (Montag bis Freitag 9–16 Uhr). Spielparadies, Babyhort, Bastelzimmer, 50 Spiele, Softplayanlage, Spielplatz, Kindertisch. Vielfältiges Animationsprogramm, Abenteuertage mit Andi (ab 5 Jahre), Computerkurse, Schneeschuhwandern und Iglubauen im Winter, Indianertag, Drachenjagd. Kinderskischule im Ort.

Freizeitangebot für grosse Gäste: **
Sauna, Whirlpool, Nordic Walking, Mountainbikes. Massagepraxis 200 Meter vom Hotel entfernt.
Empfang und Service: ****
Als junge Gastgeberfamilie mit drei eigenen Kindern kennen Bärtschis die Bedürfnisse von Familien aus erster Hand.
Zimmer: ****
Drei Varianten: «Familienzimmer» (ideal für 2 Erwachsene und 2 Kinder, bestehend aus einem Doppelzimmer mit 2 Betten sowie separatem Kinderzimmer mit Kajütenbetten und eventuell Zusatz- oder Kinderbett, kleine Kochnische, Dachterrasse oder Balkon, 28–32 m^2). «Einzimmer-Appartement» (ideal für 2 Erwachsene und 1 Kind oder 1 Erwachsene[n] und 2 Kinder, bestehend aus Wohnschlafzimmer mit 2 Schrankbetten sowie Zusatz- bzw. Kinderbetten, Einbauküche/Esstisch, Balkon oder Terrasse, 23–27 m^2). «Zweizimmer-Appartement» (ideal für 2 Erwachsene und 2 bis 3 Kinder, bestehend aus Wohnschlafzimmer mit zwei Schrankbetten und separatem Schlafzimmer mit zwei Betten bzw. Zusatz- oder Kinderbett, Balkon oder Terrasse, 36–42 m^2). Zimmerservice jeden zweiten Tag.
Essen und Trinken: ****
Mittags Lunchbuffet mit grosser Salatauswahl und leichtem Hauptgericht. Abends viergängiges Auswahlmenü mit einer vegetarischen Variante für Halbpensionsgäste. Diverse A-la-carte-Spezialitäten. Für die Kinder steht auch abends ein Buffet bereit – damit wirklich jedes Kind findet, was es mag. Hausgemachte Kuchen im Café Muchetta für den kleinen Hunger am Nachmittag.

Anfahrt: Autobahn A13 an Chur vorbei bis Ausfahrt Thusis Süd, dann Landstrasse nach Tiefencastel, dort Richtung Davos links abbiegen. Nach dem Dorf Surava nochmals links ab, Alvaneu Dorf und Schmitten durchfahren. Vor dem Dorfeingang Wiesen biegt eine kleine Strasse links zum Hotel ab.

Belvédère

CH-7550 Scuol

Tel. +41 (0)81 861 06 06
Fax +41 (0)81 861 06 00
www.belvedere-scuol.ch
info@belvedere-scuol.ch
Ende Mai bis Mitte April geöffnet

Preise
EZ 175–245 Fr.
DZ 300–500 Fr.
Turmzimmer 380–620 Fr.
inklusive Halbpension

Kinder im Zusatzbett:
0–10 Jahre kostenlos
10–16 Jahre 50% Ermässigung

Der Geist des alten Jugendstilhotels aus dem Jahr 1876 wurde mit modernem Drive in die heutige Zeit übersetzt. Das Interieur setzt Kontraste zum gängigen Hotel-Outfit der Alpen und erfreut mit einer entspannten Ferienatmosphäre, in der sich drei Gästegenerationen zwanglos mischen. Im Dezember 2004 hat das Haus weiter an Attraktivität gewonnen: Mit einer 135 Meter langen Glas-Passerelle hat es sich ans Erlebnisbad «Bogn Engiadina» angedockt.

Die Quittung:

Ambiance: ****
Heiter und unkompliziert.

Lage: *****
An sonniger Aussichtslage mitten im Dorf.

Freizeitangebot für kleine Gäste: **
Kinderspielzimmer, Spielplatz.

Freizeitangebot für grosse Gäste: ****
Kleiner Wellnessbereich mit Dampfbad, Saunas, Aroma-Erlebnisduschen, Whirlwannen, Massagen, Beauty im Hotel. Freibad, eigene Tennisplätze, Jazz- und klassische Konzerte, geführte Sommer- und Winterwanderungen. Direkter Anschluss ans Erlebnisbad «Bogn Engiadina».

Empfang und Service: *****
Mit einem Blick aufs Kleine und Ambitionen aufs Grosse sorgt Kurt Baumgartner mit seiner Crew dafür, dass jeder Gast seine persönlichen Vorstellungen von Genuss und Wellbeing erfahren kann.

Zimmer: ****
63 freundliche Zimmer, viele mit eigenem Balkon. Originelles Turmzimmer.

Essen und Trinken: ***
Schweizer und regionale Spezialitäten. Schöne Restaurantterrasse.

Anfahrt: Autobahn A13 bis Ausfahrt Landquart, dann Landstrasse Richtung Davos bis zum Vereinatunnel (Autoverlad). Ab Sagliains Landstrasse nach Scuol. Das Hotel liegt an der Hauptstrasse im Ortszentrum und ist nicht zu verfehlen.

Castell

CH-7524 Zuoz

Tel. +41 (0)81 851 52 53
Fax +41 (0)81 851 52 54
www.hotelcastell.ch
info@hotelcastell.ch
Mitte Juni bis Mitte Oktober und Mitte Dezember bis Mitte April geöffnet

Preise

EZ 144–320 Fr.
DZ 200–400 Fr.
Juniorsuite 380–460 Fr.
inklusive Frühstück und Zutritt zum Hamam

Kinder im Zusatzbett:
0–6 Jahre kostenlos
7–11 Jahre 50 Fr.
12–15 Jahre 70 Fr.
ab 16 Jahre 90 Fr.

Das unlängst total renovierte «Castell» beweist, was Architekten schon seit einiger Zeit behaupten: Dass gelungenes Design eine friedliche und entspannende Atmosphäre verbreiten kann. Unaufdringlich und ganz selbstverständlich verteilen sich über hundert Kunstwerke von Pipilotti Rist, Fischli/Weiss, Thomas Hirschhorn und ähnlichen Kalibern über die vier Stockwerke. Das Direktionspaar Bettina und Richard Plattner-Gerber beweist einen geschickten Umgang mit Kindern und sorgt mit natürlicher Souveränität dafür, dass die Gäste ein Gefühl der Zufriedenheit überkommt.

Die Quittung:

Ambiance: ******
Lustvolle Hotelwelt zwischen Design, Natur, Kunst, Genuss und Wellfeeling.
Lage: ******
In schöner Aussichtslage oberhalb des Dorfes. 10 Gehminuten ins Dorfzentrum.
Freizeitangebot für kleine Gäste: ***
Kindergarten (Dienstag bis Samstag) ab 3 Jahre (kostenlos), Kindertisch mit Betreuung ab 3 Jahre. Billard, Tischfussball, Flipperkasten.
Freizeitangebot für grosse Gäste: ***
Spektakulärer Hamam, Sauna, Yoga und Meditation, Massagen, Kosmetik. Bibliothek. Im Winter direkter Zugang vom Hotel zum kleinen Skigebiet von Zuoz. In Sichtdistanz Langlaufloipen und im Sommer der Golfplatz Zuoz-Madulain.
Empfang und Service: *****
Ausgesprochen freundlich und locker.
Zimmer: ******
Die 62 Zimmer und 4 Juniorsuiten sind gänzlich neu gestaltet und präsentieren sich in zwei Stilrichtungen: eher Avantgarde oder eher alpin.
Essen und Trinken: *****
Im Gründerzeit-Speisesaal wird eine inspirierte Küche zwischen Brasserie und Fusion aufgetragen. Die grosse Aussichtsterrasse, auf der Lunch und Snacks serviert werden, ist eine Installation des japanischen Künstlers Tadashi Kawamata, die sinnliche «Rote Bar» in der historischen Hotelhalle ein Entwurf der Multimedia-Künstlerin Pipilotti Rist.

Anfahrt: Hauptstrasse St. Moritz–Zernez bis Ausfahrt Zuoz, dann am Bahnhof vorbei und links den Berg hoch. Das «Castell» ist ausgeschildert und von überall sichtbar.

Saratz

CH-7504 Pontresina

Tel. +41 (0)81 839 40 00
Fax +41 (0)81 839 40 40
www.saratz.ch
info@saratz.ch
Anfang Dezember bis Mitte April und Mitte Juni bis Mitte Oktober geöffnet

Preise

EZ 224–387 Fr.
DZ 280–530 Fr.
Familienzimmer 310–470 Fr.
inklusive Frühstück

Kinder im Zusatzbett:
0–2 Jahre kostenlos
3–5 Jahre 35–55 Fr.
6–11 Jahre 55–70 Fr.
12–15 Jahre 75 Fr.
ab 16 Jahre 95 Fr.
inklusive Frühstück

«Ein Haus voller Überraschungen und Gegensätze», wie der Prospekt verspricht. Und das wollen wir so gelten lassen, im Positiven wie im Negativen. Immer wieder überraschend ist der weitgehend gelungene Mix aus Engadiner Hoteltradition und moderner Architektur. Auch die Designzimmer im neuen Gebäude sind zu empfehlen, und die Küche im hundertjährigen Jugendstil-Speisesaal ist schmeckbar besser als auch schon. Doch um wieder die Strahlkraft zurückzugewinnen, die sie Mitte der neunziger Jahre genoss, müsste die vor allem auf Jungfamilien

ausgerichtete Viersterne-Herberge mehr in die Verbesserung der alten Gebäudeteile investieren. Insbesondere die Familienzimmer im Altbau entsprechen kaum heutigen Standards.

Die Quittung:

Ambiance: *****
Unkompliziertes Familienhotel mit Niveau.
Lage: *****
In einem 3,5 Hektar grossen Naturpark mitten im Dorf.
Freizeitangebot für kleine Gäste: ***
Spielparadies mit professioneller Kinderbetreuung (im Winter täglich 9.30–18 Uhr, im Sommer Montag bis Freitag 9.30–18 Uhr). Kindertisch mittags und abends. Robinsonspielplatz.
Freizeitangebot für grosse Gäste: ****
Hallenbad, Freibad, Sauna, Dampfbad, Whirlpool, Massagen, Fitnessraum, Golf-Practice mit Putting-Green und Driving-Range, Bikes, Boccia, Sandtennisplatz, Kunstausstellungen, buntes Konzertprogramm in der «Pitschna Scena», begleitete Sportaktivitäten.
Empfang und Service: ****
Routiniert freundlich.
Zimmer: ****
Im Neubau: 63 helle und angenehme Zimmer. Im historischen Stammhaus: 12 sanft renovierte Zimmer und 17 Familienzimmer (Doppelzimmer mit separatem Salon).
Essen und Trinken: ****
Moderne Marktküche im Jugendstil-Speisesaal, regionale und internationale Häppchen in der «Pitschna Scena», Fondue-Stübli.

Anfahrt: Autobahn A3 via Chur Richtung Thusis/San Bernardino bis Ausfahrt Thusis Süd. Dann Landstrasse Richtung Tiefencastel/Julierpass/St. Moritz. An St. Moritz vorbei Richtung Samedan bis Abzweigung Pontresina. Im Ort den Wegweisern zum Hotel folgen.

Chesa Spuondas

CH-7500 St. Moritz

Tel. +41 (0)81 833 65 88
Fax +41 (0)81 832 14 30
www.projuventute.ch/ferien
spuondas@projuventute.ch
Mitte Juni bis Mitte Oktober und Mitte Dezember bis Anfang April geöffnet

Preise
EZ 105–136 Fr.
DZ 198–321 Fr.
inklusive Halbpension

Kinder im Zusatzbett:
0–3 Jahre kostenlos
4–12 Jahre 38–40 Fr.
13–16 Jahre 61–64 Fr.
ab 17 Jahre 76–80 Fr.

Das Hotel wirbt mit dem Satz «Ein Ort weit weg vom Alltag». Und ausnahmsweise stimmt hier die Selbstdarstellung mit der Realität überein. Die altehrwürdige Herrschaftsvilla, die seit der Schenkung im Jahr 1963 der Pro Juventute gehört, liegt in pittoresker Abgeschiedenheit zwischen St. Moritz und Champfèr – hier kann man frei atmen und die Gedanken schweifen lassen. Die Räumlichkeiten vermitteln dem Gast das Gefühl, als seien hier die Uhren stehen geblieben. Es gibt viele skurrile Details und teilweise etwas altertümliche Zimmereinrichtungen, dennoch ist es gemütlich wie zu Hause. Familien mit Kindern fühlen sich hier besonders wohl, und auf ein gemeinschaftliches Ferienerlebnis wird Wert gelegt: Zum Abendessen trifft sich das ganze Haus um 18.30 Uhr. Vieles in der «Chesa Spuondas» (Romanisch für Haus am Hang) mag renovationsbedürftig sein, aber Direktorin Renate Herold meint, dass mit jeder Renovation auch ein Stück des unvergleichlichen Lebensgefühls der Villa wegsaniert wird. Während den Schulferienzeiten haben Gäste mit schulpflichtigen Kindern Vorrang. Familien mit knappem Einkommen profitieren von einem Sozialtarif.

Die Quittung:

Ambiance: *****
Man fühlt sich wie in einem grossen Privathaus. Kommunikativer Austausch unter den Gästen wird erwartet – wer die Bereitschaft dazu nicht mitbringt, ist hier an der falschen Adresse.

Lage: ******
In einer Parkanlage an wunderbarer Aussichtslage.

Freizeitangebot für kleine Gäste: ***
Grosses Spielzimmer, Spiele für jedes Alter, Pingpong-Raum, Dart, Tischfussball, Kinderspielplatz mit direktem Anschluss an die Engadiner Natur. Kinderhütedienst Montag bis Freitagnachmittag 13–17 Uhr (ab 2 Jahre, kleinere Kinder nach Möglichkeit). Am Freitagnachmittag jeweils Kinderfest.

Freizeitangebot für grosse Gäste: *
Sauna, Bibliothek. Wanderwege vor der Haustür, Langlaufloipen und Skipisten in Sichtdistanz.

Empfang und Service: ***
Freundlich, aber nicht immer zur Stelle wie in einem regulären Hotelbetrieb.

Zimmer: ***
17 eher einfache Zimmer, teilweise mit Etagenbad.

Essen und Trinken: ***
Durchschnittliche Halbpensionsmenüs. Am Tisch werden die Kinder immer zuerst bedient, damit sie rasch ins Spielzimmer abrauschen können und die Erwachsenen Zeit für ruhiges Essen und Gespräche finden.

Anfahrt: Autobahn A3 via Chur Richtung Thusis/San Bernardino bis Ausfahrt Thusis Süd. Dann Landstrasse Richtung Tiefencastel/Julierpass/St. Moritz. Kurz nach Silvaplana links abbiegen Richtung Champfèr. Das Dorf durchqueren und weiter nach St. Moritz. Das Hotel liegt 2,5 Kilometer vor dem Ort rechts an der Strasse.

Suvretta House

CH-7500 St. Moritz

Tel. +41 (0)81 836 36 36
Fax +41 (0)81 836 37 37
www.suvrettahouse.ch
info@suvrettahouse.ch
Mitte Dezember bis Mitte April und Ende Juni bis Mitte September geöffnet

Preise

EZ 240–690 Fr.
DZ 480–1480 Fr.
Juniorsuite/Suite 1090–3120 Fr.
inklusive Halbpension

Kinder im Zusatzbett:
0–2 Jahre kostenlos
2–6 Jahre 50% Ermässigung
6–12 Jahre 30% Ermässigung
(Festtage ausgenommen)

Das Panorama auf die Oberengadiner Seen- und Berglandschaft ist so gewaltig, dass man kurz das Atmen vergisst. Im Innern des monumentalen Prachtbaus mag der förmliche Pomp etwas unzeitgemäss anmuten, doch das «Suvretta House» verteidigt die Tradition der Engadiner Spitzenhotellerie in verlässlicher Qualität, und die herrliche Alleinlage des Resorts ist und bleibt einmalig. Die meisten Zimmer wurden vor kurzem stilvoll renoviert, und das Freizeit- und Sportangebot ist phänomenal – so bietet zum Beispiel ein Privatskilift direkten Anschluss an die Corviglia-Skipisten. Eine sehr gute Kinderbetreuung mit eigener Skischule macht das Hotel nicht zuletzt auch für Familien zu einem begehrten Ferienziel – allerdings ist der Fünfsternpalast Gästen vorbehalten, die beim Auschecken lässig die Platinkarte zücken können.

Die Quittung:

Ambiance: ******
Das Hotelschlachtschiff aus dem Jahr 1912 gefällt sich im konventionellen Konservatismus nach dem Motto «Beharren und Bewahren». Das wird so konsequent gelebt, dass das Haus in der heutigen Zeit ein echtes Original mit hohem Erlebniswert darstellt.

Lage: ******
Freistehend auf dem Plateau Chasellas etwas ausserhalb von St. Moritz.

Freizeitangebot für kleine Gäste: ******
Professionelle Kinderbetreuung mit vielseitigem Spiel- und Sportprogramm (ab 3 Jahre) von Montag bis Samstag 9–12 Uhr und 14.30–19 Uhr. Spielzimmer, Spielplatz, eigene Ski- und Snowboardschule, Tenniskurse, Schlittschuhunterricht auf dem eigenen Eisfeld, Schwimmunterricht im Hallenbad, Golfschnupperkurse, Kinderpartys mit Clowns und Zauberern, Kniggekurs für Kinder. Teddy-Club-Kinderrestaurant. Billard, Tischtennis, Boccia und

Volleyball. Junior-Saloon mit Videospielen und Flipperkasten. Grosse Kindervideo-Sammlung. Babysitter auf Voranmeldung.
Freizeitangebot für grosse Gäste: ******
Sports & Pleasure Club mit Hallenbad, Aussen-Whirlpool, Saunalandschaft, Fitnessraum, Massagen, Kosmetik. 3 Sandtennisplätze, Golf-Driving-Range, Putting-Green, Eisfeld, 4 Curlingrinks. Geführte Wanderungen und Velotouren.
Empfang und Service: ****
Durchwegs korrekt und immer zur Stelle, aber steif und zuweilen gequält vornehm.
Zimmer: *****
189 komfortable bis luxuriöse Zimmer und Suiten aus verschiedenen Epochen, in verschiedenen Stilen.
Essen und Trinken: *****
Klassische Marktküche im sehr formellen «Grand Restaurant». Bündner und internationale Spezialitäten sowie wechselnde Buffets in der ungezwungenen, bei Familien mit Kindern sehr beliebten «Suvretta Stube».

Anfahrt: Autobahn A3 via Chur Richtung Thusis/San Bernardino bis Ausfahrt Thusis Süd. Dann Landstrasse Richtung Tiefencastel/Julierpass/St. Moritz. Kurz nach Silvaplana links abbiegen Richtung Champfèr. Das Dorf durchqueren und weiter Richtung St. Moritz bis zum Wegweiser «Suvretta House».

Waldhaus am See

CH-7500 St.Moritz

Tel. +41 (0)81 836 60 00
Fax +41 (0)81 836 60 60
www.waldhaus-am-see.ch
waldhaus.am.see@bluewin.ch
Ganzjährig geöffnet

Preise
EZ 105–230 Fr.
DZ 210–440 Fr.
inklusive Halbpension

Amerikaner nennen eine solche Aussicht eine «one million dollar view»: Ein paar Gehminuten ausserhalb von St. Moritz, freistehend und etwas erhöht über dem See, blickt man auf die magische Oberengadiner Landschaft, geniesst das Fest des Lichts, die weithin leuchtenden Farben und die Klarheit der Luft. Die Atmosphäre ist sehr entspannt, die Gäste sind von Alter und Herkunft her bunt durchmischt, die Zimmer präsentieren sich im typischen Bündnerstil.

Die Quittung:

Ambiance: ****
Das Hotel lebt von seiner unvergleichlichen Lage, die Mängel im Service und im Restaurant vergessen lassen kann.
Lage: ******
Traumhaft über dem St.-Moritzer-See.
Freizeitangebot für kleine Gäste: *
Viel Auslauf.
Freizeitangebot für grosse Gäste: **
Sauna, Dampfbad. Bikes, Ruderboot, Bibliothek, Wein- und Whisky-Degustationen.
Empfang und Service: **
Unbeständig.

Margna
CH-7515 Sils Baselgia

Tel. +41 (0)81 838 47 47
Fax +41 (0)81 838 47 48
www.margna.ch
info@margna.ch
Mitte Dezember bis Anfang April und Mitte Juni bis Mitte Oktober geöffnet

Preise
EZ 210–310 Fr.
DZ 380–540 Fr.
Juniorsuite/Suite 520–750 Fr.
inklusive Halbpension
DZ und Appartements im benachbarten Zweisternhotel Sarita: 180–370 Fr. inklusive Frühstück

Das 1817 erbaute Patrizierhaus vermittelt jenes unnachahmliche Gefühl, rundum gut aufgehoben und als Gast wie ein Freund willkommen zu sein. Die labyrinthisch verwinkelten Räumlichkeiten mit ihren kunstvoll verzierten Holzdecken, patinaschweren Öfen, italienischen Ölgemälden und Engadiner Antiquitäten strahlen viel Charme und Charakter aus. Neben Wellness der herkömmlichen Art ist hier allein schon das Wohnen eine einzige «Wohlfühlbehandlung» – inmitten schönster hochalpiner Natur, elf Kilometer abseits des St. Moritzer Trubels. Unter der gleichen Führung steht das benachbarte Zweisternhotel «Sarita» mit elf Doppelzimmern und fünf Appartements, die sich besonders für Familien mit Kindern eignen.

Die Quittung:
Ambiance: ******
Gediegenes Engadiner Landhaus.
Lage: ******
In der Ebene zwischen Silser- und Silvaplanasee. Langlaufloipen und Winterwanderwege vor der Haustür.
Freizeitangebot für kleine Gäste: *
Spielplatz.
Freizeitangebot für grosse Gäste: ***
Sauna, Dampfbad, Whirlpool, Massagen. Im Sommer: Tennisplatz, Bikes, hauseigene Golf-Aca-

Zimmer: ***
53 eher kleine, arvenholzgeprägte Zimmer.
Essen und Trinken: ***
Grosses Hotelrestaurant mit durchschnittlichen Darbietungen aus der Küche. Sagenhafter, vom «Wine Spectator» ausgezeichneter Weinkeller mit allem, was gut und teuer ist (über 50 000 Flaschen). Whiskybar (laut «Guiness-Buch der Rekorde» mit der grössten Whiskyauswahl der Welt).

Anfahrt: Autobahn A3 via Chur Richtung Thusis/San Bernardino bis Ausfahrt Thusis Süd. Dann Landstrasse Richtung Tiefencastel/Julierpass/St. Moritz. Am hinteren Ende des St.-Moritzer-Sees gegenüber dem Bahnhof rechts über die Brücke und der Beschilderung zum Hotel folgen.

demy mit Driving-Range und Übungsparcours (6 Loch par 3). Im Winter: Hotel-Shuttle zur Furtschellasbahn. Die Langlaufloipen führen direkt am Hotel vorbei.

Empfang und Service: *****
Das zuvorkommende Hotelteam passt sich individuell dem Pulsschlag der Gäste an.

Zimmer: *****
56 Zimmer, 7 Juniorsuiten und 6 Suiten im eleganten Landhausstil. 11 Zimmer und 5 Appartements im benachbarten Zweisternhotel Sarita.

Essen und Trinken: *****
Französisch-italienische Küche im «Grill»-Restaurant, Bündner Spezialitäten und hausgemachte Teigwaren in der «Stüva», italienische Wein- und Esskultur in der «Enoteca & Osteria Murütsch» in den Kellergewölben des Hauses. Pianobar.

Anfahrt: Autobahn A3 via Chur Richtung Thusis/San Bernardino bis Ausfahrt Thusis Süd. Dann Landstrasse Richtung Tiefencastel/Julierpass/St. Moritz. In Silvaplana rechts abbiegen und dem See entlang Richtung Maloja bis zur Abzweigung Sils Baselgia (eine Abzweigung nach Sils Maria). Im Ort ist das «Margna» unübersehbar.

Post

CH-7514 Sils Maria

Tel. +41 (0)81 838 44 44
Fax +41 (0)81 838 44 00
www.hotelpostsils.ch
mail@hotelpostsils.ch
Mitte Juni bis Mitte Oktober und Mitte Dezember bis Mitte April geöffnet

Preise
EZ 117–235 Fr.
DZ 176–470 Fr.
inklusive Frühstück

Kinder im Zusatzbett:
0–5 Jahre 25 Fr. (Babybett 15 Fr.)
6–11 Jahre 45 Fr.
12–15 Jahre 70 Fr.
inklusive Frühstück

Im renovierten Engadinerhaus paart sich auf charmante Art gemütliche Bodenständigkeit mit der Anpassung an moderne Komfortstandards. Verschiedene Aufenthaltsräume in warmen Arvenholztönen und mit farbigen Sesseln lassen den Gast ganz nach Lust und Laune am Hotelgeschehen teilnehmen. Das liebenswürdige Team um die Gastgeberfamilie Nett sorgt dafür, dass sich Gross und Klein willkommen und aufgehoben fühlen.

Die Quittung:

Ambiance: ****
Moderner Landgasthof.

Lage: ****
Im Dorfzentrum neben der Poststation.

Freizeitangebot für kleine Gäste: *
Kinderspielzimmer mit Pingpong, Tischfussball und Lego-Burg.

Freizeitangebot für grosse Gäste: *
Sauna, Dampfbad, Fitnessraum.
Empfang und Service: *****
Herzlich und zuvorkommend.
Zimmer: ****
38 komfortable Zimmer und 4 Suiten von urchig antik bis geräumig modern.
Essen und Trinken: ****
Gut gemachte regionale Marktküche im Halbpensionsrestaurant, in der «Stüva da la Posta» oder auf der Gartenterrasse.

Anfahrt: Autobahn A3 via Chur Richtung Thusis/San Bernardino bis Ausfahrt Thusis Süd. Dann Landstrasse Richtung Tiefencastel/Julierpass/St. Moritz. In Silvaplana rechts abbiegen und dem See entlang nach Sils Maria. Das Hotel liegt im Dorfzentrum neben der Poststation und hat eigene Garagenplätze.

Waldhaus

CH-7514 Sils im Engadin

Tel. +41 (0)81 838 51 00
Fax +41 (0)81 838 51 98
www.waldhaus-sils.ch
mail@waldhaus-sils.ch
Mitte Dezember bis Mitte April und Mitte Juni bis Mitte Oktober geöffnet

Preise

EZ 240–395 Fr.
DZ 460–800 Fr.
Suite 900–1350 Fr.
inklusive Halbpension

Wer kompromisslosen Komfort nach modernsten Standards sucht, kommt im «Waldhaus» nicht auf seine Rechnung. Wer sich jedoch gerne in eine andere Epoche entführen lässt und es satt hat, dass immer mehr Hotels so aussehen, als könnten sie überall auf der Welt stehen, ist hier bestens aufgehoben. Der Belle-Epoque-Palast trägt seine 98 Jahre mit Stolz, steht dabei aber nicht still und entwickelt sich ständig weiter, ohne dabei seinen Charakter zu verlieren. Die Besitzer und Betreiber hüten seit vier Generationen sorgsam ihre Unabhängigkeit und nützen gleichzeitig den Spielraum, den sie ihnen gibt. Trotz 150 Zimmern und Suiten sowie weitläufigen öffentlichen Räumlichkeiten strahlt der imposante Bau im Innern eine bemerkenswert entspannte Privathaus-Atmosphäre und Geborgenheit aus. Auch Familien mit Kindern fühlen sich hier rundum wohl – jeder neunte Gast ist noch keine vierzehn Jahre alt.

Die Quittung:

Ambiance: ******
Historisch, ohne alt zu sein, von Tradition durchtränkt und dennoch kein müder Oldtimer.
Lage: ******
Stolz auf einer Felsnase über dem Dorf thronend.
Freizeitangebot für kleine Gäste: **
Betreuter Kinderclub, Spielzimmer, Kinderspielplatz. Viel Auslauf.
Freizeitangebot für grosse Gäste: ***
Hallenbad, Sauna, Dampfbad, Fitnessraum, Massagen. Tennishalle, 3 Aussen-Sandtennisplätze, Minigolf, Billard. Wanderleiterin, Mountainbike-Guide.

Empfang und Service: *****
Das «Waldhaus» ist ein reines Familienunternehmen. Dies spiegelt sich in einer sehr persönlichen Betreuung der Gäste wieder.
Zimmer: ****
Keines der 150 Zimmer gleicht dem anderen. Viele Möbel wirken wie Erbstücke. Für Familien diverse Kombinationen von zwei und mehr verbundenen Zimmern. Einfache Zimmer für Jugendliche.
Essen und Trinken: ****
Wechselhafte kulinarische Darbietungen im riesigen Halbpensionsrestaurant, gut gemachte Bündner Spezialitäten in der intimeren «Arvenstube».

Anfahrt: Autobahn A3 via Chur Richtung Thusis/San Bernardino bis Ausfahrt Thusis Süd. Dann Landstrasse Richtung Tiefencastel/Julierpass/St. Moritz. In Silvaplana rechts abbiegen und dem See entlang nach Sils Maria. Durch das Dorfzentrum hindurch und den Wegweisern zum Hotel folgen.

Schweizerhaus

CH-7516 Maloja

Tel. +41 (0)81 838 28 28
Fax +41 (0)81 838 28 29
www.maloja-schweizerhaus.ch
hallo@maloja-schweizerhaus.ch
Mitte Dezember bis Mitte April und Mitte Juni bis Mitte Oktober geöffnet

Preise

EZ 85–215 Fr.
DZ 160–390 Fr.
inklusive Frühstück
1- bis 3-Zimmer-Ferienwohnungen: 70–295 Fr. pro Tag und Wohnung exkl. Frühstück und Endreinigung

Kinder im Zusatzbett:
0–12 Jahre kostenlos

Das stolze Holzhaus aus dem 19. Jahrhundert bietet im Innern eine heiter familiäre Ferienatmosphäre, angenehme Zimmer von urchig traditionell bis zeitgemäss schlicht – und Stilbrüche mit Stil. Kinder können im Gespensterturm übernachten, Edelweiss schnitzen, Boote bauen, einen Hindernisparcours in wilder Natur bewältigen oder einen Pizza-Kochkurs absolvieren. Erwachsene finden ein breites Restaurantangebot und eine herrliche Bergwelt vor.

Die Quittung:

Ambiance: ****
Freundlich-fröhliches Chalethotel.

Lage: ****
Im Dorf.
Freizeitangebot für kleine Gäste: ***
Engagierte Kinderbetreuung (während den Hauptferienzeiten ca. 20 Stunden pro Woche, verkürztes Programm in der Nebensaison). Kinderspielzimmer (direkt neben dem Speisesaal), extra Spielraum im Nebengebäude. Breit gefächertes Animationsprogramm von Fackel-Schlittenabfahrten über Schneeschuhexpeditionen bis zum Fischen im Silsersee.
Freizeitangebot für grosse Gäste:
Kein spezifisches Angebot im Hotel.

Empfang und Service: ****
Souverän und hilfsbereit.
Zimmer: ****
29 komfortable, sehr unterschiedlich eingerichtete Zimmer und Familienzimmer (23–48 m^2), viele mit Verbindungstür. Diverse 1- bis 3-Zimmer-Ferienwohnungen (32–90 m^2).
Essen und Trinken: ****
Im Hauptrestaurant sorgfältig zubereitete regionale und mediterrane Spezialitäten aus frischen Produkten. Käse- und Fleischfondues im «Engadiner Stübli», Pizza und Pasta im «Pöstli», Grillspezialitäten auf der Sonnenterrasse.

Anfahrt: Autobahn A3 via Chur Richtung Thusis/San Bernardino bis Ausfahrt Thusis Süd. Dann Landstrasse Richtung Tiefencastel/Julierpass/St. Moritz. In Silvaplana rechts abbiegen und den Seen entlang nach Maloja fahren.

Romantik Maiensäss Guarda Val

CH-7078 Lenzerheide Sporz

Tel. +41 (0)81 385 85 85
Fax +41 (0)81 385 85 95
www.guardaval.ch
hotel@guardaval.ch
Anfang Juni bis Ende Oktober und Mitte Dezember bis Anfang April geöffnet

Preise

EZ 190–240 Fr.
DZ 290–330 Fr.
Suite 450–540 Fr.
inklusive Frühstück

Kinder im Zusatzbett:
Sommer:
0–12 Jahre kostenlos
12–16 Jahre 60 Fr.
ab 16 Jahre 80 Fr.
Winter:
0–6 Jahre kostenlos
ab 6 Jahre 80 Fr.
inklusive Frühstück

In loser Nachbarschaft gruppieren sich zehn subtil umgebaute Bauernhäuser und Ställe zu einem der romantischsten Hotels der Bündner Alpen. Vor einer herzerfrischend schönen Bergkulisse gelegen, ist das ehemalige Maiensässdorf auf 1600 Meter über Meer vom Lärm der Welt weit weg. Dafür, dass man ihn vergisst, sorgt der geschäftsführende Besitzer Erich Kurzen und sein motiviertes Team mit unkompliziert zuvorkommender Gastlichkeit. In dieser Ferieninsel wohnen die Hotelgäste Tür an Tür mit den Vazer Bauern. Besonders schön ist es hier im Winter, wenn man zwischen anderthalb Meter hohen Schneewänden aus dem Zimmer in eines der beiden Restaurants stiefelt.

Die Quittung:

Ambiance: ******
Das aus einer ehemaligen Bergbauernsiedlung herausgewachsene Viersternhotel lädt zum Bleiben ein: Das einzigartige Naturerlebnis, die komfortablen Zimmer, die abwechslungsreiche Küche und der liebenswürdige Empfang sorgen für ungetrübte Urlaubsfreuden.

Lage: ******
Auf einer Sonnenterrasse in freier Natur, mit herrlichem Panoramablick über das Hochtal von Lenzerheide.

Freizeitangebot für kleine Gäste: *
Spielplatz. Viel Auslauf.

Freizeitangebot für grosse Gäste: **
Sauna, betreute Outdoor-Programme.

Empfang und Service: ****
Dienstbare Geister begegnen den Gästen mit viel gutem Willen und löblichem Eifer, doch manche Serviceabläufe fordern die Geduld des urbanen Gastes, der sich daran erinnern muss, dass er im beschaulichen Sporz und nicht in Zürich oder München weilt.

Zimmer: ****
34 sehr unterschiedliche Zimmer und Suiten, verteilt auf diverse alte Bauernhäuser.

Essen und Trinken: ******
Bündner Spezialitäten sowie Fondue und Raclette im «Crap Naros». Raffinierte Gourmetküche im edel-rustikalen «Guarda-Val».

Anfahrt: Autobahn A3 bis Ausfahrt Chur Nord/Lenzerheide, dann Landstrasse bis Lenzerheide. Direkt vor dem Dorfzentrum rechts nach Sporz abbiegen.

SchweizerHof

CH-7078 Lenzerheide

Tel. +41 (0)81 385 25 25
Fax +41 (0)81 385 26 26
www.schweizerhof-lenzerheide.ch
info@schweizerhof-lenzerheide.ch
Ganzjährig geöffnet

Preise

EZ 150–270 Fr.
DZ 250–480 Fr.
inklusive Frühstück
2½-Zimmer-Appartement
(2–4 Personen) 300–670 Fr.
3½-Zimmer-Appartement
(2–6 Personen) 395–920 Fr.
ohne Frühstück

Kinder im Zusatzbett:
0–6 Jahre 5–10 Fr pro Altersjahr und Tag
7–12 Jahre 50–70 Fr.
13–16 Jahre 60–80 Fr.
inklusive Frühstück

«Wo ist meine Kleine?» – «Pass auf! Nicht die Treppe runter!» – «Jetzt lass das Weinen!» Eltern und ihre Kinder im Hotel. Nicht so im «SchweizerHof». Denn kleine und grosse Kids finden hier viel Platz zum Toben und fast rund ums Jahr viele Spielkameraden. Neben der kindergerechten Infrastruktur und der professionellen Betreuung überzeugt der «SchweizerHof» auch mit elterngemässem Komfort. Die 32 Zimmer strahlen mit ihren frischen Farben und warmen Materialien eine komfortable Heimeligkeit aus. Und weil die Kinder tagsüber bestens betreut sind, können die Erwachsenen entspannt und mit Genuss das herrliche Skigebiet erkunden oder in aller Ruhe eine Massage geniessen.

Die Quittung:

Ambiance: *****
Ausgesprochenes Familienhotel mit entsprechend breitem Freizeit- und Aktivitätenprogramm.

Lage: ****
Mitten im Dorf.

Freizeitangebot für kleine Gäste: ****
Im hauseigenen Kindergarten «Globi Club» werden Kinder ab 1 Jahr fachgerecht betreut (im Sommer von Montag bis Freitag, im Winter von Sonntag bis Freitag jeweils von 9–16.30 Uhr). Während den Schulferienzeiten vielseitiges Animationsprogramm. Spielzimmer mit Nintendo und Lego, Videozelt, Spielplatz im Innenhof, Minidisco, Kinderschwimmkurse, Spiel- und Mär-

chenabende, Abenteuerausflüge mit Nachtessen. Kinderbuffet.
Freizeitangebot für grosse Gäste: ***
Neuer Wellnessbereich auf 1500 Quadratmetern (ab Dezember 2006). Vielfältiges Freizeit- und Sportprogramm drinnen und draussen.
Empfang und Service: *****
Auch bei vollem Haus sicher und aufmerksam.
Zimmer: *****
32 heiter stimmende Zimmer und Suiten im Hauptgebäude. Nebengebäude mit zahlreichen, sehr verschieden ausgestatteten Appartements, mit dem Hotelkomplex unterirdisch verbunden (2½- bis 3½-Zimmer, teilweise speziell für Familien mit Kleinkindern eingerichtet). 32 neue Hotelzimmer im ehemaligen Sportcenter (ab Dezember 2006).
Essen und Trinken: ****
In der Bündnerstube «Allegra» Capuns, Maluns, Pizokels usw., im «Boccalino» leckere Holzofenpizzas, im «La Scala» mediterrane Köstlichkeiten, im «Stübli» währschafte Röstivariationen und in der «Arvenstube» unprätentiöse Halbpensionsmenüs, oft mit grossem Schlemmerbuffet.

Anfahrt: Autobahn A3 bis Ausfahrt Chur Nord/Lenzerheide, dann Landstrasse bis Lenzerheide. Das Hotel liegt an der Dorfstrasse im Ortszentrum.

Adula

CH-7018 Flims Waldhaus

Tel. +41 (0)81 928 28 28
Fax +41 (0)81 928 28 29
www.adula.ch
info@adula.ch
Anfang Dezember bis Mitte April und Anfang Mai bis Mitte November geöffnet

Preise
EZ 150–330 Fr.
DZ 300–470 Fr.
Juniorsuite 420–600 Fr.
inklusive Halbpension

Kinder im Zusatzbett:
0–6 Jahre kostenlos
7–12 Jahre 70% Ermässigung
13–16 Jahre 50% Ermässigung
inklusive Halbpension

Es gibt spektakulärere Hotels in der Gegend, etwa das benachbarte «Park Hotel Waldhaus» oder die «Grand Hotels Bad Ragaz», aber kaum eines mit dieser Aura von zeitgemäss gepflegter Ländlichkeit. So benötigt das «Adula» keine gewaltige Windmaschine für seine Werbung, sondern vertraut darauf, dass seine Leistung und die täglich gelebte Ferienatmosphäre für sich sprechen. In der Hotelanlage hat es genug Platz für drei Generationen; die kleinen Gäste sind ganztägig bestens betreut, und die Natur beginnt gleich vor der Haustür. «Zeit für das Echte» ist die Devise des geschäftsführenden Besitzers Peter Hotz. Denn je «cooler» die Zeiten, desto grösser ist die Sehnsucht nach Authentischem, Wahrem, Eigenständigem. Das «Adula» erfüllt diesen Anspruch in vielerlei Hinsicht. Das Dekor ist auf zeitgemässe Weise heimelig; die Wahl von warmen Farben und hellem Holz sowie eine besondere Liebe zum Detail verbreiten im ganzen Haus Wohlbefinden. Der grosszügig angelegte Wellnessbereich «La Mira» ist nach den Leitlinien der Feng-Shui-Philosophie gestaltet und erinnert trotz zenartig schlichtem Look immer auch daran, dass man sich in den Bündner Bergen befindet.

Villa Silvana im Park Hotel Waldhaus

CH-7018 Flims Waldhaus

Tel. +41 (0)81 928 48 48
Fax +41 (0)81 928 48 58
www.parkhotel-waldhaus.ch
info@parkhotel-waldhaus.ch
Mitte Dezember bis Mitte April und Mitte Juni bis Mitte Oktober geöffnet

Die Quittung:

Ambiance: *****
Bündner Landhausambiente. Selbst wenn das Haus voll besetzt ist, was speziell in den Wintermonaten die Regel ist, kommt keine Hektik auf.

Lage: ****
In einer Gartenanlage am Dorfrand.

Freizeitangebot für kleine Gäste: **
Professionelle Kinderbetreuung. Spielzimmer mit Tischfussball und Flipperkasten. Spielplatz.

Freizeitangebot für grosse Gäste: ****
Im bemerkenswert schönen, 1200 Quadratmeter grossen Spa schmeicheln beruhigende Düfte, sanftes Licht und alpine Naturmaterialien allen Sinnen. Breite Palette an Schönheitsbehandlungen und Körpertherapien (klassische Massagen, Shiatsu, Pantai Luar, Kinesiologie) in überdurchschnittlicher Qualität, Anti-Aging-Therapien, medizinische Check-ups, Hightech-Fitnesscenter, Sole-Aussenpool sowie Hallensportbad.

Empfang und Service: *****
Familiär und hilfsbereit.

Zimmer: ****
93 freundliche Zimmer und 3 Juniorsuiten.

Essen und Trinken: *****
Die drei Restaurants setzen auf eine frische Marktküche aus vorwiegend regionalen Zutaten – im Gourmetlokal Barga mit französisch-bündnerischer Prägung, im «La Clav» mit norditalienischer Leichtigkeit und im grossen Halbpensionsrestaurant mit täglich wechselnden Auswahlmenüs.

Anfahrt: Autobahn A3 via Chur Richtung Thusis/San Bernardino bis Ausfahrt Reichenau/Flims. Landstrasse nach Flims, Ortszentrum durchqueren und im Dorfteil Flims Waldhaus den Wegweisern zum «Adula» folgen.

Preise

EZ 180–315 Fr.
DZ 350–620 Fr.
inklusive Frühstück

Kinder im Zusatzbett:
0–6 Jahre 20 Fr.
7–16 Jahre 55 Fr.

In der Anlage des Luxusresorts «Park Hotel Waldhaus» verbirgt sich eine kleine Perle von einem Familienhotel: das Vierstern-Gästehaus Villa Silvana. Das Jugendstil-

haus, im fröhlichen Sommerhausstil eingerichtet und mit besonders familiengerechten Zimmerkombinationen ausgestattet, profitiert von der Infrastruktur des weitläufigen Resorts. Man bewegt sich (wahlweise unter- oder oberirdisch) zwischen zahlreichen Gebäuden diverser Baustile und Zeitepochen hin und her. Historische Architektur kontrastiert mit modernen Akzenten und dem filigranen, mitten im Park platzierten Glaskubus, der wie aus dem Weltraum gefallen scheint und das Schwimmbad beherbergt. Das Spa erstreckt sich über 2500 Quadratmeter und zählt zu den schönsten der Schweiz.

Die Quittung:

Ambiance: ******
Das Resort strahlt eine schweizuntypische Grosszügigkeit aus und bietet viel Platz und Auslauf für kleine und grosse Gäste.

Lage: ******
Die 128-jährige Hotelanlage verdient ihren Namen, sie liegt in einem 22 Hektar grossen Park abseits vom Durchgangsverkehr.

Freizeitangebot für kleine Gäste: ******
Kinder ab 3 Jahre werden im täglich geöffneten «WOW junior club» betreut. Für die Grösseren: Game Room mit Playstation 2, Nintendo Game Cube, Tischfussball, Billard, Partyraum. Kleintier- und Streichelzoo im Park, Aussenspielplatz, Hochseil-Erlebnisgarten. Wasserwelt mit Hallenbad, dampfendem Aussenbad, beheiztem Aussenerlebnisbad. Hoteleigene Ski- und Snowboardschule, Kids-Tennisunterricht, Kids-Fitness-Aktivitäten, Kinderrestaurant. Sommer-Jugend-Camps mit breitem Spass- und Actionprogramm von River-Rafting über Abenteuer im Hochseilgarten bis zum Benimmkurs.

Freizeitangebot für grosse Gäste: ******
Attraktives Spa mit Hallenbad, dampfendem Aussenbad, Saunawelt, Fitness- und Gymnastikraum, betreute Bewegungs- und Entspannungslektionen, diverse Massagen, Kosmetik. 2 Hallentennisplätze, Tennisschule, Curlinghalle, Indoor und Outdoor Driving-Range, Putting Green, Joggingpfade. Hotelmuseum, zahlreiche Gemeinschaftsaktivitäten.

Empfang und Service: *****
Freundlich und hilfsbereit.

Zimmer: ******
Die 37 Zimmer präsentieren sich in heiterer Wohnlichkeit.

Essen und Trinken: *****
Riesiges Halbpensionsrestaurant «Panorama», mediterranes Spezialitätenrestaurant «La Cena», Fonduevariationen in der «Mungga Stuba», asiatisches Restaurant «Little China», Pizza und Pasta im «Pomodoro». «The Lounge» Bistro Café und Bar.

Anfahrt: Autobahn A3 via Chur Richtung Thusis/San Bernardino bis Ausfahrt Reichenau/Flims. Landstrasse nach Flims, das Dorf durchqueren bis zur Hoteleinfahrt (rechts) mitten im Dorfteil Flims Waldhaus.

Öko-Hotel Ucliva

CH-7158 Waltensburg/Vuorz

Tel. +41 (0)81 941 22 42
Fax +41 (0)81 941 17 40
www.ucliva.ch
info@ucliva.ch
Mitte Dezember bis Ende Oktober geöffnet

Preise

EZ 125–141 Fr.
DZ 186–220 Fr.
Dreibettzimmer 256–279 Fr.
Vierbettzimmer 300–324 Fr.
inklusive Frühstück

Kinder im Zusatzbett:
0–2 Jahre kostenlos (inklusive Babybett)
3–5 Jahre 70% Ermässigung
6–11 Jahre 40% Ermässigung
12–16 Jahre 25% Ermässigung

Waltensburg/Vuorz und Andiast sind zwei kleine, vom Massentourismus verschont gebliebene Bergbauerndörfer, die ihren ursprünglichen Charakter bewahrt haben. Zwischen diesen beiden Dörfern liegt auf einer offenen Sonnenterrasse über dem Vorderrheintal das «Ucliva». Das baubiologisch konzipierte und ökologisch betriebene Hotel gilt als Modell für sanften Tourismus und eignet sich bestens für Familien. Auf dem ausgebauten Dachboden – der elternfreien Zone – können Dreikäsehochs miteinander toben und spielen, malen und alles tun, was das Kinderherz begehrt. Aber auch der Spielplatz und der Garten rund ums Haus locken. Schon so manches Stadtkind soll aus dem Staunen nicht herausgekommen sein, dass die Kühe des benachbarten Stalls nicht lila sind.

Die Quittung:

Ambiance: ****
Öko mit Flair. Natürliches, unbehandeltes helles Holz bestimmt das Ambiente in den Zimmern und öffentlichen Räumen.

Lage: *****
Freistehend mit Weitblick über die Surselva auf 1050 Metern über Meer.

Freizeitangebot für kleine Gäste: ***
Täglich drei Stunden betreutes Kids-Programm (immer dann, wenn mindestens 5 Kinder im «Ucliva» wohnen). Kinderspielzimmer, Aussenspielplatz, Billard, Pingpong und Tischfussball, spezielle Kindermenüs. Während den Schulferienzeiten breites Aktivitätenprogramm (Bergbäche erforschen, abenteuerlicher Ausflug zu einer Burg, im Tipi übernachten usw.).

Freizeitangebot für grosse Gäste: *
Holzbefeuerte Sauna. Bibliothek.

Empfang und Service: ****
Freundlich und hilfsbereit.

Zimmer: ***
22 einfache rustikale Zimmer, davon zahlreiche Familienzimmer mit 3, 4 oder 5 Betten.

Essen und Trinken: ****
Sowohl vegetarische Menüs wie Schnitzel mit Pommes frites in gleich guter Qualität – natürlich mit biologischen Kartoffeln und Fleisch aus dem Stall in der Nachbarschaft. Dazu Bioweine aus der Bündner Herrschaft.

Anfahrt: Autobahn A3 via Chur Richtung Thusis/San Bernardino bis Ausfahrt Reichenau/Flims. Auf der Landstrasse via Ilanz Richtung Disentis bis Abzweigung Waltensburg/Brigels. Das Hotel liegt oberhalb der Strasse zwischen Waltensburg und Andiast.

Disentiserhof

CH-7180 Disentis

Tel. +41 (0)81 929 57 00
Fax +41 (0)81 929 57 01
www.disentiserhof.ch
info@disentiserhof.ch
Ganzjährig geöffnet ausser November und Mai

Preise

EZ 90–150 Fr.
DZ 160–220 Fr.
Dreibettzimmer 220–300 Fr.
inklusive Frühstück
2- bis 5-Zimmer-Wohnungen 777–2386 Fr. pro Woche für 4–6 Personen (ohne Frühstück)

Kinder im Zusatzbett:
0–2 Jahre kostenlos
3–15 Jahre 50% im Zimmer der Eltern

Mit 157 Wohneinheiten und 600 Betten ist der «Disentiserhof» das grösste Apparthotel der Schweiz, konzipiert für drei Generationen, mit besonderer Eignung für Familien mit Kindern. Wenn die kleinen Gäste erst einmal das «Globi-Schloss» entdeckt und beim reichhaltigen Kinderprogramm im Haus und an der frischen Luft angebissen haben, wird man sie während der ganzen Ferienzeit kaum je mehr sehen. Anschluss ist garantiert, und es gibt alles unter einem Dach: Spiele, Sport, Spass, Essen, Unterhaltung. Die Ferienwohnungen sind sehr unterschiedlich ausgestattet, je nach Geschmack des jeweiligen Stockwerkeigentümers. Für eine kleine Familie mag die Zweizimmerwohnung mit offener Küche, Wohn-/Esszimmer und Schlafzimmer reichen; die Grossfamilie wählt die weitläufige Fünfzimmerwohnung.

Die Quittung:

Ambiance: ***
Etwas überdimensionierte, teilweise steril anmutende Feriensiedlung im Jumbo-Chalet-Stil, die jedoch durch die zahlreich vertretenen Familien mit Kindern atmosphärisch aufgeheitert wird. Nichts für Individualisten.

Lage: ***
Am Dorfeingang.

Freizeitangebot für kleine Gäste: *****
Globi-Spiel-und-Abenteuer-Schloss nur für Kinder. Kostenlose Kinderbetreuung im «Glöbeliclub» (2–4 Jahre), Knirpse ab 5 Jahre dürfen vom ganzen Schloss Besitz nehmen. Im Keller Räuberhöhle mit Cheminée für die abendliche Märchenstunde, Verliess für Wärter und Gefangenen, Werkstatt. Eine Etage höher Theater mit professioneller Bühne und Schminkraum, Bibliothek, Globi-Museum, Musikzimmer mit Schlagzeug und Klavier. Verwinkelte Schlafräume unter dem Dach mit Kajütenbetten oder Matratzenlager. Turmausguck mit Blick in die Weite und hinunter in den Schlosspark, auf Burggraben, Spielplatz und Zeltlager. Wahrlich, ein Schloss für Ritter und Räubertöchter!

Freizeitangebot für grosse Gäste: ***
Hallenbad, Sauna, Fitnessraum. 2 Aussen-Tennisplätze, Billard, Kegelbahn.

Empfang und Service: ***
Die Anlage steht unter neuer Führung und sucht noch nach Konstanz.

Zimmer: ***
15 Hotelzimmer, 157 Wohnungen mit 2 bis 5 Zimmern. Alle verfügen über TV und Balkon oder Terrasse.

Essen und Trinken: ***
Durchschnittliche Regionalküche in zwei Restaurants.

Anfahrt: Autobahn A3 via Chur Richtung Thusis/San Bernardino bis Ausfahrt Reichenau/Flims. Via Flims und Ilanz nach Disentis, der «Disentiserhof» liegt beim Dorfeingang.

Märchenhotel Bellevue

CH-8784 Braunwald

Tel. +41 (0)55 643 30 30
Fax +41 (0)55 643 10 00
www.maerchenhotel.ch
info@maerchenhotel.ch
Mitte Juni bis Mitte Oktober und Mitte Dezember bis Anfang April geöffnet

Preise

EZ 126–255 Fr.
DZ 252–510 Fr.
inklusive Halbpension

Kinder im Zusatzbett:
0–5 Jahre kostenlos
6–9 Jahre 70% Reduktion (inklusive Halbpension)
10–11 Jahre 50% Reduktion (inklusive Halbpension)
12–16 Jahre 30% Reduktion (inklusive Halbpension)

Familien mit Kindern fühlen sich in diesem ehemaligen Grandhotel aus dem Jahr 1907 wie im Schlaraffenland. Da gibt es Rutschbahnen statt Treppen, Märchen statt Fernsehen, Spielen statt Bravsein. Es geht sehr gesellig zu und her. Die Gastgeber Martin und Lydia Vogel führen ihr Haus ganz nach dem Motto: Hotellerie muss Spass machen. Als allabendlicher Höhepunkt der kleinen Gäste erzählt der Hoteldirektor täglich um 18.30 Uhr ein Märchen.

Die Quittung:

Ambiance: *****
Das «Bellevue» ist genau so, wie man sich ein «Märchenhotel» vorstellt. Das Spielangebot ist enorm – hier kommen die Kleinen ganz gross heraus.

Lage: ******
In einer sonnigen Gartenanlage über dem autofreien Dorf auf 1300 Meter über Meer, mit schönem Ausblick auf die Glarner Alpen.

Freizeitangebot für kleine Gäste: ******
Erlebnis-Hallenbad mit Tarzan-Kletterparcours und zweistöckiger Rutschbahn, Baby-Planschbecken. Professionelle Kinderbetreuung (täglich 8.45–12.30 Uhr und 16–21 Uhr; tagsüber können auch Kinder unter 3 Jahre in den Kindergarten kommen). Spiel- und Bastelzimmer, Juniorenzimmer mit Nintendo-Spielcomputern, Spielplatz mit Baumseilbahn und Kletterwand (15 Meter Höhe, bis Schwierigkeitsgrad 7), Tischtennis und Tischfussball, Billard, Minigolf, Kinderkino, Luftschloss-Trampolin, Kinderrestaurant, im Winter Eisfeld direkt neben dem Hotel (Schlittschuhvermietung), Kinderskirennen usw.

Freizeitangebot für grosse Gäste: ***
Erlebnis-Hallenbad, Whirlpool, Sauna, Dampfbad, Massagen, Fitnessraum, 2 Tennisplätze. Schmuckgestaltungskurse, begleitete Wanderungen. Im Winter gute Schlittelmöglichkeiten (Schlittenvermietung im Hotel), kleines Skigebiet.

Empfang und Service: *****
Liebenswert und hilfsbereit.

Zimmer: ****
54 freundliche Zimmer (darunter zahlreiche Familienzimmer mit Verbindungstür) und 2 Suiten (Letztere mit originellen Panorama-Glaspavillon-Badezimmern). Zimmer auf Wunsch mit Wickeltisch, Babybett und Trittbrett beim Lavabo.

Essen und Trinken: ***
Spezielle Kindermenüs und Kinderbuffets. Anspruchsvolleren Gästen wird das Hotel kulinarisch nicht immer vollauf gerecht.

Anfahrt: Autobahn A3 bis Ausfahrt Ziegelbrücke, dann via Glarus nach Linthal und dort zur Talstation der Braunwaldbahn. Mit der Zahnradbahn nach Braunwald. Elektrotaxi für den Gepäcktransport zum Hotel (Anruf vom Gratistelefon der Talstation genügt).

Flora Alpina

CH-6354 Vitznau

Seestrasse
Tel. +41 (0)41 397 13 86
Fax +41 (0)41 397 10 54
www.floraalpina.ch
welcome@floraalpina.ch
Ganzjährig geöffnet

Preise

EZ 90–152 Fr.
DZ 160–246 Fr.
Familienzimmer 240–310 Fr.
inklusive Frühstück

Kinder im Zusatzbett:
0–6 Jahre 15 Fr.
7–15 Jahre 25% des Zimmerpreises

Auf dem 85 000 Quadratmeter grossen Hotelgelände gibt es für aktive Familien viel zu entdecken, und die Ausflugsmöglichkeiten in der unmittelbaren Umgebung sind fast uferlos. Das «See-, Wald- und Wiesenhotel» (Eigenwerbung), bestehend aus dem Hauptgebäude auf dem Hügel (Dreistern-Hotelzimmer) und der «Villa Margaritha» (Ferienwohnungen) direkt am See wurde im Jahr 2005 in luftig-schlichtem Stil von Architektin Pia Schmid renoviert, und der engagierte Direktor Silvan Auf der Maur hat den alten Mief, der dem «Flora Alpina» jahrzehntelang anhing, durch ein legeres Ferien-Feeling ersetzt.

Die Quittung:

Ambiance: ****
Angenehm unprätentiöses Landhotel an 1-a-Lage.
Lage: ******
Alleinstehend in einer Parkanlage südlich von Vitznau, am Fuss der

Rigi. Herrlicher Panoramablick auf Vierwaldstättersee und Berge.
Freizeitangebot für kleine Gäste: *
Spielplatz.
Freizeitangebot für grosse Gäste: **
Seebad, Sandstrand, stimmungsvolles Seedampfbad «SchwitzUnd-Schwimm» im alten Bootshaus.

Empfang und Service: ****
Freundlich. Die Mitarbeiter stehen auch gerne mit Rat und Tat bei der Organisation von Ausflügen zur Verfügung.
Zimmer: ****
57 moderne, durchwegs frisch renovierte Zimmer und Familienzimmer (2 Erwachsene und 2 Kinder). Ferienwohnungen in der «Villa Margaritha» direkt am See.
Essen und Trinken: ***
Einheimische und italienische Spezialitäten.

Anfahrt: Autobahn A4 Rotkreuz–Brunnen bis Ausfahrt Küssnacht am Rigi, dann Seestrasse via Weggis nach Vitznau. Den Ort durchqueren und 1,5 Kilometer weiterfahren Richtung Brunnen bis zum Hotelabzweiger.

Park Hotel Weggis

CH-6353 Weggis

Hertensteinstrasse 34
Tel. +41 (0)41 392 05 05
Fax +41 (0)41 392 05 28
www.phw.ch
info@phw.ch
Ganzjährig geöffnet

Preise
EZ 245–305 Fr.
DZ 330–530 Fr.
Juniorsuite/Suite 510–1110 Fr.
ohne Frühstück

Kinder im Zusatzbett:
0–6 Jahre kostenlos

Das «Park Hotel Weggis» bietet nicht, was man von einem Familienhotel normalerweise erwartet – es bietet sehr viel mehr: Atmosphäre, Stil, Harmonie und vielfältige Anregungen – so und ähnlich äussern sich begeisterte Gäste. Mit Recht und aus verschiedenen Gründen. Zum einen, weil das Team um Gastgeber Peter Kämpfer erfrischend unkompliziert und zugleich kompetent auf die Wünsche der Gäste eingeht. Zum anderen, weil der liebevoll gepflegte Garten mit den luxuriösen «Spa Cottages», die hochstehende Kulinarik, die verspielte Architektur und die behaglichen Interieurs auf wunderbare Weise zusammenspielen. Zudem bietet das Haus für Gross und Klein mehr Möglichkeiten, als man sich träumen lässt – (fast) alles ist möglich. Und das Schönste: Man kann es auch sein lassen. Auf einer Terrasse im Halbschatten liegend, den Strohhut tief in die Stirn gezogen, wird man mühelos Teil der Gesamtästhetik. Die Kids sind währenddessen bestens im «ZEBI-Kinderclub» betreut.

Die Quittung:
Ambiance: ******
Der Innenarchitekt zeigte bei der aufwendigen Renovation eine

gesunde Respektlosigkeit vor dem spiessigen Einheitslook gängiger Hotelarchitektur. Ein gelungener Mix aus Moderne und Klassik zieht sich durch das ganze Haus. Luxus, mit einer unglaublichen Frische und Heiterkeit interpretiert.

Lage: *****

In einem Park am Vierwaldstättersee. Hotelanlage und privates Seeufer sind durch eine – allerdings wenig befahrene – Strasse getrennt.

Freizeitangebot für kleine Gäste: ***

Kostenpflichtiger Kinderclub mit professioneller Kindergärtnerin: Hier wird gemalt, gebastelt, Unfug getrieben und für Spass gesorgt (Juni bis August von Montag bis Sonntag 9.15–17.00 Uhr; September bis Mai von Montag bis Donnerstag 9.15–17.00 Uhr, Freitag 9.15–11.45 Uhr, Samstag und Sonntag auf Anfrage). Privater Badestrand mit diversen Wassersportarten.

Freizeitangebot für grosse Gäste: ******

In den sechs luxuriös ausgestatteten und in japanischer Schlichtheit gestalteten «Spa Cottages» (je 70 m^2) kann man sich allein, zu zweit oder mit der ganzen Familie in vollkommener «Privacy» erholen oder massieren lassen. Dazu: Fitnessraum, Kosmetikstudio, privater Badestrand, Boote, Bikes, monatliche Wine-and-Dine-Anlässe, Billard, Bibliothek.

Empfang und Service: ******

Der Gast spürt in allen Bereichen, dass man an ihn denkt und sich bemüht, ihn stets aufs Neue zu überraschen.

Zimmer: ******

34 Zimmer, 5 Juniorsuiten, 4 Suiten. Alle Zimmer mit grosszügigen Badezimmern.

Essen und Trinken: ******

Küchenchef Albert Hubmann brilliert täglich mit seinen kulinarischen Darbietungen im Gourmetrestaurant Annex. Auch das Hotelrestaurant Sparks ist kulinarisch aufgerückt. Das dritte Restaurant, The Grape, mit kalifornisch inspirierter Küche liegt fünf Gehminuten entfernt im Dorfzentrum. In allen drei Lokalen Raritäten, Kultweine und Neuentdeckungen zu unschlagbar tiefen Preisen. Auch wer schon alles zu kennen glaubt, kann sich von den beiden Sommeliers zu Weinhöhenflügen inspirieren lassen.

Anfahrt: Autobahn A4 Rotkreuz–Brunnen bis Ausfahrt Küssnacht am Rigi, dann Landstrasse nach Weggis. In Weggis der Seestrasse folgen Richtung Hertenstein.

Schloss Wartegg

CH-9404 Rorschacherberg

Von-Blarer-Weg
Tel. +41 (0)71 858 62 62
Fax +41 (0)71 858 62 60
www.wartegg.ch
schloss@wartegg.ch
Ganzes Jahr geöffnet

Preise

EZ 100–120 Fr.
DZ 140–205 Fr.
inklusive Frühstück

Kinder im Zusatzbett:
0–2 Jahre kostenlos
3–12 Jahre 25–40 Fr.
13–16 Jahre 35–60 Fr.

Die weit verbreitete Maxime der Hotelplaner, Grundrisse und Grundstücke nutzflächensteigernd zu standardisieren, gilt im «Schloss Wartegg» nicht viel. Der Park, das Treppenhaus, der Konzertsaal sind eine grandiose Platzverschwendung, ermöglicht durch die Finanzkraft und den Idealismus der Besitzer Angelika und Christoph Mijnssen. Als sie den 450-jährigen Adelssitz (zuletzt bewohnt von Österreichs letzter Kaiserin Zita) Ende der neunziger Jahre zu neuem Leben erweckten, wurde Altes und Neues architektonisch klug vereint. Schlichtheit und natürliche Materialien bestimmen den umsichtig und nach baubiologisch sinnvollen Grundsätzen erfolgten Ausbau der Innenräume. Man pflegt bewusst keine Schlosshotelkultur, sondern setzt eher auf einen klösterlichen Esprit und die Schönheit des Einfachen. Familien mit Kindern sind sehr willkommen – während den Hauptferienzeiten kümmert sich eine professionelle Kinderbetreuerin um ein aktives Tagesprogramm.

Die Quittung:

Ambiance: ******
Es gibt Hotels, da weiss man gleich: Hier hat sich jemand einen Traum erfüllt. Das «Schloss Wartegg» ist ein solches Hotel. Profitieren können die Gäste: Es ist eines der preiswertesten und zugleich schönsten Schlosshotels der Schweiz.

Lage: *****
In einem 9 Hektar grossen Naturpark mit Blick auf den Bodensee. Am Fuss des idyllischen Parks rauschen die Kantonsstrasse und der Zug vorbei.

Freizeitangebot für kleine Gäste: **
Spielraum, Spielwiese für Volleyball, Kinder- und Kleinkinderspielplatz. Kinderbetreuung während den Hauptferienzeiten. Kinder-Schlafzimmer mit Futon-Spielwiese.

Freizeitangebot für grosse Gäste: **
Sauna mit historischem Bad, Bikes. Regelmässig klassische Konzerte und kulturelle Veranstaltungen. Badeplatz am See (5 Minuten zu Fuss).

Empfang und Service: ****
Freundlich. Wer aus der Stadt anreist, muss sich an das ländliche Zeitmass, an das sich der Service hält, erst gewöhnen.

Zimmer: ****
24 angenehme Zimmer und Familienzimmer in freundlichen Farben, zum Teil mit Kleinküche. Kein TV in den Zimmern.

Essen und Trinken: ****
Leichte Marktküche mit frischen Bio- und Freilanderzeugnissen, vegetarische Spezialitäten, viele Produkte aus dem eigenen Schlossgarten.

Anfahrt: Autobahn St. Gallen–St. Margrethen bis Ausfahrt Rheineck, dann Landstrasse Richtung Rorschach. Nach Ortstafel «Staad» gerade durch den Kreisel. Beim Ortsende von Staad (linker Hand Shell- und Migrol-Tankstelle) links nach Rorschacherberg abbiegen, am «Parkhotel Waldau» vorbei und der Beschilderung zum «Schloss Wartegg» folgen.

Lenkerhof

CH-3775 Lenk

Tel. +41 (0)33 736 36 36
Fax +41 (0)33 736 36 37
www.lenkerhof.ch
welcome@lenkerhof.ch
Mitte Juni bis Mitte April geöffnet

Preise
EZ 350–450 Fr.
DZ 530–630 Fr.
Juniorsuite/Suite 600–1000 Fr.
inklusive Halbpension

Kinder im Zusatzbett:
0–6 Jahre kostenlos
6–13 Jahre 100 Fr.
ab 13 Jahre 180 Fr.
inklusive Halbpension

Bis vor wenigen Jahren war der «Lenkerhof» ein von Mief und Tristesse bestimmtes Kurhotel. Heute fühlt man sich gleich nach der Ankunft in einer heiter stimmenden, unkomplizierten Ferienwelt. Jeder Weg im Haus führt vorbei an der grossen Lobby, die man eigentlich als Lounge bezeichnen muss. Was zunächst etwas wunderlich anmutet, ist ein stilvoller Mix von alpenländisch bis marrokanisch. Der wuchtige Kamin scheint einem Loireschloss zu entstammen, die Deckenlampen würden sich auch in einem tibetanischen Kloster gut machen, die Sitzgruppen an der breiten Fensterfront sind exzentrisch modern – auf einigen Sofas liegen Kuhfelle. Auch die Ecke mit der Bibliothek oder der Zigarrenbereich im Kolonialstil fügen sich in die Lounge ein, als gehörten sie schon immer zum «Lenkerhof». Abends leuchten unzählige Kerzen. Den sportlichen Vater mit Kleinkind trifft man hier ebenso an wie den prominenten deutschen Nighttalkmaster, der mal für zehn Tage ausspannt. Kids werden professionell betreut und wie in einem alpinen Wunderland unterhalten. Trotz der fünf Hotelsterne müssen die «kleinen Prinzen» nicht auf Zehen schleichen. Sie dürfen sich frei bewegen, auch ihre Meinung kundtun oder mal das Programm ändern. Das Kids-Team nimmt immer grösstmögliche Rücksicht auf die Erwachsenen, nach dem Motto: «Lenkerhof»-Gäste wissen, dass im Haus auch Kinder sind – sie bringen Unbeschwertheit ins Hotel und erfreuen damit alle.

Die Quittung:

Ambiance: ******
Hier pflegt man ein neuzeitliches Verständnis der Schweizer Ferienhotellerie – mit berauschender Wellnessanlage, hochstehender Kulinarik und unaufdringlicher Effizienz im Service.

Lage: *****
An schöner Panoramalage über dem Dorf. Im Winter direkter Pistenanschluss.
Freizeitangebot für kleine Gäste: ****
Professionelle Kinderbetreuung (3–16 Jahre, täglich 13–21.30 Uhr), Kids-Kino, Kinderrestaurant «Der kleine Prinz», Spielräume, Aussenerlebnispark, Beach-Volleyballplatz, Nass-und-Krass-Kinderwasserspass mit grosser Indoor-Rutschbahn. Vielfältiges Aktivitätenprogramm drinnen und draussen.
Freizeitangebot für grosse Gäste: ******
Ästhetisch herausragendes Spa: Auf 2000 Quadratmetern wird mit Wasser und Wärme alles getan, um den Gast physisch und seelisch in die Balance zu bringen. Fitnessraum, Gymnastik, Entspannungslektionen, Bikes, geführte (Schneeschuh-)Wanderungen, Mountainbiketouren, Käsefondue-Abend in der Alphütte mit rasanter Schlittenabfahrt usw.
Empfang und Service: ******
Die Herzlichkeit der Mitarbeiter ist ansteckend: Gute Laune liegt über dem Haus.
Zimmer: ******
82 heiter stimmende Zimmer, Juniorsuiten und Suiten.
Essen und Trinken: ******
Der Gast kann im Halbpensionsarrangement zwischen zwei kulinarisch herausragenden Restaurants wählen und ohne Aufpreis à la carte essen. Grosse Hotelhalle mit Livemusik.

Anfahrt: Autobahn A6 bis Ausfahrt Zweisimmen, dann Landstrasse durchs Simmental via Zweisimmen nach Lenk. Im Ort den Wegweisern zum Hotel folgen.

Hornberg

CH-3777 Saanenmöser

Tel. +41 (0)33 748 66 88
Fax +41 (0)33 748 66 89
www.hotel-hornberg.ch
willkommen@hotel-hornberg.ch
Mitte Mai bis Mitte Oktober und Anfang Dezember bis Anfang April geöffnet

Preise

EZ 160–225 Fr.
DZ 300–480 Fr.
Juniorsuite/Familienappartement (2–5 Personen) 430–840 Fr.
inklusive Halbpension

Kinder im Zusatzbett:
0–16 Jahre kostenlos (inklusive Frühstück)

Es gibt einige Schrulligkeiten in diesem sympathischen Chalethotel, doch dank dem angenehm zwanglosen Lebensgefühl und dem Verzicht auf jegliche Geschniegeltheit und Modernität verzeiht man dem «Hornberg» seine kleinen Mängel gern. Viel Holz und natürliche Materialien bestimmen das Innenleben, und die Gastgeber Brigitte von Siebenthal und Christian Hoefliger sind mit grossem persönlichen Einsatz um das Wohl ihrer Gäste besorgt. Im teuren, zuweilen überteuerten Saanenland bietet der liebenswerte Familienbetrieb ein gutes Preis-Leistungs-Verhältnis.

Die Quittung:

Ambiance: *****
So, merkt man schnell, sieht ein Hotel aus, das in erster Linie mit Lust und Liebe betrieben wird und erst in zweiter Linie dem Geldverdienen dient.
Lage: ****
In einer Gartenanlage am Dorf- und Waldrand.
Freizeitangebot für kleine Gäste: *
Spielplatz. Viel Auslauf.
Freizeitangebot für grosse Gäste: **
Hallenbad, Sauna. Im Sommer dreimal wöchentlich geführte Wanderungen. Der Golfplatz liegt in Sichtweite.

Empfang und Service: *****
Individuell, charmant, kompetent.
Zimmer: ****
37 solide Zimmer, Juniorsuiten und Familienappartements im rustikalen Stil.
Essen und Trinken: ****
Zeitgemässe Marktküche mit regionalem Einschlag. Halbpensionsmenüs stets mit vegetarischer Alternative.

Anfahrt: Autobahn A6 bis Ausfahrt Zweisimmen, dann Landstrasse durchs Simmental via Zweisimmen nach Saanenmöser. Im Ort Wegweiser zum Hotel.

Steigenberger Hotel Gstaad-Saanen

CH-3792 Saanen bei Gstaad

Tel. +41 (0)33 748 64 64
Fax +41 (0)33 748 64 66
www.gstaad-saanen.steigenberger.ch
gstaad@steigenberger.ch
Mitte Dezember bis Anfang November geöffnet

Preise

EZ 145–270 Fr.
DZ 290–480 Fr.
Suite 538–810 Fr.
inklusive Frühstück

Kinder im Zusatzbett:
0–3 Jahre kostenlos
3–12 Jahre 45 Fr. («Kids all inclusive»)
ab 13 Jahre 60 Fr.

Das familienfreundliche Ferienhotel im Jumbo-Chalet-Stil erfreut mit ungezwungen entspannter Atmosphäre, herrlichem Blick auf die Waadtländer Alpen sowie einem sport- und erlebnisorientierten Freizeitprogramm für alle Altersgruppen. Speziell ist das «Kids all inclusive»-Konzept für Drei- bis Zwölfjährige, bei dem Eltern für 45 Franken pro Tag und Kind ihre Knirpse gut versorgt wissen – und dies einschliesslich Übernachtung im Elternzimmer, Vollpension, vielfältiger Animation sowie Skipass, Miete der Skiausrüstung und Skischule.

Die Quittung:

Ambiance: ****
Relaxte Ferienatmosphäre. Die Innenarchitektur ist jedoch im Stil ziemlich austauschbar.
Lage: *****
Unterhalb der Hauptstrasse an sonniger Panoramalage.
Freizeitangebot für kleine Gäste: *****
Betreuter Kids-Club mit abwechslungsreichem Programm drinnen und draussen (Basteln, Malen, Zauberkurs, Apfelstrudel-Backkurs, Besuch im Streichelzoo, Grillieren im Freien, Ponyreiten, Töpfern, Indianerzelt bauen, Schnitzeljagd durchs Hotel, Kerzenziehen, Kletterkurs usw.). Im Winter Transfer in die Skischule/ins Skigebiet. Einmal wöchentlich Kochkurs

(3-Gang-Mittagessen von den Kindern selbst gekocht und anschliessend in der grossen Küche auch gleich gegessen; ebenfalls gelernt wird das richtige Aufdecken und das Falten von Servietten in verschiedene Formen). Ebenfalls einmal wöchentlich Besuch in der Werkstatt des Cheftechnikers des Hauses.

Freizeitangebot für grosse Gäste: ****
Hallenbad, Sauna, Dampfbad, Massagen, Kosmetik, Fitnessraum. Vielfältiges Aktivitätenprogramm, Family-Rafting, Hiking- und Klettertouren mit diplomierten Bergführern, Mountainbiketouren. (Winter-) Wanderwege vor der Haustür, Ski-Shuttle.

Empfang und Service: *****
Familienorientiert und flexibel auch bei Sonderwünschen.

Zimmer: ****
124 solide Zimmer und 9 Suiten, alle mit Balkon oder Terrasse, fast alle Richtung Süden.

Essen und Trinken: ****
Internationale Gerichte im grossen Hotelrestaurant, rustikale Speisen in der «Halte Beiz». Täglich «Afternoon Tea» und Kuchen (bei sonnigem Wetter auf der Panoramaterrasse).

Anfahrt: Autobahn A6 bis Ausfahrt Zweisimmen, dann Landstrasse durchs Simmental via Zweisimmen und Schönried Richtung Saanen. Das Hotel liegt an der Hauptstrasse zwischen Schönried und Saanen.

Gstaaderhof

CH-3780 Gstaad

Tel. +41 (0)33 748 63 63
Fax +41 (0)33 748 63 60
www.gstaaderhof.ch
gstaaderhof@gstaad.ch
Anfang Juni bis Mitte Oktober und Mitte Dezember bis Mitte April geöffnet

Preise

EZ 120–213 Fr.
DZ 170–356 Fr.
inklusive Frühstück

Kinder im Zusatzbett:
0–9 Jahre kostenlos
10–15 Jahre 12 Fr.

Zweifellos ist die Landschaft um Gstaad unter all den schönen Regionen der Schweiz eine ganz besonders schöne. Doch, wo es schön ist, sind auch die reichen Leute nicht weit, was wiederum zu überteuerten Preisen führt. Das leicht versnobte Gstaad macht diesbezüglich keine Ausnahme. Dennoch gibt es hier ein zentral gelegenes und gemütliches Hotel mit gutem Preis-Leistungs-Verhältnis: den «Gstaaderhof». Eine rustikal-elegante Einrichtung bestimmt das Interieur dieses grossen, im regionalen Heimatstil erbauten Holzchalets, und das Hotelierpaar Doris und Jost Huber wacht darüber, dass jeder Gast sich bestens umsorgt fühlt.

Die Quittung:

Ambiance: ****
Unprätentiöses Ferien- und Familienhotel, das für viele Gäste gerade deswegen perfekt ist, weil es eben nicht perfekt ist.

Lage: ****
Am Rand des Dorfzentrums, wenige Schritte zur autofreien Promenade. Im Winter Skibus-Haltestelle in alle Skigebiete vor der Haustür. Fussdistanz zur Bergbahn Eggli 7 Minuten, zur

Bergbahn Wispile und zur Kunsteisbahn 10 Minuten.
Freizeitangebot für kleine Gäste: **
Kleinkinder-Spielzimmer, Spielraum mit Tischtennis, Tischfussball, Flipperkasten und Computergames.
Freizeitangebot für grosse Gäste: **
Kleiner Wellnessbereich mit Sauna, Dampfbad, Whirlpool, Erlebnisdusche, Massagen. Billard.
Empfang und Service: ****
Unkompliziert professionell.
Zimmer: ****
Die Ausstattung der 64 Zimmer (davon 9 Familienzimmer) ist zeitlos ländlich und komfortabel. Es gibt keine Zimmer zur Strasse! Südzimmer alle mit Balkon und Sicht auf die Berge. Nordzimmer ohne Balkon mit Sicht auf Chalets mit Garten, in den oberen Etagen auf das «Palace Hotel» und die Berge.
Essen und Trinken: ***
Regionale Küche im Hotelrestaurant «Müli», Grill- und Fonduespezialitäten im rustikalen «Saagi-Stübli».

Anfahrt: Autobahn A6 bis Ausfahrt Zweisimmen, dann Landstrasse durchs Simmental via Zweisimmen und Saanen nach Gstaad. Beim Dorfeingang in den Umfahrungstunnel und Dorfzentrum anpeilen. Das Hotel ist ausgeschildert.

Alpenland

CH-3782 Lauenen bei Gstaad

Tel. +41 (0)33 765 91 34
Fax +41 (0)33 765 91 35
www.alpenland.ch
hotel@alpenland.ch
Anfang Mai bis Ende Oktober und Anfang Dezember bis Ende März geöffnet

Preise

EZ 136–232 Fr.
DZ 170–295 Fr.
Appartement 500–765 Fr.
inklusive Frühstück

Kinder im Zusatzbett:
0–6 Jahre kostenlos (inklusive Frühstück)
7–16 Jahre kostenlos (exklusive Frühstück: 12 Fr. pro Person)

Manchmal sieht man Rehe ganz nah herankommen. Das Hotel Alpenland, direkt am Naturschutzgebiet Rohr-Lauenensee gelegen, macht seinem Namen alle Ehre. Ausser dem frei lebenden Wild gibt es keine unmittelbaren Nachbarn. Das Interieur strahlt im neuzeitlich rustikalen Alpenstil, und sobald die Sonne scheint, lockt die Terrasse zum Draussensitzen. Im Winter befindet sich direkt gegenüber dem Hotel das «Kinder-Schneeparadies» mit Lift für Skianfänger, Kinderhütedienst und Skiunterricht. Kleine Gäste können zudem den Biohof Joni mit seinen vielen Tieren besuchen.

Die Quittung:

Ambiance: ****
Landhaushotel der einfachen, angenehmen Art. Vor der Tür starten Wander- und Velowege sowie im Winter Langlaufloipen. Der Alltag ist blitzschnell vergessen.

Lage: *****
Ein paar hundert Meter südlich des Dorfes Lauenen direkt beim Naturschutzgebiet Rohr-Lauenensee.
Freizeitangebot für kleine Gäste: **
Kinderspielzimmer, neuer Spielplatz.
Freizeitangebot für grosse Gäste: *
Mountainbikes.
Empfang und Service: ****
Unkompliziert familiär.
Zimmer: ****
20 helle Doppelzimmer und 2 Appartements (je 3½ Zimmer). Die Zimmer sind familienfreundlich eingerichtet, zum Teil mit Kitchenette und Verbindungstüren. Die Südzimmer haben freien Blick auf die Lauener Bergwelt.
Essen und Trinken: ****
Gut gemachte regionale Spezialitäten. Das Fleisch stammt ausschliesslich vom einheimischen Metzger. Kindermenüs.

Anfahrt: Autobahn A6 bis Ausfahrt Zweisimmen, dann Landstrasse durchs Simmental via Zweisimmen und Saanen nach Gstaad. Beim Dorfeingang in den Umfahrungstunnel und dann den Wegweisern nach Lauenen folgen (7 km ab Gstaad).

Blausee

CH-3717 Blausee

Tel. +41 (0)33 672 33 33
Fax +41 (0)33 672 33 39
www.blausee.ch
info@blausee.ch
Ganzjährig geöffnet

Preise

EZ 124 Fr.
DZ 188–206 Fr.
Chaletsuite 238 Fr.
Ferienwohnung Sommerau (max. 8 Personen, nur im Sommer ab 3 Nächten) 120 Fr. pro Tag, Endreinigung 100 Fr.
inklusive Frühstück

Kinder im Zusatzbett:
0–3 Jahre kostenlos
4–14 Jahre 45 Fr.
inklusive Frühstück

«Natur pur» – das schreiben viele Hoteliers in ihre Prospekte. Hier wird das Versprechen eingelöst: 20 Hektar gross ist der Naturpark Blausee im Kandertal, dessen Zentrum der durch und durch blaue Bergsee bildet. Über diesem See, umgeben von Wiesen und Wäldern, thront das renovierte Jugendstilhaus mit zwölf Zimmern und Restaurant. Wenn die Ausflugstouristen nach Sonnenuntergang abgezogen sind und wieder

Ruhe einkehrt, gehört die traumhaft gelegene Anlage den maximal zwei Dutzend Hotelgästen. Dann wird das Hotel «Blausee» zu einem unvergleichlich schönen Platz.

Die Quittung:

Ambiance: *****

Romantisch märchenhaft. Naturnah im wahrsten Sinn des Wortes.

Lage: ******

Direkt am Blausee, inmitten eines idyllischen Naturparks.

Freizeitangebot für kleine Gäste: *

Spielplatz. Viel Auslauf.

Freizeitangebot für grosse Gäste: *

Sauna, Dampfgrotte. Drumherum: Ein einmaliger Naturpark.

Empfang und Service: ****

Freundlich und hilfsbereit.

Zimmer: ****

15 sehr unterschiedliche, aber durchwegs renovierte Doppelzimmer, 4 Einzelzimmer und 1 Chaletsuite. Ebenfalls auf dem Gelände zu mieten: schmuckes Ferien-Holzchalet «Sommerau» mit Kachelofen und 3 Zimmern à 1, 2 und 3 Betten.

Essen und Trinken: ****

Frische Marktküche, Forellen aus eigener Zucht. Schöne Restaurantterrasse.

Anfahrt: Autobahn Bern–Thun–Spiez bis Ausfahrt Frutigen/Kandersteg. Kurz vor Kandersteg Auto auf dem grossen Parkplatz Blausee abstellen. Wenige Minuten zu Fuss zum Hotel.

Bodmi

CH-3818 Grindelwald

Tel. +41 (0)33 853 12 20
Fax +41 (0)33 853 13 53
www.bodmi.ch
hotel@bodmi.ch
Ende Mai bis Mitte Oktober und Mitte Dezember bis Anfang April geöffnet

Preise

EZ 140–198 Fr.
DZ 200–312 Fr.
Juniorsuite 238–362 Fr.
inklusive Frühstück
Appartement 170–484 Fr.
ohne Frühstück und Zimmerservice

Kinder im Zusatzbett:
0–5 Jahre kostenlos
6–11 Jahre 55–73 Fr.
12–16 Jahre 80–100 Fr.
inklusive Frühstück

Die ruhige Alleinlage oberhalb des Ortes, das fantastische Pan-

orama, die ansprechende Küche und die persönliche Führung lassen den Gast zufrieden in seinem zeitgemäss rustikalen Zimmer schlummern. In den Wintermonaten wird das Dreisternhotel zum Opfer des eigenen Erfolgs: Es ist schwer, zum Wunschtermin ein Zimmer zu buchen.

Die Quittung:

Ambiance: ****

Moderner Landgasthof inmitten herrlichster Natur.

Lage: ******

Direkt an den Skipisten und im Skischulgelände, mit Traumblick

auf Eigernordwand und Grindelwaldgletscher.
Freizeitangebot für kleine Gäste: *
Viel Auslauf.
Freizeitangebot für grosse Gäste:
Kein spezifisches Angebot.
Empfang und Service: ***
Familiär freundlich, mit kleinen Nachlässigkeiten.
Zimmer: *****
20 freundliche Zimmer, Familienzimmer und Juniorsuiten sowie einige 2-Zimmer-Appartements (55 m^2) mit Küche für 2–6 Personen.
Essen und Trinken: ****
Gut gemachte Marktküche und einheimische Spezialitäten. Schönes Frühstücksbuffet mit vielen Produkten vom eigenen Bauernhof.

Anfahrt: Autobahn A6/A8 bis Interlaken, dann Landstrasse nach Grindelwald. Vom Bahnhof Grindelwald durchs Zentrum, bei der Kirche links auf der Hauptstrasse bleiben bis zur Abzweigung links «Terrassenweg». Auf dem Terrassenweg bis zum Hotel.

Kirchbühl

CH-3818 Grindelwald

Tel. +41 (0)33 853 35 53
Fax +41 (0)33 853 35 18
www.kirchbuehl.ch
hotel@kirchbuehl.ch
Mitte Mai bis Mitte Oktober und Mitte Dezember bis Ostern geöffnet

Preise
EZ 145–210 Fr.
DZ 220–350 Fr.
Juniorsuite 330–390 Fr.
inklusive Frühstück

Kinder im Zusatzbett:
0–4 Jahre kostenlos
5–12 Jahre 45–55 Fr.
13–16 Jahre 60–70 Fr.
ab 16 Jahre 75–85 Fr.

Etwas oberhalb des Dorfzentrums ist der quirlige touristische Betrieb von Grindelwald zwar nahe, aber innerlich schaltet man in diesem sympathischen Viersternhaus gleich eine Drehzahl niedriger. Die ortstypisch rustikale Einrichtung, die vielfältige Restaurantauswahl, der familiäre Empfang und der fantastische Blick auf Eiger, Wetterhorn und Grindelwaldgletscher machen aus einem Aufenthalt im «Kirchbühl» ein rundum angenehmes Erlebnis, das auch noch in schöner Erinnerung bleibt, wenn die Rechnung beglichen ist.

Die Quittung:
Ambiance: *****
Lebendiger Familienbetrieb solider Machart.
Lage: ******
An sonniger Panoramalage auf einer Anhöhe über dem Ortskern. 5 Gehminuten zur Dorfkirche. Nähe Firstbahn, Pfingsteggbahn und Skischule.
Freizeitangebot für kleine Gäste: **
Kinderspielzimmer.

Freizeitangebot für grosse Gäste: **
Sauna, Dampfbad, Whirlpool, Massagen.
Empfang und Service: *****
Auch bei Hochbetrieb wird jeder Gast individuell betreut und mit einem Lächeln bedacht.
Zimmer: ****
47 rustikal eingerichtete Zimmer und Juniorsuiten. Alle Zimmer mit Balkon. Familienzimmer mit Verbindungstüren.
Essen und Trinken: *****
Gut gemachte Halbpensionsmenüs im «Panorama-Restaurant», einheimische Spezialitäten, Fondue und Raclette im «Hilty-Stübli» und in der «Eiger-Stube», internationale Klassiker und asiatische Gerichte im «La Marmite». Sehr schöne Restaurantterrasse, Hotelbar.

Anfahrt: Autobahn A6/A8 bis Interlaken, dann Landstrasse nach Grindelwald. Im Ort der Beschilderung zum Hotel folgen.

Romantik Hotel Schweizerhof

CH-3818 Grindelwald

Tel. +41 (0)33 853 22 02
Fax +41 (0)33 853 20 04
www.hotel-schweizerhof.com
info@hotel-schweizerhof.com
Ende Mai bis Anfang Oktober und Mitte Dezember bis Anfang April geöffnet

Preise

EZ 200–285 Fr.
DZ 370–530 Fr.
Juniorsuite/Suite 500–670 Fr.
inklusive Halbpension
Familienappartement (3–4 Personen) 182–298 Fr.

Ein Hauch von immerwährenden Ferien liegt in der Luft dieses edel-rustikalen Chalethotels, das draussen wie drinnen zum Bleiben einlädt. Da der Empfang im Hotel über die Grundstimmung des Besuchers während seines Aufenthalts entscheidet, verwenden Anneliese und Otto Hauser viel Mühe darauf, den eintreffenden Gast mit unaufdringlicher Freundlichkeit zu entwaffnen, so dass er gar nicht anders kann, als sich schlagartig in diesem traditionsreichen Haus wohl zu fühlen.

Die Quittung:

Ambiance: *****
Der über hundertjährige «Schweizerhof» zählt zu jenen «Romantik Hotels», die dieses Prädikat auch wirklich verdienen.

Lage: *****
In einer hübschen Gartenanlage im Dorf, mit Blick auf den Eiger.
Freizeitangebot für kleine Gäste: *
Spielplatz, Spielzimmer, Tischtennis.
Freizeitangebot für grosse Gäste: ***
Hallenbad, Sauna, Dampfbad, Massagen, Wirbelsäulentherapien, Fangopackungen. Kegelbahn, Billard.
Empfang und Service: ******
Ausgesprochen liebenswertes, unaufdringlich aufmerksames Team.
Zimmer: ****
50 sehr unterschiedliche Zimmer, Familienappartements und Suiten im rustikal-regionalen Stil.
Essen und Trinken: ***
Durchschnittliche Hotelküche und Buffets im Halbpensionsrestaurant, internationale und regionale Speisen im kleinen A-la-carte-Restaurant Schmitte. Hotelbar mit Livemusik.

Anfahrt: Autobahn A6/A8 bis Interlaken, dann Landstrasse nach Grindelwald. Im Ort an der Kreuzung «Grand Hotel Regina»/Bahnhof Grindelwald links, dann 200 Meter bis zum «Romantik Hotel Schweizerhof».

Beausite Park Hotel

CH-3823 Wengen

Tel. +41 (0)33 856 51 61
Fax +41 (0)33 855 30 10
www.parkwengen.ch
hotel@parkwengen.ch
Mitte Dezember bis Anfang April und Ende Mai bis Mitte September geöffnet

Preise

DZ 270–480 Fr.
Suite 370–626 Fr.
inklusive Frühstück

Kinder im Zusatzbett:
0–2 Jahre kostenlos
2–16 Jahre 55 Fr.
ab 16 Jahre 50% Ermässigung

Ein herrliches Bergpanorama bietet dieses gemütliche Ferienhotel. Wer hier wohnt, ist für sportliche Aktivitäten am Fuss der Jungfrau bestens gerüstet. Im Innern verbindet sich konservative Behaglichkeit mit den Annehmlichkeiten eines kleinen Wellnessbereichs und der guten Laune der gastfreundlichen Mitarbeiter. Trotz innenarchitektonischen Unzulänglichkeiten ist im «Beausite» alles so, dass man den Rest der Welt gern und schnell vergisst.

Die Quittung:

Ambiance: ****
Ein Platz zum Durchatmen. In der ganzen Hotelanlage ist man von Ruhe und Frieden umgeben.
Lage: ******
Ruhig und sonnig in einer Garten-

anlage am Dorf- und Waldrand, mit malerischem Ausblick auf Jungfraumassiv und Lauterbrunnental. 5 Gehminuten ins Dorfzentrum und zu den Bergbahnen (im Winter kann man direkt mit den Skiern zur Talstation der Seilbahn Wengen–Männlichen fahren).

Freizeitangebot für kleine Gäste: *

Spielplatz. Im Winter befindet sich das Kinder- und Anfänger-Skiübungsgelände direkt vor dem Hotel.

Freizeitangebot für grosse Gäste: **

Hallenbad, Sauna, Dampfbad.

Empfang und Service: ******

Der hoch motivierte Service vermittelt ungekünstelte Gastfreundschaft.

Zimmer: ****

27 komfortable, einfach eingerichtete Doppelzimmer, 12 Juniorsuiten und 4 Suiten.

Essen und Trinken: ***

Durchschnittliche Hotelküche. In kulinarischer Hinsicht ist das «Beausite» noch nicht auf der Höhe seines grandiosen Ausblicks.

Anfahrt: Von Interlaken Hauptstrasse nach Lauterbrunnen. In Lauterbrunnen den Wagen im Parkhaus am Bahnhof abstellen und mit dem Zug nach Wengen (tagsüber alle 25 Minuten, Fahrtzeit 15 Minuten).

Grandhotel Giessbach

CH-3855 Brienz

Giessbach
Tel. +41 (0)33 952 25 25
Fax +41 (0)33 952 25 30
www.giessbach.ch
grandhotel@giessbach.ch
Ende April bis Ende Oktober geöffnet

Preise

EZ 130–170 Fr.
DZ 160–350 Fr.
inklusive Frühstück

Kinder im Zusatzbett:
0–4 Jahre 15 Fr.

Mit viel Idealismus und dank unzähligen Kleinanteilscheinen hatte der Umweltschützer Franz Weber Anfang der achtziger Jahre den vom Verfall bedrohten Hotelpalast aus dem Jahr 1875 mit dem Ziel erworben, ihn in seiner ursprünglichen Schönheit wieder auferstehen zu lassen und dabei ein «Grandhotel für jedermann» zu gestalten. Ein Traumhotel sollte es sein, in dem sich auch normal verdienende Familien mit Kindern wie Weekend-Fürsten fühlen können. Das Experiment ist gelungen, der zeitlose Zauber der sanft renovierten Anlage blieb nach der viel beachteten Wiedereröffnung auch der amerikanischen Filmwelt nicht verborgen: Einige Szenen der F.-Scott-Fitzgerald-Verfilmung «Tender is the Night» wurden hier abgedreht. 2004 wurde das Hotel als «Historisches Hotel des Jahres» ausgezeichnet. Die Lage sei «einzigartig», die «repräsentative Gesamterscheinung des Hotels bemerkenswert», und «ausserordentlich» sei «der stets den Grundsätzen der Denkmalpflege verpflichtete Aufwand», stellte die Jury fest. Alles, was bewahrt werden konnte, sei erhalten geblieben. Auch der «Erlebnischarakter der Gesamtanlage» werde erfüllt. Ein Wermutstropfen bleibt, dass das Anwesen an manchen Sommerwochenenden von Hochzeitsgesellschaften, Bustouristen und Wandersleuten überschwemmt wird.

Die Quittung:

Ambiance: ******
Viel Nostalgie weht durch Lobby und Treppenhaus, viel Jugendstil-Flair liegt über den weitläufigen Salons und Gesellschaftsräumen – der historische Hotelbau steht wie ein Denkmal seiner selbst in blassem Altrosa mit roten Fensterläden in der wildromantischen Parkanlage.

Lage: ******
Spektakulär: Vorne der Brienzersee, hinten der imposante Wasserfall.

Freizeitangebot für kleine Gäste: *
Kinderspielplatz. Viel Auslauf.

Freizeitangebot für grosse Gäste: ***
Freibad, Tennisplatz, Billard, regelmässig klassische Konzerte.

Empfang und Service: ***
Freundlich, aber zu Stosszeiten überfordert.

Zimmer: ***
70 sehr unterschiedliche, teilweise renovationsbedürftige Zimmer.

Essen und Trinken: ***
In verschiedenen Restaurantsälen und auf diversen Terrassen werden Klassiker der schweizerischen und französischen Küche serviert.

Anfahrt: Autobahn Interlaken–Brienz bis Ausfahrt Brienz Giessbach, dann Landstrasse Richtung Giessbach. Das Hotel ist ausgeschildert.

Lindenhof

CH-3855 Brienz

Tel. +41 (0)33 952 20 30
Fax +41 (0)33 952 20 40
www.hotel-lindenhof.ch
info@hotel-lindenhof.ch
Mitte März bis Ende Dezember geöffnet

Preise

EZ 110–160 Fr.
DZ 150–230 Fr.
Juniorsuite/Familienappartement 160–260 Fr.
inklusive Frühstück

Kinder im Zusatzbett:
0–5 Jahre kostenlos
6–15 Jahre 40 Fr.
ab 16 Jahre 50 Fr.

Das gemütliche Dreisternhotel präsentiert sich im Oberländer Chaletstil und verteilt sich auf fünf Gebäude in einer parkähnlichen

Anlage mit Blick auf den Brienzersee. Der Grossteil der Gäste ist in «Erlebniszimmern» untergebracht, die nach verschiedenen Themen, Träumen und Sehnsüchten eingerichtet sind. In den Familienappartements denkt man speziell an Kinderträume.

Die Quittung:

Ambiance: *****
Hier verschmilzt Berner Oberländer Rustikalcharme mit amerikanischem Lodge-Feeling.

Lage: ****
In einer grossen Gartenanlage oberhalb des Ortes.

Freizeitangebot für kleine Gäste: *
Spielplatz (neben der Restaurantterrasse).

Freizeitangebot für grosse Gäste: **
Hallenbad, Sauna, Dampfbad, Citybikes. Koch-, Duft- und Kräutekurse.

Empfang und Service: ****
Ungekünstelt freundlich.

Zimmer: ****
40 Zimmer, davon 26 sehr unterschiedlich eingerichtete «Erlebniszimmer».

Essen und Trinken: ****
Saisonale Kräuterküche (grosse Kräutergärtnerei direkt hinter dem Hotel) und regionale Spezialitäten, serviert im urchigen «Alpstübli», im Wintergarten oder auf der Panoramaterrasse. Ausschliesslich Frischprodukte aus natürlicher Aufzucht und Fleisch aus artgerechter Haltung.

Anfahrt: Autobahn Interlaken–Brienz, Ortskern durchqueren und der nördlichen Seestrasse Richtung Ringgenberg folgen.

Engstlenalp

CH-3862 Innertkirchen-Meiringen

Am Jochpass
Tel. +41 (0)33 975 11 61
Fax +41 (0)33 975 13 61
www.engstlenalp.ch
hotel@engstlenalp.ch
Anfang Mai bis Ende Oktober geöffnet. Im Winter je nach Wetter geöffnet.

Preise

EZ 58–125 Fr.
DZ 116–160 Fr.
Matratzenlager 38 Fr. pro Person (Kinder 20–25 Fr., bis 6 Jahre gratis)
inklusive Frühstück

Kinder im Zusatzbett:
0–11 Jahre 35–60 Fr.
12–16 Jahre 40–65 Fr.

Die Engstlenalp ist über ein 17 Kilometer langes Strässchen ab Meiringen, im Winter allerdings nur per mehrstündiger Skiwanderung erreichbar und dann eher für Tourenfreaks und Schneeschuhläufer als für Familien mit Kindern geeignet. Ist man mal oben, berauscht zunächst die fantastische Aussicht, dann die Terrasse des Berghotels, und wer dann gar nicht mehr weg will, findet in 30 einfachen Gästezimmern Unterschlupf. Nach dem Abendessen möchte man die Arme ausbreiten, sich rücklings in die Wiese fallen lassen, in den Sternenhimmel blicken und nur

noch die Ruhe schmecken. Noch heute wird auf der Engstlenalp intensiv Berglandwirtschaft betrieben: Jährlich treiben die Talbauern über 400 Stück Vieh auf die schöne Alp. Kinder können den Sennen über die Schulter schauen und erleben, wie Milch zu Alpkäse wird.

Die Quittung:

Ambiance: *****
Hochalpine Gemütlichkeit mit der Atmosphäre längst vergangener Zeiten. Begegnungsort von Bergsteigern, Sportkletterern und wanderbegeisterten Familien.

Lage: ******
Inmitten von Alpweiden in umittelbarer Nähe des von lichten Arvenbeständen umgebenen tiefblauen Engstlensees auf 1835 Meter über Meer.

Freizeitangebot für kleine Gäste:
Kein spezifisches Angebot im Hotel.

Freizeitangebot für grosse Gäste:
Kein spezifisches Angebot im Hotel. Die Freizeitgestaltung wird von der umliegenden Natur vorgegeben.

Empfang und Service: ***
Mal besser, mal schlechter.

Zimmer: **(*)
30 Zimmer. Unterschieden wird zwischen «Doppelzimmern» (hell und geräumig, mit Dusche und WC sowie Bodenheizung) und «Nostalgiezimmern» (1-, 2-, 3- und 4-Bett-Zimmer mit Dusche und WC auf der Etage). Auch ein Matratzenlager steht zur Verfügung.

Essen und Trinken: ***
Schlichte rustikale Speisen, im Herbst einheimische Wildspezialitäten.

Anfahrt: Autobahn Bern–Thun–Interlaken–Brienz, dann Landstrasse Meiringen–Sustenpass bis Abzweigung Engstlenalp. Die Strasse endet vor dem Hotel.

Gastro-Zentrum Dürrenroth

CH-3465 Dürrenroth im Emmental

Dorfstrasse
Tel. +41 (0)62 959 00 60
Fax +41 (0)62 959 00 89
kreuz@gastro-duerrenroth.ch
www.gastro-duerrenroth.ch
Ganzjährig geöffnet

Preise
EZ 105 Fr.
DZ 180 Fr.
Suite 270 Fr.
Familienunterkunft mit Kajütenbett (2 Personen) 100 Fr.
inklusive Frühstück

Kinder im Zusatzbett:
0–6 Jahre kostenlos
ab 6 Jahre 40 Fr.

«Diese Idylle!» rufen die Grossstadtmenschen und lassen das verzückte Auge über die Fassaden der beiden traditionsreichen Landgasthöfe schweifen, die ebenso unter Denkmalschutz stehen wie der Dorfplatz von Dürrenroth, an dem die beiden stolzen Gebäude stehen. «Diese Aussicht!» rufen die Naturliebhaber, die nicht genug bekommen können von der Bilderbuchlandschaft. «Diese Rosen!» rufen die Botanikfreunde beim Anblick des prächtigen Bauerngartens. «Diese Wirtschaft!» rufen die Gäste und nehmen die Tische in den holzgetäferten «Bären»-Stuben in Beschlag, in denen seit dem Jahr 1752 gute währschafte Küche aufgetragen wird und wo Einheimische und Auswärtige friedlich beisammen sitzen. Diesen ländlichen Charme haben auch viele Familien entdeckt, die im originalen Belle-Epoque-Festsaal gern ihre Feste feiern oder in den freundlichen Zimmern – wahlweise auch in den ehemaligen Stallungen der Postkutschenstation – ein paar Tage den Kopf durchlüften.

Die Quittung:

Ambiance: ******
In eine andere Welt abtauchen, ausruhen, durchatmen – im stimmigen Hotel-Ensemble des «Gastro-Zentrums Dürrenroth» fühlt man sich wie einst zu Gotthelfs Zeiten und geniesst doch alle Annehmlichkeiten von heute.

Lage: ******
In einem winzigen Dorf inmitten der lieblichen Hügellandschaft, die weltweit Synonym für Schweizer Käse ist.

Freizeitangebot für kleine Gäste: *
Spielplatz. Viel Auslauf.

Freizeitangebot für grosse Gäste: ***
Whirlpool, Dampfbad, Sauna, Fitnessraum. Breites Aktivitätenprogramm von Goldwaschen und Hornussen bis zu Reiten und Gleitschirmfliegen.

Empfang und Service: ****
Familiär und unaufdringlich aufmerksam.

Zimmer: ****
Das Gästehaus Kreuz beherbergt 21 unterschiedliche, durchwegs angenehme Zimmer und eine zweistöckige Suite. Für Familien stehen einfachere Unterkünfte in den ehemaligen Stallungen der Postkutschenstation zur Verfügung.

Essen und Trinken: ***
Regionale Spezialitäten.

Anfahrt: Autobahn Bern–Zürich bis Ausfahrt Burgdorf, dann Landstrasse Richtung Huttwil bis Abzweigung Dürrenroth. Im Dorf ist das Hotel ist nicht zu verfehlen.

Hôtel-Ranch Cerneux-au-Maire

CH-2336 Les Bois

Tel. +41 (0)32 961 10 60
Fax +41 (0)32 961 10 11
Keine Website
cerneux-au-maire@bluewin.ch
Ganzjährig geöffnet

Preise

EZ 95 Fr.
DZ 160 Fr.
inklusive Frühstück

Kinder im Zusatzbett:
0–4 Jahre kostenlos

Dort, wo die Freiberge am schönsten sind und man sich ein bisschen wie in Kanada und ein bisschen wie in Lappland fühlt, kann man Cowboy sein für ein paar Tage, bis einem der Hintern vom Reiten so weh tut, dass man anschliessend weder liegen noch gehen kann, vom Sitzen ganz zu schweigen. Reiten über die unendlich weiten Hochebenen des Juras, durch tief eingeschnittene Schluchten und über die von Tannen durchsetzten Weiden vereinigt alles, was man sich als Pferdefreund nur wünschen kann. Hier, inmitten von Weideland, Wiesen und Wäldern liegt einsam auf einem Plateau bei Les Bois die «Hôtel-Ranch Cerneux-au-Maire» mit integrierter Pferdefarm. Rund ums Haus begegnet man denn auch den zwei Dutzend Pferden und Ponys, die den Gästen für (auf Wunsch begleitete) Tages- und Halbtagesausritte oder auch kürzere Strecken zur Verfügung stehen. Nichts schöner, als nach einem Tag auf der Farm oder auf dem Pferderücken nicht mehr heimfahren zu müssen, sondern sich nach dem Abendessen in sein Zimmer zurückziehen zu können. Das Klick-Klack der Hufe vor der Ranch ersetzt am nächsten Morgen den Wecker.

Die Quittung:

Ambiance: *****
Alles ist hier von der umliegenden Landschaft geprägt. Jura pur.
Lage: ******
Freistehend auf einem landwirtschaftlich genutzten Plateau auf 1100 Meter über Meer.
Freizeitangebot für kleine Gäste: *
Reitunterricht auf der eigenen Pferdefarm. Viel Auslauf.
Freizeitangebot für grosse Gäste: *
Pferdefarm mit 16 Hektar Umschwung. Ausritte, auf Wunsch begleitet, rund ums Jahr möglich. Die Reitlehrer wissen in entspannter Atmosphäre ein Gespür dafür zu vermitteln, wie ein Pferd fühlt und denkt.
Empfang und Service: ***
Unkompliziert. Die Gastgeberfamilie behandelt Neuankömmlinge nicht als Gäste, sondern wie Freunde des Hauses.
Zimmer: **
11 schlichte, rustikale Zimmer.
Essen und Trinken: **
Einfache regionale Spezialitäten.

Anfahrt: Les Bois liegt 13 Kilometer nordöstlich von La Chaux-de-Fonds an der Landstrasse nach Delémont. Die Hotel-Ranch liegt 1 Kilometer ausserhalb des Dorfes und ist ausgeschildert.

L'Aubier

CH-2037 Montézillon

Tel. +41 (0)32 732 22 11
Fax +41 (0)32 732 22 00
www.aubier.ch
contact@aubier.ch
Ganzjährig geöffnet

Preise

EZ 80–145 Fr.
DZ 120–200 Fr.
inklusive Frühstück

Eines der ersten und besten Ökohotels der Schweiz – an schönster Aussichtslage mitten im Grünen, hoch über dem Neuenburgersee. Die 25 Zimmer sind einfach, aber einladend gestaltet, vor allem diejenigen im neuen Gebäudetrakt beim Bauernhof. Im Restaurant kommen sowohl pastasüchtige Kids wie auch Hochleistungsesser auf ihre Rechnung – Letztere können sich über die einfallsreich zusammengestellten Speisen aus echt guten Naturprodukten freuen. Um für die Schlemmerei von hundertprozentig gesunden und frisch zubereiteten Enten, Lämmern, Kälbern und Fischen Abbitte zu leisten, kann man durch das weitläufige Ökotop flanieren und sich im hauseigenen Kolonialwarenladen mit Biroroggen, esoterischen Edelsteinen oder anthroposophisch sinnvollem Spielzeug eindecken.

Die Quittung:

Ambiance: ****
Im Gegensatz zu manchen anderen Ökohotels strahlt das «L'Aubier» nichts Missionarisches, sondern viel Lebensfreude aus.
Lage: ******
Freistehend in ländlicher Kulisse. Im Hintergrund die Alpen und das schmale blaue Band des Sees, davor ein dunkelgrüner Streifen Wald und im Vordergrund satte Wiesen und ein Landsträsschen, auf dem vielleicht gerade ein Traktor um die Kurve brummt.
Freizeitangebot für kleine Gäste: *
Spielplatz. Viel Auslauf.
Freizeitangebot für grosse Gäste:
Kein spezifisches Angebot im Hotel. Pétanque-Platz.
Empfang und Service: **
In mancher Hinsicht verbesserungsfähig.
Zimmer: ***
25 einfache, aber angenehme Zimmer, verteilt auf das Haupthaus und den modern-schlichten Neubau.
Essen und Trinken: ****
Kreative Vollwertküche mit einer grossen Palette hausgemachter Produkte, basierend auf den Erzeugnissen des eigenen, biologisch-dynamisch geführten Bauernhofes.
Anfahrt: Von Neuenburg Landstrasse Richtung Pontarlier. Im ersten Wald nach Corcelles rechts nach Montézillon abbiegen.

Victoria

CH-1823 Glion-Montreux

Tel. +41 (0)21 962 82 82
Fax +41 (0)21 963 82 92
www.victoria-glion.ch
info@victoria-glion.ch
Ganzes Jahr geöffnet

Preise

EZ 170–260 Fr.
DZ 270–360 Fr.
Juniorsuite 480–600 Fr.
inklusive Frühstück
Zusatzbett für Kinder: 50 Fr.

Das «Victoria» zählt zu jenen Hotels, die gerade deswegen perfekt sind, weil sie nicht ganz perfekt sind. Das unaufdringlich elegante Belle-Epoque-Haus, das zwischen Genfersee und Himmel hoch über Montreux schwebt, lässt sich nicht von gängigen Superlativen und Designtrends unter Druck setzen und ist dennoch eines der sympathischsten Hotels der Schweiz. Es punktet mit einer zeitlos unaufgeregten Privathausatmosphäre – alles wirkt sehr entspannt, zugänglich und echt. Nichts ist zugrunde renoviert, im Gegenteil: Es grenzt fast an ein Wunder, wie unbeschadet das «Victoria» die Zeiten überstanden hat. Die Hallen, Salons und Flure sind voller viktorianischer Kuriositäten, prächtige Lüster und skurrile Bilder aus der Zeit der vorletzten Jahrhundertwende. Kein Zimmer gleicht dem andern, jedes hat seinen eigenen Grundriss, seine spezielle Gestaltung und Ausstattung – die einzige Gemeinsamkeit ist der Viersterne-Komfort. Die Hotelperle hat sich genügend verändert, um zeitgemäss zu bleiben, aber doch nur gerade so viel, dass sie ihren Charakter bewahren konnte. Dieser schwierige Balanceakt zwischen Konservierung und kontinuierlicher Erneuerung ist dem Gastgeber und Besitzer Toni Mittermair bemerkenswert gut gelungen. Dass sein «Victoria» kein müder Oldtimer ist, sondern auch den Ansprüchen neuzeitlicher Gäste genügt, zeigt sich auch im Restaurant. Hier werden die meisten Hauptgänge zwar noch traditionell in zwei Gängen aufgetragen, die Gerichte aus dem breiten Angebot sind aber durchwegs gut bis sehr gut. Die langgestreckte Wintergarten-Terrasse zählt zu den schönsten am Lac Léman, und Kinder finden im herrlichen Hotelpark viel Raum zum Spielen.

Die Quittung:

Ambiance: ******

Das Hotel entführt den Gast auf eine stimmige Zeitreise und beweist, dass es fürs Wohlbefinden kein Design braucht.

Lage: ******

In einer idyllischen Parkanlage hoch über dem Genfersee. Abends kann man sich von der funkelnden Kette von Lichtperlen entlang den Seeufern verzaubern lassen.

Freizeitangebot für kleine Gäste: *
Spielplatz.
Freizeitangebot für grosse Gäste: ***
Freibad, Sauna, Fitness, Tennisplatz, Golf-Übungsgelände.
Empfang und Service: *****
Das altgediente Personal mag seine liebenswerten kleinen Verschrobenheiten haben, doch der Empfang ist kaum zu schlagen: Wenn man nach einem Jahr wiederkommt, wird man so selbstverständlich freundlich begrüsst, als wäre man kurz für eine Runde Golf aus dem Haus gegangen. In solchen Momenten können einem die coolsten, hippsten und elitärsten Hotels gestohlen bleiben. Was gibt es Schöneres als einen Ort, wo man erwünscht ist, statt nur erwartet zu werden?
Zimmer: *****
68 sehr unterschiedlich eingerichtete Zimmer und Suiten. Die Zimmer im Neubau sind etwas komfortabler und verfügen über grössere Balkone, haben aber weniger Flair.
Essen und Trinken: ******
Liebevoll zubereitete Marktküche aus besten Produkten.

Anfahrt: Autobahn Lausanne–Simplon bis Ausfahrt Montreux, 500 Meter Richtung See, dann nach Caux/Glion abbiegen. Das «Victoria» liegt im oberen Dorfteil von Glion und ist ausgeschildert.

La Renardière

CH-1884 Villars-sur-Ollon

Chemin des Layeux
Tel. +41 (0)24 495 25 92
Fax +41 (0)24 495 39 15
www.larenardiere.ch
info@larenardiere.ch
Mitte Dezember bis Mitte April und Mitte Mai bis Ende Oktober geöffnet

Preise

EZ 140–280 Fr.
DZ 190–380 Fr.
Suite 400–550 Fr.
Familienzimmer (2–4 Personen) 390–500 Fr.
inklusive Frühstück
Kinder im Zusatzbett 30 Fr.

Hier braucht man keine Eingewöhnungsphase. Im Gegenteil: Familien mit Kindern fühlen sich sofort wie zu Hause. Das liegt zum einen am unkompliziert freundlichen Empfang und der überschaubaren Grösse der sanft renovierten Anlage. Zum anderen führt die Eigentümerfamilie Defalque das aus drei regionaltypischen Chalets bestehende Hotel mit so viel Liebe und Aufmerksamkeit, dass man gar nicht wieder weg will.

Die Quittung:

Ambiance: *****
Ein Kleinod alpiner Gastlichkeit.
Lage: *****
In einem grossen Garten zwei Minuten vom Dorfzentrum entfernt. Im Winter am Fuss der Skipisten.
Freizeitangebot für kleine Gäste: *
Viel Auslauf.
Freizeitangebot für grosse Gäste:
Kein spezifisches Angebot im Hotel.
Empfang und Service: *****
Familiär, mit natürlichem Charme.

Verbier Lodge

CH-1936 Verbier

Chemin de Plénadzeu 3
Tel. +41 (0)27 771 66 66
Fax +41 (0)27 771 66 56
www.verbierlodge.ch
info@verbierlodge.ch
Anfang Dezember bis Mitte April und Mitte Juli bis Ende August geöffnet

Preise

EZ und DZ 250–440 Fr.
Duplex mit 5 Betten 500–750 Fr.
Duplex-Suite mit 4 Betten 800–1000 Fr.
Duplex-Suite mit 6 Betten 1200–1560 Fr.
inklusive Frühstück

Verbier lebt von seiner Privatchalet-Kultur und hat ausser dem exklusiven, für Familien mit Kindern nicht geeigneten «Le Chalet d'Adrien» kaum empfeh-

Zimmer: ***
20 unterschiedliche, eher einfache Zimmer und 3 Suiten, verteilt auf drei miteinander verbundene Chalets.

Essen und Trinken: ****
Unter dem Motto «Feines frisch geniessen» werden in dem holzgetäfelten Restaurant sowohl Waadtländer Spezialitäten als auch leichte mediterrane Gerichte serviert.

Anfahrt: Autobahn A9 bis Ausfahrt Aigle, dann Landstrasse nach Villars. Im Ort der Beschilderung zum Hotel folgen.

lenswerte Hotels zu bieten. Die löbliche Ausnahme ist die im Dezember 2002 eröffnete «Verbier Lodge». Das Konzept ist eine Neuheit für die Schweiz: Das Haus ist ganz aus Baumstämmen und Steinen erbaut. Die Idee dazu kam den geschäftsführenden Besitzern Alain Ponti und Eric Aeberhard (Gründer der lokalen «Adrenalin»-Skischule) bei ihren Abenteuerreisen in den USA und in Kanada, wo häufig im «Log»-Stil gebaut wird. Auch die unkompliziert entspannte «Guesthouse»-Atmosphäre mit sportlich-trendigem Flair scheint aus dem Wilden Westen importiert, doch stimmt hier alles so perfekt zusammen und passt so gut in die Umgebung, dass man glaubt, die «Verbier Lodge» wäre schon immer hier gewesen.

Die Quittung:

Ambiance: ******
Herrlich anders ist es hier als in anderen Hotels. Ganz ohne den in der Region üblichen Alpinkitsch.
Lage: *****
Am Dorf- und Waldrand, zwei Gehminuten von der Médran-Talstation entfernt.
Freizeitangebot für kleine Gäste:
Kein spezifisches Angebot im Hotel.
Freizeitangebot für grosse Gäste: **
Sauna, Dampfbad, Aussen-Whirlpool, Fitnessraum, Massagen.
Empfang und Service: ****
Gut drauf.
Zimmer: *****
9 gemütliche Doppelzimmer, 1 Duplex-Zimmer mit 5 Betten, 1 Duplex-Suite mit 2 Schlafzimmern, 2 Duplex-Suiten mit 3 Schlafzimmern.
Essen und Trinken:
Kein Restaurant im Haus, die Duplex-Suiten verfügen jedoch über eine Kochnische. Lounge-Bar (bei Sonnenschein auf der schönen Holzterrasse).

Anfahrt: Autobahn A9 bis Ausfahrt Martigny, dann Landstrasse Richtung Grosser St. Bernhard, in Sembrancher nach Verbier abbiegen. Im Ort den Wegweisern zur Médran-Bahn folgen.

Alphubel

CH-3906 Saas Fee

Tel. +41 (0)27 958 63 63
Fax +41 (0)27 958 63 64
www.hotelalphubel.ch
hotel.alphubel@saas-fee.ch
Mitte Dezember bis Mitte April und Anfang Juni bis Mitte Oktober geöffnet

Preise

EZ 94–159 Fr.
DZ 192–318 Fr.
inklusive Halbpension

Kinder im Zusatzbett:
0–5 Jahre kostenlos
6–11 Jahre 50% Ermässigung
12–16 Jahre 30% Ermässigung

Alphornschule, Back- und Kochkurse, Bastel- und Malnachmittage, Kids-Partys, Abenteuerwanderungen, Kinderklettern, Schlittel- und Skirennen – ein reichhaltiges Animationsprogramm unterstreicht die grossen Ambitionen für kleine Gäste. Tatsächlich werden hier Kinder wochentags so gut betreut, dass Eltern echt ausspannen und auch einmal zu zweit etwas unternehmen können. Dass im unkomplizierten «Alphubel» immer etwas los ist, hat auch seine Schattenseiten: viel Hektik, viel Lärm, hier und da ein gewisser Mitmachzwang.

Die Quittung:

Ambiance: ***
Fröhliche Ferienatmosphäre, jedoch ohne ästhetische Qualitäten.
Lage: *****
An aussichtsreicher Panoramalage etwas erhöht über dem autofreien Dorfzentrum.
Freizeitangebot für kleine Gäste: ****
Professionell betreuter kostenloser Kindergarten (Kinder ab 2 Jahre) von Montag bis Freitag 9–18.30

Uhr. Spielzimmer, grosser Spielplatz, Computerspiele, Tischtennis, Tischfussball, Billard und Dart. Kids-Restaurant. Täglich wird gebastelt und gemalt, gekocht und gespielt, musiziert und verkleidet, geklettert und geschlittelt. Babysitter-Service am Abend und am Wochenende auf Anfrage und gegen Gebühr.

Freizeitangebot für grosse Gäste: **

Sauna, Massagen. Folkloreabende mit Alphornblasen, Schweizer Örgeli und Glockenspiel. Geführte Wander- und Bergtouren.

Empfang und Service: ****

Die Gastgeberfamilie sorgt in vierter Generation für gute Laune und einen reibungslosen Aufenthalt.

Zimmer: ***

34 solide Zimmer. Für Familien mit Kindern gibt es zahlreiche Zimmerkombinationen mit Verbindungstür.

Essen und Trinken: ***

Regionale Spezialitäten und Themenabende mit Buffets oder Fondues.

Anfahrt: Autobahn A9 bis Ausfahrt Visp, dann Landstrasse über Stalden nach Saas Fee. Am Dorfeingang das Auto im Parkhaus abstellen und mit dem Elektromobil ins Hotel.

Ferienart Resort & Spa

CH-3906 Saas Fee

Tel. +41 (0)27 958 19 00
Fax +41 (0)27 958 19 05
www.ferienart.ch
info@ferienart.ch
Mitte Juni bis Mitte April geöffnet

Preise

EZ 203–353 Fr.
DZ 386–620 Fr.
Suite 636–1408 Fr.
inklusive Halbpension

Kinder im Zusatzbett:
0–5 Jahre kostenlos
6–12 Jahre 60 Fr.
13–16 Jahre 80 Fr.

Dem frisch-fröhlichen Wellness- und Familienhotel gelingt die Gratwanderung zwischen Walliser Tradition und weltoffener Moderne in jeder Hinsicht. Es trägt die sehr persönliche Handschrift des geschäftsführenden Hotelbesitzers und Vollblutgastgebers Beat Anthamatten und vertritt eine unverkrampfte Interpretation von Luxus. Hier gibt es Fünfsternkomfort ohne jede Steifheit, ohne zur Schau gestellten Protz, ohne rituelle Vornehmheiten oder streng blickende Concierges. Zu den «Essentials» zählen das kaum zu übertreffende Indoor- und Outdoor-Aktivitätenprogramm, das sinnlich gestaltete Spa, die abwechslungsreiche Kulinarik in vier Restaurants sowie die Liebe zum Detail, dem Kleinen, das den grossen Unterschied ausmacht. Wer einmal im «Ferienart» war, kommt gerne wieder.

Die Quittung:

Ambiance: ******

Das Jumbo-Chalet überzeugt im Innern mit einem gelungenen

Ferieneck Hohnegg

CH-3609 Saas Fee

Tel. +41 (0)27 957 22 68
Fax +41 (0)27 957 12 49
www.hohnegg.ch
info@hohnegg.ch
Mitte Juni bis Mitte Oktober und Mitte Dezember bis Mitte April geöffnet

Preise
EZ 95–140 Fr.
DZ 190–280 Fr.
Juniorsuite/Appartement (2–8 Personen) 210–500 Fr.
inklusive Frühstück

Das Schönste am «Ferieneck Hohnegg» ist , dass man in einem von acht Chalets wohnt. Das Schönste an den acht Chalets ist, dass man in einem Hotel wohnt. Die Anlage wurde in biologischer Bauweise errichtet und renoviert, das natürliche Wohlbefinden der Gäste steht im Mittelpunkt. Wer einmal eines der zwei Dutzend total unterschiedlichen, durchwegs wohnlichen Zimmer oder Appartements bezogen hat, will gar nicht wieder weg. Die Appartements bieten viel Platz und eignen sich bestens für Familien mit Kindern. Die Gäste kommen von überall her und haben damit auch die verschiedensten kulinarischen Bedürfnisse. Dabei grenzt sich das «Hohnegg» aber von den durchschnittlichen Lokalen, die allen etwas bieten wollen, klar ab. So gibt es in der einladenden Gast-

Mix aus alpiner Rustikalität und moderner Flippigkeit und verzaubert genussorientierte Romantiker mit einem schier unerschöpflichen Sinn fürs heimelige Detail. Das Publikum ist jünger, und die Preise sind niedriger als in anderen Ferienhotels dieser Klasse.

Lage: ****
Mitten im autofreien Dorf.

Freizeitangebot für kleine Gäste: ***
Fachgerechte Kinderbetreuung Montag bis Freitag 13–21 Uhr. Spielzimmer, Kinderdisco am Mittwoch, Clown-Dinner am Donnerstag. Zahlreiche Ballsportarten in der 600 Quadratmeter grossen Event- und Indoorsporthalle, «Teen's Club» mit Flipperkasten, Tischfussball, Videogames und Grossbildleinwand. Babysitter-Service auf Voranmeldung.

Freizeitangebot für grosse Gäste: ******
Weitläufiges Spa mit Hallenbad, Whirlpool, Saunapark, Beauty, klassische und fernöstliche Körpertherapien. Fitnessraum, Golfsimulator, betreute Gymnastik- und Entspannungslektionen von Yoga über Aqua-Well bis Bodyshaping. Berg-, Ski-, Langlauf- und Mountainbiketouren mit Sportguides.

Empfang und Service: ******
Kaum ein anderer Gastgeber fühlt sich wie Beat Anthamatten persönlich so für das Wohlsein seiner Gäste verantwortlich. Seine Crew verbreitet gute Laune und ist durchwegs kompetent und aufmerksam.

Zimmer: *****
73 Zimmer, 5 Juniorsuiten und 6 Suiten im gemütlichen Alpen-Country-Stil, verteilt aufs Haupthaus und den Neubau. Zahlreiche Zimmer mit offenen Bädern und grossen Whirlwannen.

Essen und Trinken: ******
Vier Restaurants bieten Höhenflüge aus Küche und Keller.

Anfahrt: Autobahn A9 bis Ausfahrt Visp, dann Landstrasse über Stalden nach Saas Fee. Am Dorfeingang das Auto im Parkhaus abstellen und mit dem Elektromobil ins Hotel.

stube nicht Schnitzel mit Pommes frites und Zürcher Geschnetzeltes, sondern lauwarmen Linsen-Wirsing-Salat und sanft gegarten Steinbutt an einer Spur Safran. Und dies, wie alles hier, zu moderaten Preisen.

Die Quittung:

Ambiance: *****
Rustikaler Charme mit einem zeitgeistigen Touch.
Lage: ******
In idyllischer Abgeschiedenheit am Waldrand 15 Gehminuten oberhalb des Dorfzentrums von Saas Fee, mit Blick auf neun Viertausender.
Freizeitangebot für kleine Gäste: *
Viel Auslauf.
Freizeitangebot für grosse Gäste: *
Sauna. Wanderwege und Schlittelbahn führen am Hotel vorbei.
Empfang und Service: ****
Freundlich und hilfsbereit.
Zimmer: *****
8 individuell eingerichtete Zimmer und 16 komfortable Juniorsuiten/Appartements mit Kitchenette für 2–8 Personen.
Essen und Trinken: *****
Gut gemachte Marktküche, immer auch mit vegetarischen Menüs.

Anfahrt: Autobahn A9 bis Ausfahrt Visp, dann Landstrasse über Stalden nach Saas Fee. Am Dorfeingang das Auto im Parkhaus abstellen und mit dem Elektromobil ins Hotel.

Apparthotel Zurbriggen

CH-3920 Zermatt

Tel. +41 (0)27 966 38 38
Fax +41 (0)27 966 38 39
www.zurbriggen.ch
zurbriggen@rhone.ch
Anfang Juli bis Ende April geöffnet

Preise

EZ und DZ 210–280 Fr.
Suite für 2 Personen 300–400 Fr.
Suite für 4 Personen 520–700 Fr.
Suite für 6 Personen 760–1150 Fr.
inklusive Frühstück

Kinder im Zusatzbett:
0–4 Jahre kostenlos
5–10 Jahre 15 Fr.

Das zur Jahrtausendwende eröffnete Apparthotel setzt auf eine Ambiance von Geborgenheit inmitten moderner Ästhetik. Das

Wort, das dem ankommenden Gast als Erstes in den Sinn kommt, ist «geräumig» – und zwar enorm geräumig. Die lichtdurchfluteten Zimmer und Suiten bieten ein fantastisches Raumerlebnis und einen unverstellten Postkartenblick aufs Matterhorn. Man hätte in diesem Haus leicht sehr viel mehr Zimmer unterbringen können, aber als Gast kann man eigentlich nur froh sein, dass diese Möglichkeit nicht genutzt wurde. Das ehemalige Skiass Pirmin Zurbriggen und seine Frau Moni, die das Haus mit sichtlicher Liebe führen, wissen offenbar ganz genau, worauf moderne Familien Wert legen. Entsprechend oft ist ihr schönes Alpenrefugium ausgebucht.

Die Quittung:

Ambiance: ******
Das Hotel biedert sich nicht bei der Walliser Heimatarchitektur an und setzt doch die architektonische Sprache und das Gefühl der Region auf hervorragende Weise um.

Lage: *****
Im oberen Dorfteil von Zermatt, neben der Talstation der Klein-Matterhorn-Bahn.

Freizeitangebot für kleine Gäste: *
Viel Auslauf.

Freizeitangebot für grosse Gäste: **
Kleiner Wellnessbereich mit Hallenbad, Sauna, Erlebnisdusche, Massagen. Kostenloser Verleih von Mountainbikes (Sommer) und Schlitten (Winter).

Empfang und Service: *****
Zurbriggens vermitteln ungekünstelte Walliser Gastfreundschaft.

Zimmer: ******
1 Doppelzimmer und 5 Suiten für 2–6 Personen, alle mit Südbalkon und Sicht aufs Matterhorn.

Essen und Trinken:
Kein Restaurant im Haus, jedes Zimmer verfügt jedoch über eine komplett eingerichtete Küche mit Essbereich.

Anfahrt: Autobahn A9 bis Ausfahrt Visp, dann Landstrasse nach Täsch. Dort den Wagen im Parking abstellen und mit der Bahn ins autofreie Zermatt. Transfer ins Hotel mit dem Elektromobil.

Nicoletta

CH-3920 Zermatt

Tel. +41 (0)27 966 07 77
Fax +41 (0)27 966 07 88
www.seilerhotels.ch/nicoletta
nicoletta@zermatt.ch
Mitte Juni bis Mitte Oktober und Anfang Dezember bis Mitte April geöffnet

Preise

EZ 230–410 Fr.
DZ 360–655 Fr.
inklusive Halbpension

Kinder im Zusatzbett:
0–1 Jahre kostenlos
2–6 Jahre 0–20 Fr.
7–12 Jahre 59–150 Fr.
13–16 Jahre 99–170 Fr.
im Sommer mit Frühstück, im Winter mit Halbpension

Das familienfreundliche Viersternhotel könnte man am ehesten mit einem Menschen vergleichen, der immer guter Laune ist. Alles Steife, Komplizierte, Unpersönliche ist ihm fremd. Die jungen Gastgeber Beat Peter und Claudia Pinkwart führen das Haus mit viel Engagement und sicherem Gespür für die wichtigen Dinge des Lebens. Sie wissen, worauf es ankommt: Ein Lächeln. Ein freundlicher Blick. Ein Teller Spaghetti mit Tomatensauce für die kleinen Gäste. Und hin und wieder eine überraschende Geste, die man nicht erwartet hätte. Die Zimmer sind zeitlos modern eingerichtet, viele haben Matterhornblick und einen eigenen Balkon. Wer in den weichen Daunenbetten nicht sofort in sanfte Träume fällt, kann sich im Panoramarestaurant im vierten Stock von der kreativen Marktküche verzaubern lassen oder in den grosszügigen Aufenthaltsräumen neue Bekanntschaften schliessen.

Die Quittung:

Ambiance: ****
Unprätentiös angenehm.

Lage: ****
Im Dorfzentrum, mit Blick aufs Matterhorn.

Freizeitangebot für kleine Gäste: **
Im Winter Kinderbetreuung (2–8 Jahre) im Kindergarten mit vielfältigem Spiel-, Bastel- und Abenteuerprogramm. Playstation für grössere Kinder. Babysitter auf Voranmeldung.

Freizeitangebot für grosse Gäste: ***
Der schöne Wellnessbereich des benachbarten «Mont Cervin Palace» ist über eine unterirdische Passerelle erreichbar und für Hotelgäste kostenlos zugänglich. Direkt vor dem Hotel Eisbahn (Winter) bzw. Tennisplätze (Sommer).

Empfang und Service: *****
Ein gut eingespieltes, flexibles Team versucht möglichst jeden Sonderwunsch zu erfüllen.

Zimmer: ****
62 komfortable Zimmer und Suiten. Verschiedene Zimmerkombinationen mit Verbindungstüren.
Essen und Trinken: ***
Zeitgemässe Marktküche im Panoramarestaurant im vierten Stock.

Anfahrt: Autobahn A9 bis Ausfahrt Visp, dann Landstrasse nach Täsch. Dort den Wagen im Parking abstellen und mit der Bahn ins autofreie Zermatt. Transfer ins Hotel mit dem Elektromobil.

Silvana

CH-3920 Zermatt

Tel. +41 (0)27 966 28 00
Fax +41 (0)27 966 28 05
www.zermatt.ch/silvana
silvana@zermatt.ch
Mitte Juni bis Ende September und Anfang Dezember bis Ende April geöffnet

Preise
EZ 120–170 Fr.
DZ 220–360 Fr.
inklusive Halbpension

Kinder im Zusatzbett:
0–6 Jahre 20 Fr.
7–12 Jahre 50% Ermässigung

Ein Hotel wie das «Silvana» kann man nicht suchen, man muss es finden. Alles ist hier echt und trotz der einen oder anderen innenarchitektonischen Unzulänglichkeit so gemütlich, dass man den Rest der Welt gern und schnell vergisst. Die Zimmer strahlen eine holzgeprägte Wärme aus, es gibt einen kleinen Wellnessbereich mit Hallenbad und Sauna, und die schöne Sonnenterrasse hat den von stillen Geniessern geschätzten Sicherheitsabstand zum winterlichen Pistenkarussell. «Ski-in-Ski-out» ist hier von der Haustür aus möglich, so dass auch Morgenmuffel rechtzeitig auf der Piste sind. Das Restaurant setzt auf Alpinflair und auf unkompliziert leckere Walliser Spezialitäten. Bei Zermattkennern sehr beliebt: Abends mit der letzten, der 20-Uhr-Gondel zur Furristation fahren, im «Silvana» ein Fondue oder Raclette essen und dann bei Mondschein den Spazierweg ins Dorf hinunterschlitteln (Schlittenmiete im Hotel möglich, die nächtliche Tour ist weitgehend gefahrlos).

Die Quittung:
Ambiance: ******
Ein Chalet wie aus dem Bilderbuch: ein Feuer im Cheminée und garantiert kein Remmidemmi – so sieht er aus, der Traum vom kleinen Ferienglück. Das Dreisternhotel 300 Höhenmeter ob Zermatt protzt nicht mit Superlativen und ist trotzdem etwas ganz Besonderes. Die etwas umständliche Anreise ist Teil des romantischen

Gesamterlebnisses, aber wohl nicht jedermanns Sache.
Lage: ******
In idyllischer Abgeschiedenheit im Weiler Furri oberhalb von Zermatt auf 1870 Meter über Meer. Wenige Schritte zur Zwischenstation der Gondelbahn.
Freizeitangebot für kleine Gäste: *
Spielplatz. Viel Auslauf.
Freizeitangebot für grosse Gäste: **
Hallenbad, Whirlpool, Sauna, Dampfbad, Massagen. Skipisten und Wanderwege direkt vor dem Haus. Geführte Wanderungen.
Empfang und Service: *****
Souverän und herzerwärmend.
Zimmer: ***
29 solide, gepflegte Zimmer und 2 Vierbett-Attikazimmer.
Essen und Trinken: ****
Gut zubereitete einheimische Spezialitäten.

Anfahrt: Autobahn A9 bis Ausfahrt Visp, dann Landstrasse nach Täsch. Dort den Wagen im Parking abstellen und mit der Bahn ins autofreie Zermatt. Mit dem Ortsbus vom Bahnhof Zermatt bis zur Talstation der Klein-Matterhorn-Bahn und mit der Bahn («Matterhorn-Express») bis zur Zwischenstation Furri. Das Hotel erledigt den Gepäcktransfer vom Bahnhof (bei Anreise bis 17 Uhr). Transfer vom Bahnhof ins Hotel auch mit kostenpflichtigem Elektrotaxi oder zu Fuss (ca. 60 Minuten) möglich.

Style Hotel Biner

CH-3920 Zermatt

Tel. +41 (0)27 966 56 66
Fax +41 (0)27 966 56 67
www.hotel-biner-zermatt.ch
info@hotel-biner-zermatt.ch
Ganzjährig geöffnet

Preise

EZ 135–195 Fr.
DZ 210–330 Fr.
inklusive Frühstück

Kinder im Zusatzbett:
0–6 Jahre 10 Fr.
7–16 Jahre 45 Fr.

Das Chalethotel besticht durch eine gelungene Mischung aus modernem Design und heimeligem Alpinflair. Die Wahl von wenigen schlichten, natürlichen und aufeinander abgestimmten Materialien und eine besondere Liebe zum Detail verleihen dem Dreisternhaus eine schöne Harmonie und verbreiten ein ganzheitliches Wohlbefinden. Das Publikum ist gut gemischt, die Atmosphäre in den weitläufigen öffentlichen Räumen heiter relaxed, und die grosse Bade- und Wellnesswelt bietet Familien eine valable Schlechtwetteralternative. Ein einladendes Ganzes, nie hundertprozentig perfekt, aber stets sehr sympathisch.

Die Quittung:

Ambiance: *****
Zeitgemässes Allround-Hotel für drei Generationen, das allen Platz bietet – tagsüber in gut gesonderten Bereichen (Kinder, Erwachsene, Ferien-, Wellness- und Seminargäste), und abends trifft man sich «als grosse Familie» bunt gemischt zum gegenseitig belebenden Nachtessen.
Lage: ****
Ruhig im untersten Dorfteil, mit Blick aufs Matterhorn.
Freizeitangebot für kleine Gäste: ***
Grosses Erlebnishallenbad, das auch Erwachsene das Kind in sich entdecken lässt (mit Turnstange und Bungee von der Decke), Kinderschwimmbecken, Kinderspielplätze drinnen und draussen.

Freizeitangebot für grosse Gäste: **
Erlebnishallenbad, Sprudelbad, Sauna, Dampfbad (24 Stunden Wellnessbetrieb), Massagen.
Empfang und Service: *****
Angenehm unverkrampft und zuvorkommend.
Zimmer: *****
48 modern gestaltete, durchwegs frisch renovierte Zimmer, die meisten mit Balkon und Matterhornsicht.
Essen und Trinken: ****
Vollwertige Küche und vegetarische Spezialitäten, mehrheitlich aus biologischen Produkten.

Anfahrt: Autobahn A9 bis Ausfahrt Visp, dann Landstrasse nach Täsch. Dort den Wagen im Parking abstellen und mit der Bahn ins autofreie Zermatt. Transfer ins Hotel mit dem Elektromobil oder drei Minuten zu Fuss (erste Strasse unterhalb des Bahnhofs rechts).

Art Furrer Resort

CH-3987 Riederalp

Tel. +41 (0)27 928 44 88
Fax +41 (0)27 928 44 99
www.artfurrer.ch
art.furrer@rhone.ch
Mitte Juni bis Ende September und Mitte Dezember bis Anfang April geöffnet

Preise
EZ 140–320 Fr.
DZ 200–400 Fr.
Suite/Appartement 222–480 Fr.
inklusive Halbpension

Kinder im Zusatzbett:
0–14 Jahre 75% Ermässigung in den Appartements

Die Aletschregion wurde im Jahr 2001 von der Unesco in die Liste des Weltnaturerbes aufgenommen und wird damit im gleichen Atemzug genannt wie der Grand Canyon, der Yellowstone-Nationalpark oder die Galapagosinseln. Am Rand dieses Naturparadieses erstreckt sich das Sonnenplateau der Riederalp, das nicht zuletzt durch den ehemaligen Skiakrobaten Art Furrer bekannt wurde. Er ist Hausherr in dem nach ihm benannten Resort, das aus dem Viersternhotel Valaisia, dem Dreisternhaus Art Furrer sowie einem Apparthotelteil mit Familienzimmern besteht. Der Ausblick ist von erhebender Schönheit, das Interieur präsentiert sich in gutbürgerlicher Rustikalität, die Atmosphäre ist familiär und entspannt.

Die Quittung:
Ambiance: ****
Unkomplizierte, innenarchitektonisch etwas steril anmutende Ferienatmosphäre.
Lage: ******
Im autofreien Dorf oberhalb des Golfplatzes, mit herrlichem Blick auf die Walliser Viertausender.
Freizeitangebot für kleine Gäste: **
Betreutes Kinderwochenprogramm in den Schulferienzeiten. Spielplatz, Kindermenüs. Viel Auslauf.

60 Gästen Unterkunft und Verpflegung. Paare fühlen sich in den 2er-Zimmern wohl, für Familien stehen 3er- bis 6er-Zimmer mit Kajütenbütten zur Verfügung. Die Lage auf dem Bergrücken der Riederfurka ist einmalig, der Rundumblick auf die Aletschregion fantastisch.

Freizeitangebot für grosse Gäste: ***
Salzwasser-Hallenbad, Sauna, Dampfbad, Massagen.
Empfang und Service: *****
Überaus nette Mitarbeiter vermitteln Wohlfühlatmosphäre.
Zimmer: ***
50 funktional eingerichtete Zimmer und Suiten, fast alle mit Südbalkon. Diejenigen im Viersternhotel Valaisia sind etwas grösser und komfortabler als im Dreisternhotel Art Furrer. Diverse Appartements von 45–90 m² für 2–4 Personen.
Essen und Trinken: ****
Halbpensionsrestaurant mit 4-Gang-Wahlmenü. Familienrestaurant mit kinderfreundlichem Buffet. A-la-carte-Restaurant mit Schweizer Spezialitäten aus marktfrischen Produkten (Fleisch ausschliesslich aus artgerechter Haltung).

Anfahrt: Von Brig 11 Kilometer bis Mörel. Dort das Auto auf dem Parkplatz abstellen. Weiter mit der Gondelbahn Mörel–Ried–Riederalp oder mit der Grosskabinenbahn Mörel– Riederalp-Zentrum. Im Ort das Hoteltelefon benützen: Der Gast wird vom Hotelshuttle abgeholt.

Villa Cassel

CH-3987 Riederalp

Tel. +41 (0)27 928 62 20
Fax +41 (0)27 928 62 23
www.pronatura.ch/aletsch
aletsch@pronatura.ch
Mitte Juni bis Mitte Oktober geöffnet

Preise

Zweierzimmer 160 Fr.
Dreierzimmer 240 Fr.
Mehrbettzimmer 50 Fr. pro Person (im eigenen Schlafsack)
inklusive Frühstück

Kinder im Zusatzbett:
0–6 Jahre kostenlos
7–16 Jahre 26 Fr.

Die historische Villa, die vor hundert Jahren als mondäne Sommerresidenz eines spleenigen Engländers erbaut wurde und heute das Pro-Natura-Zentrum Aletsch beherbergt, bietet bis zu

Die Quittung:

Ambiance: *****
Die Villa entrückt die Gäste in eine andere Zeit und ist ein idealer Ausgangspunkt für Entdeckungstouren ins Unesco-Weltnaturerbe des Aletschgebiets.
Lage: ******
Auf dem Bergrücken der Riederfurka.
Freizeitangebot für kleine Gäste: *
Viel Auslauf.
Freizeitangebot für grosse Gäste: **
Ausstellungen und Tonbildschauen im Pro-Natura-Zentrum Aletsch (im Haus). Führungen durch den Alpengarten und den Aletschwald sowie von Bergführern begleitete Exkursionen und Gletschertouren im Aletschgebiet ermöglichen ein intensives Naturerlebnis mit allen Sinnen.
Empfang und Service: **
Freundlich, aber nicht jederzeit abrufbar wie in einem «normalen» Hotel.
Zimmer: * bis ***
Charmante 2er-Zimmer mit authentisch historischem Flair und Etagenbädern. Einfache Mehr-

bettzimmer für Familien und Gruppen (Übernachtung im eigenen Schlafsack; auf Wunsch und für 10 Fr. Aufpreis pro Person und Aufenthalt kann man im Hotel Bettwäsche beziehen).
Essen und Trinken: ***
Einfache Marktküche mit Produkten aus vorwiegend regionalem und biologischem Anbau.

Anfahrt: Von Brig 11 Kilometer bis Mörel. Dort das Auto auf dem Parkplatz abstellen und mit der Luftseilbahn auf die autofreie Riederalp. Von dort zu Fuss auf gut markiertem Wanderweg in ca. 30 Minuten (100 Höhenmeter) zur «Villa Cassel», die von fast überall her sichtbar und zu einer Art Wahrzeichen des Ferienorts geworden ist.

Parkhotel Delta

CH-6612 Ascona

Tel. +41 (0)91 785 77 85
Fax +41 (0)91 785 77 35
www.parkhoteldelta.ch
hotel@delta-ascona.ch
Mitte März bis Mitte November geöffnet

Preise
EZ 350–514 Fr.
DZ 525–730 Fr.
Juniorsuite/Familienappartement/Suite 750–1100 Fr.
inklusive Halbpension

Kinder im Zusatzbett:
0–5 Jahre kostenlos
6–14 Jahre 110 Fr. (inklusive Halbpension)
15 Jahre 170 Fr. (inklusive Halbpension)

Das in einer subtropischen Parkanlage gelegene Ferien- und Familienhotel mit den vielen sportlichen Möglichkeiten (8 Tennisplätze, Golf Driving Range, Minigolf, Fitnesspavillon usw.) strahlt eine für das Tessin untypische Grosszügigkeit aus. Hier kann man in exquisites Dolcefarniente und südliche Leichtigkeit verfallen oder sich beim breiten Sport- und Freizeitprogramm auf Touren bringen. Sowohl Kinder als auch Erwachsene kommen im «Parkhotel Delta» voll auf ihre Kosten, so dass sie gar kein Interesse verspüren, die weitläufige Anlage zu verlassen oder sich die an land-

schaftlichen Attraktionen reiche Gegend anzuschauen.

Die Quittung:

Ambiance: ******
Das südlich-mediterrane Ambiente ist in der heiter-luxuriösen Ausstattung allgegenwärtig.

Lage: ******
In einer 80 000 Quadratmeter grossen Parklandschaft im Maggiadelta, mit mediterranem Pflanzenbestand.

Freizeitangebot für kleine Gäste: ******
Professionell betreuter Kinderclub «Ragazzi» (ab 3 Jahre) mit abwechslungsreichem Wochenprogramm. Abenteuerspielplatz, Ponyreiten, Kinderolympiade, Kinderpool, Tennisschnupperstunden, Minigolfanlage, Tischtennis, Trampolin, Kindervelos, Fussball- und Volleyballwiese, Tarzan-Lodge. Kindermenüs. Tierpark im hinteren Teil des Parks. Kniggekurse für Kinder und Jugendliche.

Freizeitangebot für grosse Gäste: *****
Grosses Freibad, kleines Hallenbad, Sauna, Dampfbad, Whirlpool, Beauty-Studio, Aromabäder, Massagen, Fitnesspavillon im Park, Golf-Driving-Range, Bikes, 8 Tennisplätze (davon 4 Hallenplätze). Tägliches Sport- und Unterhaltungsprogramm. Kostenloser Shuttlebus zur Piazza Ascona und zur «Delta Beach Lounge» beim Lido Ascona.

Empfang und Service: *****
Aufmerksam entspannt.

Zimmer: *****
37 komfortable Zimmer, 5 Juniorsuiten, 8 Suiten (Letztere verteilt auf Hauptgebäude und die benachbarten Häuser «Villa Delta» und «Villa Favorita»).

Essen und Trinken: *****
Im Hotelrestaurant Triangolo mit hübscher Sommerterrasse wird eine ausgezeichnete Marktküche mit mediterraner Note serviert. Leichte Lunch- und Pastagerichte an der Poolbar. Abends Pianobar in der Hotelhalle.

Anfahrt: Gotthardautobahn bis Ausfahrt Locarno. Vor Locarno durch den Tunnel und der Strasse Richtung Ascona folgen, im Kreisverkehr Richtung Ascona. Achtung: Nach rund 20 Metern sofort links abbiegen und den Wegweisern zum Hotel folgen.

Albergo Ronco

CH-6622 Ronco s/Ascona

Piazza della Madonna 1
Tel. +41 (0)91 791 52 65
Fax +41 (0)91 791 06 40
www.hotel-ronco.ch
hotel-ronco@ticino.com
Anfang März bis Ende November geöffnet

Preise
EZ 90–200 Fr.
DZ 190–290 Fr.
inklusive Frühstück

Kinder im Zusatzbett:
0–2 Jahre kostenlos
3–5 Jahre 20 Fr.
6–12 Jahre 50 Fr.
13–16 Jahre 70 Fr.

Es ist nicht allein der Postkartenblick auf den See und die Brissagoinseln, der hier zufrieden stimmt. Es sind der herzliche Service, die weinrebenüberdachte Restaurantterrasse, die angenehmen Zimmer und die Sehnsucht nach wunschlosem Glück, die sich hier zu erfüllen scheint. Abends fällt ein unbeschreiblicher Zauber über den Lago Maggiore, und wenn der Sonnenuntergang die Szenerie in rotes Licht taucht, verschlägt es einem glatt die Sprache – deutsch oder italienisch. Abgesehen von einem kleinen Freibad gibt es keine Freizeiteinrichtungen, doch der See ist nah und die Wanderwege beginnen vor dem Haus.

Die Quittung:

Ambiance: ****
Das Haus verströmt romantischen Tessiner Charme, ohne jedoch folkloristisch zu werden. Es fehlt an nichts, um in heiterer Gelassenheit zu wohnen – zu Preisen, die trotz der spektakulären Lage kein Loch ins Portemonnaie reissen.

Lage: ******
Logenplatzartig zwischen See und Himmel und dennoch mitten im Dorf.

Freizeitangebot für kleine Gäste: *
Kleines Freibad.

Freizeitangebot für grosse Gäste: *
Kleines Freibad mit Liegewiese.

Empfang und Service: ****
Man wird freundlich empfangen und umsorgt.

Zimmer: ****
20 eher einfache, aber gepflegte Zimmer. Es lohnt sich, ein (etwas teureres) Zimmer mit Seeblick zu buchen.

Essen und Trinken: ***
Mediterran inspirierte Küche.
Die grosse Pergola-Terrasse ist ein Traum.

Anfahrt: Gotthardautobahn bis Ausfahrt Locarno, bei Locarno durch den Tunnel, dann Landstrasse Richtung Brissago bis Porto Ronco. Dort rechts abzweigen nach Ronco. Das Hotel befindet sich direkt neben der Dorfkirche (Parkplätze bei der Kirche).

Al Ponte Antico

CH-6656 Golino

Tel. +41 (0)91 785 61 61
Fax +41 (0)91 785 61 60
www.alponteantico.ch
info@alponteantico.ch
Ende März bis Ende Oktober geöffnet

Preise

EZ 135–150 Fr.
DZ 180–210 Fr.
Juniorsuite 190–280 Fr.
inklusive Frühstück

Zusatzbett 60 Fr.

In pittoresker Natur- und Flusslandschaft, etwas erhöht über dem Ufer der Melezza und doch nur wenige Autominuten von Ascona und Locarno entfernt, liegt diese schmucke kleine Hotel mit zwölf angenehmen Zimmern. Das Ambiente ist unkompliziert familiär, das typische Hotelgefühl mit langen, leeren Gängen, polierter Verlorenheit und fremden Menschen in den Zimmern nebenan kann hier gar nicht erst aufkommen. Im Restaurant, wo eine einfache Marktküche serviert wird, entspinnen sich die Gespräche unter den Gästen ganz von selbst. Attraktive Bademöglichkeiten finden sich unmittelbar beim Hotel.

Die Quittung:

Ambiance: ****
Charmantes, absolut ruhig gelegenes Dolcefarniente-Hotel.

Lage: *****
Allein stehend am Fluss Melezza.

Freizeitangebot für kleine Gäste:
Kein spezifisches Angebot im Hotel. Reitschule fünf Autominuten entfernt.

Freizeitangebot für grosse Gäste:
Kein spezifisches Angebot im Hotel. Golfplatz Gerre Losone fünf Autominuten entfernt. Auf Anfrage Gratistransfer nach und von Ascona, Locarno und zu den Golfplätzen.

Empfang und Service: ***
Freundlich, mit kleinen Nachlässigkeiten.

Zimmer: ****
12 helle, geräumige Zimmer und Juniorsuiten mit modernem Komfort und Balkon oder Terrasse.

Essen und Trinken: ***
Einfache, gut gemachte regionale und mediterrane Gerichte.
Für Kinder gibt es jederzeit Pasta.

Anfahrt: Gotthardautobahn bis Ausfahrt Locarno. Landstrasse Richtung Locarno, vor Locarno durch den Tunnel Richtung Ascona. In Losone rechts nach Golino abbiegen.

Albergo Losone

CH-6616 Losone-Ascona

Via dei Pioppi 14
Tel. +41 (0)91 785 70 00
Fax +41 (0)91 785 70 07
info@albergolosone.ch
www.albergolosone.ch
Mitte März bis Ende Oktober geöffnet

Preise
EZ 235 Fr.
DZ 420–580 Fr.
Knie-Zirkuswagen 250 Fr.
inklusive Frühstück

Kinder im Zusatzbett:
0–2 Jahre 40 Fr.
3–13 Jahre 75 Fr. (inklusive Kindermenü am Abend)

Wenn es Ihnen hier zu laut ist, sind Sie zu alt. Klar, im «Albergo Losone» tummeln sich tagein, tagaus zahlreiche Kids, rasen vom Spielplatz zum Pool, von den Pony- und Ziegengehegen zu den ausrangierten Eisenbahnwaggons, und gegen Abend wird's im Restaurant ziemlich lebendig. Doch neben der kindergerechten Infrastruktur überzeugt die organisch gewachsene Anlage, die manchen Gast an eine luxuriöse Version der «Villa Kunterbunt» erinnern mag, auch mit elterngemässem Komfort. Die 61 Zimmer strahlen eine komfortable Heimeligkeit aus, Frühstück gibt es bis mittags, die Schönheitsfarm und die eigene Golfanlage mit Golf-Academy versprechen Erholung vom Familienleben, und die sensationelle Weinkarte bietet ein exzellentes Preis-Genuss-Verhältnis. Hut ab vor Diego Glaus, der das schier bankrott gegangene Haus Ende der neunziger Jahre übernahm und es zu einem der attraktivsten Familienhotels im Tessin machte.

Die Quittung:

Ambiance: *****
Gemütliche Rustikalität mit Tessiner Ferienhotel-Flair.

Lage: ****
Im Industriegebiet von Losone, aber das merkt man im Hotel nicht, weil es in einem 2,5 Hektar grossen Palmen- und Blumenpark liegt.

Freizeitangebot für kleine Gäste: ******
Grosses Spielzimmer, professionelle Kinderbetreuung 8 Stunden am Tag (ab 3 Jahre), Aussenspielplatz mit Dampfwalze und Dampflokomotive, Kinderpool, kleiner Zoo mit Ponys und Zwergziegen, Minigolf, Pizza-Partys, Kinder-Disco. Kindervelos, Velos mit Kindersitz. Private Baby-Betreuung (25 Fr. pro Stunde). Golfstunden für Kinder auf hoteleigener Golfanlage. Italienisch-Sprachschule. Eisenbahnwaggon als Kinderrestaurant.

Freizeitangebot für grosse Gäste: *****
Freibad, Whirlpool, Sauna, Dampfbad, Schönheitsfarm, Massagen, 3 Tennisplätze, eigene Golfanlage

mit Golf-Academy, City- und Mountainbikes, Mal- und Specksteinschnitzkurse, geführte Wanderungen und Ausflüge, Spezialprogramme an Schlechtwettertagen («Regen- und Sturmsafaris»). Direkter Zugang zur Maggia.

Empfang und Service: ******
Ausgesprochen herzlich und hilfsbereit.

Zimmer: ****
51 sehr unterschiedliche, teilweise rustikal einfache Zimmer und 10 Juniorsuiten sowie ein nostalgischer Zirkus-Knie-Wagen. Alle Zimmer mit direktem Gartenzugang (Parterre) oder Balkon (1. Stock).

Essen und Trinken: ****
Gut gemachte mediterrane Gerichte sowie Buffets und Kindermenüs. Stimmungsvolles Terrassenrestaurant.

Anfahrt: Gotthardautobahn bis Ausfahrt Locarno. Landstrasse nach Locarno, vor Locarno durch den Tunnel Richtung Ascona. Im Kreisverkehr Richtung Losone und den Wegweisern zum Hotel folgen.

Lago di Lugano

CH-6816 Bissone

Via Campione 65
Tel. +41 (0)91 641 98 00
Fax +41 (0)91 641 98 01
www.hotellagodilugano.ch
info@hotellagodilugano.ch
Mitte März bis Ende Dezember geöffnet

Preise

EZ 130–294 Fr.
DZ 184–398 Fr.
inklusive Frühstück

Kinder im Zusatzbett:
0–2 Jahre 15–20 Fr.
3–5 Jahre 25–30 Fr.
6–11 Jahre 47–75 Fr.
12–18 Jahre 57–82 Fr.

Kinder und Eltern, denen es in diesem familienfreundlichen Apparthotel langweilig wird, sind selbst schuld. Kaum ein anderes Hotel in der Schweiz hat ein derart umfangreiches Animationsprogramm für den Nachwuchs zu bieten: Drachen bauen, am Indianerfeuer Würste braten, im Iglu Tee trinken, Gokart und Wasserski fahren, Eichhörnchen füttern, Marionettentheater spielen, an der Schwimmbad-Olympiade teilnehmen, frühmorgens für den Sonnenaufgang einen Berg erklimmen, auf die Suche nach Steinböcken und Adlern gehen, einen Videokurs machen, beim Grillplausch oder am Show- und Discoabend neue Kameraden kennenlernen – Kindern ab 3 und Teenagern bis 16 Jahre wird es hier gefallen. Neben der kindergerechten Einrichtung gibt es auch elterngemässen Komfort: Wer sich nicht gerade im Fitnessraum abstrampeln oder in der Schönheitsfarm verwöhnen lassen will, kann die Ruhe in der subtropischen Gartenanlage direkt am See geniessen.

Die Quittung:

Ambiance: *****
Sportliches Familienparadies.

Lage: *****
In einem weitläufigen Palmengarten, der sich bis ans Ufer des Luganersees erstreckt. Kurz vor der Grenze zur italienischen Enklave Campione d'Italia.

Freizeitangebot für kleine Gäste: ******
Professionelle Kinderbetreuung im «Pinocchio-Club» für Kinder ab 3 Jahre und im Pinguzimmer für Kinder ab 6 Monaten. Aktivprogramm für Kinder und Jugendliche von April bis Oktober (täglich 10–21 Uhr). Spiel- und Bastelraum, Piratenwelt, Rutschbahn in ein Ballbecken, Piratenschiff, Trampolin, Reiten, Kletterwand, Gartenbillard, Tischtennis- und fussball, Bocciabahn. Diverse Wassersportarten (Kanu, Tretboote, Surfbrett, Banane, Wasserski für Kinder ab 8 Jahre), Kinderplanschbecken, Badeinsel im See, Gokart, Bogenschiessen. Kindertisch. Schnitzeljagd und Schatzsuche, Kinderdisco und Gästeshow für die Stars unter den Kids.

Freizeitangebot für grosse Gäste: ***
Grosses Freibad, Wasserski und Wakeboard direkt ab Hotel, Motorboot (8 PS, ohne Führerschein), Schönheitsfarm, Massagen, Fitnessraum, Bikes. Videothek.

Empfang und Service: *****
Gut drauf.

Zimmer: ****
Die 70 Zimmer sind hell und eher einfach eingerichtet, verfügen alle über Wohnschlafzimmer und ein kleines Verbindungszimmer mit aufklappbarem Kajütenbett. Alle Zimmer mit Balkon.

Essen und Trinken: ***
Tessiner und italienische Küche im grossen Hotelrestaurant und im

«Grottino Al Porto» direkt am Seeufer.

Anfahrt: Autobahn Lugano–Chiasso bis Ausfahrt Melide/Campione/Bissone, dann den Damm überqueren und Richtung Bissone. Dort Richtung Campione d'Italia bis zum Torbogen von Campione. Das Hotel liegt unmittelbar davor auf der Seeseite.

Österreich

Sporthotel Beck

A-6708 Brand

Tel. +43 (0)5559 306
Fax +43 (0)5559 30670
www.sporthotel-beck.at
info@sporthotel-beck.at
Mitte Dezember bis Ende März und Mitte Juni bis Mitte Oktober geöffnet

Preise
EZ 92–145 €
DZ 158–250 €
3-Zimmer-Appartement 80–119 € pro Person
4-Zimmer-Appartement 83–127 € pro Person
5-Zimmer-Appartement 77–113 € pro Person
6-Zimmer-Appartement 70–108 € pro Person
inklusive Halbpension

Kinder im Zusatzbett:
0–3 Jahre 24–30 €
3–6 Jahre 31–36 €
6–12 Jahre 41–64 €
12–14 Jahre 61–92 €

Das aus einem Bergbauernbetrieb entstandene Hotel ist auf Familien und Reitfreunde ausgerichtet und bietet neben komfortablen Zimmern und einem kleinen Wellnessbereich die Möglichkeit für viel sportliche Betätigung drinnen und draussen. Das Kinderprogramm steht unter dem Motto «Kleine Bergbauern» und führt die Kids hautnah in die Welt des Beckschen Bauernhofs: im blauen Arbeitsanzug beim Melken zuschauen, der Geburt eines Kälbchens oder Fohlens beiwohnen, Ponys füttern und striegeln, auf dem Traktor oder der Pferdekutsche mitfahren, auf der hoteleigenen Brüggele Alpe grillen, die Wälder durchpirschen, einen eigenen Stall basteln und vieles mehr. Im Natur-Erlebnis-Camp wird unter fachkundiger Aufsicht das bewusste Erleben der Natur vermittelt. In der Reit-Abenteuer-Woche holen Kinder ab 10 Jahre jeden Tag «ihr» Pflegepferd von der Weide, versorgen es und erhalten täglich Reitunterricht. Dazu gibt es ein abwechslungsreiches Programm mit Theorie, Geländeritten und sogar einer Zweitagestour mit Übernachtung im Heu. Viel Action für die Kinder, viel Ruhe für die Eltern. Denn Kindertanten und -onkel sind immer dabei und sorgen dafür, dass die Kids täglich 8 Stunden bestens versorgt sind.

Die Quittung:

Ambiance: *****
Ungezwungen familiär und doch mit einem Hauch Eleganz. Es ist alles da, was gut tut, fit und schön macht. Und die Kinderbetreuer haben am Ende des Tages alle Mühe, die Kinder rechtzeitig zum Abendessen zusammenzutrommeln.

Lage: ****
Naturnah im Dorf.

Freizeitangebot für kleine Gäste: ****
Vielseitiges Kinderprogramm (ab 2 Jahre). Babys werden stundenweise beaufsichtigt. Kinderschnupperreiten, Reit-Abenteuer-Woche mit eigenem Pflegepferd, Natur-Erlebnis-Camp mit Klettern, Bogenschiessen, Grillen, Fischen usw. Beach-Volleyball. Kostenloser Kinderskiverleih, Übungshang direkt beim Hotel, Ski- und Snowboard-Unterricht.

Freizeitangebot für grosse Gäste: ****
Hallenbad, Saunawelt, Massagen, Kosmetik. Reithalle mit Reitschule und 14 Haflinger-Mutterstuten. Biotop-Badesee, Tennis-Aussenplätze (kostenlos) mit Tennisakademie, Mountainbikes, Golf-Übungsplatz. 3 Gehminuten entfernt 9-Loch-Golfplatz mit Driving-Range (Kinder ab 7 Jahre und

Erwachsene können in einer Woche die Platzreife erlangen). 3 Gehminuten zum Lift ins Skigebiet.

Empfang und Service: *****
Die Crew macht jeden Kinderspass mit und rettet kleine Gäste aus misslichen Situationen, wenn sie mal wieder das Tretauto gegen den Zaun gesetzt haben.

Zimmer: ****
50 geräumige, komfortable Zimmer.

Essen und Trinken: ***
Regionale Küche aus vorwiegend heimischen Produkten, teilweise aus eigener Landwirtschaft.

Anfahrt: Autobahn Feldkirch–Innsbruck bis Ausfahrt Bludenz, dort Landstrasse nach Brand (11 km).

Angela

A-6764 Lech am Arlberg

Tel. +43 (0)5583 24 07
Fax +43 (0)5583 24 07 15
www.hotel-angela.at
angela.hotel@lech.at
Anfang Juni bis Mitte September und Anfang Dezember bis Ende April geöffnet

Preise
EZ 48–182 €
DZ 90–396 €
Suite 110–658 €
inklusive Halbpension

Kinder im Zusatzbett:
0–3 Jahre kostenlos
4–6 Jahre 34 €
7–9 Jahre 49 €
10–14 Jahre 71 €
inklusive Halbpension

Das «Angela» strahlt die gelassene Atmosphäre eines Hauses aus, das über Jahrzehnte gewachsen und zu dem geworden ist, was es heute ist. Der sympathische Familienbetrieb liegt oben am Berg und doch im Ort und strahlt eine Behaglichkeit und Wärme aus, dass man gar nicht mehr talwärts will. Muss man im Grunde auch nicht. Denn der Ski- oder Wandertag beginnt und endet wortwörtlich vor der Haustür. Die geräumigen, im alpenländischen Stil eingerichteten Zimmer verteilen sich auf das Haupthaus und das unterirdisch damit verbundene Landhaus. In den Aufenthaltsräumen und im Restaurant setzt man auf Echtheit – echte Werte, echte Materialien, echte Menschen. Die unsichtbaren Fäden zur ständigen Verbesserung des Angebots, zum tadellosen Empfang und Service laufen in der Hand der Gastgeberfamilie Walch zusammen. Als Gast spürt man sofort: Hier ist man mehr als willkommen, hier hat man ein zweites Zuhause in den Alpen.

Die Quittung:

Ambiance: *****
Familiär mit Flair.
Lage: *****
Am oberen Dorfrand auf dem Sonnenbalkon von Lech.
Freizeitangebot für kleine Gäste: **
Kinderbetreuung täglich ab 16 Uhr im Spielzimmer. Kindertisch um 18 Uhr. Babysitter auf Voranmeldung. Kinderbibliothek, Gesellschaftsspiele, Riesenauswahl an Plüschtieren.
Freizeitangebot für grosse Gäste: **
Sauna, Dampfbad, Whirlpool, Massagen, Fitnessraum.
Empfang und Service: *****
Herzlich und zuvorkommend.
Zimmer: ****
32 solide Zimmer und Suiten. Die Suiten im «Landhaus Angela» – alle nach den umliegenden Bergen benannt – bestechen durch ihre Grösse und ihr warmes, holzgeprägtes Ambiente.
Essen und Trinken: ***
Einheimische Spezialitäten.
Die Küche hat noch Entwicklungspotenzial.

Anfahrt: Ab Feldkirch Autobahn A14 Richtung Innsbruck bis Ausfahrt Arlberg. Landstrasse nach Lech. Beim Gasthof Post links die Strasse hoch.

Goldener Berg

A-6764 Lech am Arlberg

Oberlech 117
Tel. +43 (0)5583 22050
Fax +43 (0)5583 220513
www.goldenerberg.at
info@goldenerberg.at
Anfang Juli bis Ende September und Ende November bis Ende April geöffnet

Preise

EZ 85–365 €
DZ 170–690 €
Familiensuite (4–6 Personen) 365–1555 €
inklusive Halbpension

Kinder im Zusatzbett:
0–1 Jahre kostenlos
1–3 Jahre 12 €

Wer will oder kann sich schon dem Charme dieses unprätentiösen Wohlfühlhotels entziehen? An einem der schönsten Plätze der Arlbergregion gelegen, das Ambiente ländlich gemütlich, sehr persönlich die Betreuung. Überschaubar, aber fein ist das zeitlos schlicht gestaltete Spa, und in den beiden Restaurants kommt stets gute Laune auf. Hier oben, wo es keine Autos, dafür sehr viel Natur gibt, braucht man sich keine Sorgen um die Kinder zu machen. Während sich die Grossen in aller Ruhe erholen können, wird den Kleinen ein kunterbuntes Spiel-, Spass- und Kreativprogramm geboten.

Die Quittung:

Ambiance: *****

Naturnaher Familienbetrieb, vollumfänglich auf die Individualität seiner Gäste eingestellt hat.

Lage: ******

In der autofreien Zone Oberlech, oberhalb der Gondelstation.
Im Winter führen die Skipisten direkt am Haus vorbei.

Freizeitangebot für kleine Gäste: ***

Professionelle und vielseitige Kinderbetreuung im «Kiddy Club» 10–13 und 16–21 Uhr (ab 3 Jahre). Aktivitäten wie Iglupartys, nächtliche Bobrennen und vieles mehr. Für Familien mit Kleinkindern stehen Gitterbett und Babyphon kostenlos zur Verfügung.

Freizeitangebot für grosse Gäste: ***

Hallenbad, Saunawelt, Massagen, Kosmetik, Vitalbäder, Fitnessraum.

Empfang und Service: ******

Herz ist Trumpf beim hochmotivierten Hotelteam.

Zimmer: ***

43 unterschiedliche, teilweise etwas einfach eingerichtete Zimmer und Suiten.

Essen und Trinken: ****

Zeitgemäss aufbereitete Traditionsküche in den beiden Restaurants Johannisstübli und Alter Goldener Berg im Nebengebäude.

Anfahrt: Ab Feldkirch Autobahn A14 Richtung Innsbruck bis Ausfahrt Arlberg. Landstrasse nach Lech. In Lech zur Bergbahn Lech–Oberlech (von dort Gepäcktransport direkt ins Hotel sowie Ausgabe Garagenschein für die Tiefgarage Anger vis-à-vis der Bergbahn; 10 €/Tag). Mit der Bergbahn nach Oberlech (7–1 Uhr ununterbrochen in Betrieb) und etwa 50 Meter zu Fuss zum Hotel.

Pension Alpenrose

A-6764 Lech am Arlberg

Oberstubenbach 237
Tel. +43 (0)5583 2292
Fax +43 (0)5583 32713
Keine Website
e.elensohn@vol.at
Ende Juni bis Ende September und Anfang Dezember bis Ende April geöffnet

Preise

EZ 40–134 €
DZ 100–164 €
inklusive Halbpension

Kinder im Zusatzbett:
0–6 Jahre kostenlos

Das kleine, holzgeprägte Hotel vermittelt vom ersten Moment an traditionelle Werte: Gastlichkeit, Wärme und solide Behaglichkeit. Der Empfang ist familiär, die Bedienung manchmal etwas gar gemächlich. Beim Abendessen muss man aufpassen, dass man nicht einfältig vor sich hin grinst, vor lauter «So schön ist das einfache Leben»-Glück. Irgendwann zieht man sich dann über die knarrende Treppe in sein Zimmer zurück und schläft so gut wie seit Wochen nicht. Insgesamt ein empfehlenswertes, durchaus erschwingliches Domizil im masslos überteuerten Lech.

Die Quittung:
Ambiance: ****
Typische österreichische Familienpension mit unkompliziert solider Gastlichkeit.
Lage: ****
Im Dorf.
Freizeitangebot für kleine Gäste:
Kein spezifisches Angebot im Hotel.
Freizeitangebot für grosse Gäste: *
Sauna.
Empfang und Service: ****
Familiär freundlich.
Zimmer: ***
16 eher einfache, aber freundliche Zimmer.
Essen und Trinken: ***
Verfeinerte Hausmannskost im Restaurant, das nur Hotelgästen zugänglich ist.

Anfahrt: Ab Feldkirch Autobahn A14 Richtung Innsbruck bis Ausfahrt Arlberg. Im Dorfzentrum den Wegweisern zum Hotel folgen.

Löwe & Bär
A-6534 Serfaus

Untere Dorfstrasse 5
Tel. +43 (0)5476 6058
Fax +43 (0)5476 605828
www.loewebaer.com
info@loewebaer.com
Anfang Dezember bis Mitte April und Mitte Juni bis Anfang November geöffnet

Preise
DZ 228–330 €
Familienzimmer 186–382 €
Suite 202–556 €
inklusive Vollpension

Kinder im Zusatzbett:
0–3 Jahre 43–53 €
3–6 Jahre 34–38 €
6–12 Jahre 57 €
12–14 Jahre 66 €
inklusive Vollpension

Zwei ebenso lupenreine wie legendäre Familienhotels, in denen man ohne Kinder gar nicht erst buchen darf. Von der Mega-Spiellandschaft über die Minidisco bis zur Wasserrutschbahn gibt es

alles, was kleine Herzen höher schlagen lässt. Eltern haben ihre eigenen Entspannungszonen.

Die Quittung:

Ambiance: *****
Villa Kunterbunt. Hier wohnen ausschliesslich Familien mit Kindern, vom Baby- bis zum Schulalter

Lage: ****
Sowohl «Löwe» wie «Bär» liegen im Dorf, jedoch einige Gehminuten voneinander entfernt.

Freizeitangebot für kleine Gäste: *****
Professionelle Kinder- und Babybetreuung mit vielseitigem Erlebnisprogramm in beiden Hotels. Im «Löwen» lockt die 600 Quadratmeter grosse «Kinderwelt» mit riesiger Softplay-Spiellandschaft und unzähligen Attraktionen; Kindershows, Zirkus, Zauberclown und Kino. Im «Bären» Kinderclub (300 m^2), 100-Meter-Wasserrutschbahn mit Kinderplanschbecken, Softplay-Landschaft mit fünfstöckiger Rutschbahn;
Shows und Clown-Aufführungen, Minidisco und Kinofilme; Swim-Academy und Zauberschule. Kletterwand, Spielplatz, Indianerdorf.

Freizeitangebot für grosse Gäste: ******
Im «Löwen»: Hallenbad, Whirlpool, Saunawelt, Kosmetikstudio, Massagen, Entspannungsbäder. Im «Bären»: Indoor-Badelandschaft, Saunawelt, Freibad, Massagen, Kosmetik und Bäderanwendungen. Tennis auf 4 Sandplätzen, Bogenschiessplatz.

Empfang und Service: *****
Motiviert und hilfsbereit.

Zimmer: ****
100 komfortable, sehr unterschiedliche Zimmer und Familienzimmer, verteilt auf zwei nicht direkt beieinander liegende Gebäude («Löwe» und «Bär»). Die Suiten haben Namen wie «Lion King», «Simba» und «Baghira».

Essen und Trinken: ***
Regionale Speisen und tischebiegende Buffets in gemütlichen Tiroler Stuben. Mittags-Snackbuffet, Kuchen und Nachmittagsjause.

Anfahrt: Autobahn A13 bis Ausfahrt Landquart, dann Landstrasse Richtung Davos bis zum Vereinatunnel (Autoverlad). Ab Sagliains Landstrasse via Scuol Richtung Landeck bis Abzweigung Serfaus.

Wellness-Residenz Schalber

A-6534 Serfaus

Tel. +43 (0)5476 6770
Fax +43 (0)5476 677035
www.schalber.com
info@schalber.com
Anfang Dezember bis Mitte April und Anfang Juni bis Ende Oktober geöffnet

Preise
EZ 135–295 €
DZ 244–530 €
Familiensuite/Suite 290–610 €
inklusive Vollpension

Kinder im Zusatzbett:
0–6 Jahre 23–39 €
6–10 Jahre 31–48 €
10–14 Jahre 39–56 €
inklusive Vollpension

Der Familienbetrieb erscheint innen und aussen wie aus dem Tiroler Bilderbuch für «Schöner Wohnen» und erfreut mit sensibler Balance zwischen Eleganz und Nestwärme. Der Wellnessbereich dehnt sich auf 3000 Quadratmetern aus; unter dem Motto «Tue deinem Körper etwas Gutes – damit deine Seele Lust hat, darin zu wohnen» wird ein breites Spektrum an Körper- und Beautybehandlungen geboten. Wohin mit den Kindern? Diese Frage stellt sich im «Schalber» erst gar nicht: Kids ab 3 Jahre werden von Sonntag bis Freitag von 10 bis 19 Uhr durchgehend betreut.

Die Quittung:
Ambiance: ******
Dank dem sicheren Geschmack des Eigentümers Alois Schalber (und seiner geradezu obsessiven Aufmerksamkeit für Details) ist das Haus ein Eldorado für Leute, die den feinen Unterschied zwischen gewöhnlichen Wellnessabsteigen und aussergewöhnlichen Relaxoasen kennen.
Lage: *****
Am Ortseingang des Wintersportorts mit imposantem Rundumblick auf die Tiroler Bergwelt, auf 1400 Meter ü. M.
Freizeitangebot für kleine Gäste: ****
Ganztägige Kinderbetreuung (ab 3 Jahre) mit buntem Spiel-, Spass- und Kreativprogramm. Kinderspielzimmer, Funpark, Kindertisch ab

18 Uhr. Auf der «Schalber Alm» auf 2000 Meter Höhe Streichelzoo mit Ponys zum Reiten. Im Thermenbereich des Hotels ist das Hallenbad mit Rutschbahn, das Freibad und die Familiensauna ausdrücklich den Gästen gewidmet, die mit ihren Kindern einen Wohlfühlurlaub voller Geborgenheit verbringen wollen.

Freizeitangebot für grosse Gäste: ******

Weitläufiges Spa mit Hallenbad, Meerwasserpool und attraktiver Saunawelt. Diverse Massagen, Ayurvedabehandlungen, Shiatsu, La-Stone-Therapie, Kosmetik, Vitalbäder, Thalasso, Fitnessraum. Tägliche Bewegungs- und Entspannungslektionen, Outdoor-Programme mit eigenem Sport-Guide, 2 Hallentennisplätze mit Tennislehrer, Squash.

Empfang und Service: ******

Tadellos. Die Herzlichkeit der Crew ist ansteckend.

Zimmer: *****

78 geräumige Zimmer und Suiten im luxuriösen Tiroler Stil.

Essen und Trinken: ****

Gut gemachte österreichische Spezialitäten aus natürlichen Produkten, die vorwiegend in nächster Umgebung gedeihen.

Anfahrt: Autobahn A13 bis Ausfahrt Landquart, dann Landstrasse in Richtung Davos bis zum Vereinatunnel (Autoverlad). Ab Sagliains Landstrasse via Scuol in Richtung Landeck bis Abzweigung Serfaus.

Familienhotel Furgler

A-6534 Serfaus

Tel. +43 (0)5476 6201
Fax +43 (0)5476 6201 17
www.furgler.at
hotel@furgler.at
Anfang Dezember bis Mitte April und Anfang Juni bis Ende Oktober geöffnet

Preise

EZ 76–215 €
DZ 120–240 €
Familienzimmer 128–410 €
inklusive Halbpension

Kinder im Zusatzbett:
0–2 Jahre 11–30 €
3–6 Jahre 27–40 €
7–12 Jahre 27–49 €
13–15 Jahre 42–62 €

Kids sind hier bestens aufgehoben: Damit Mama und Papa oder die Grosseltern während ihrer Ferien trotz familiärer Pflichten auftanken können, gibt es im «Furgler» den fachgerecht betreuten «Murmli-Club» und einen grossen Outdoor-Funpark. In diesem aus einem Bauerngasthof herausgewachsenen Familienhotel vergisst man den Alltag rasch – und dies zu einem guten Preis-Leistungs-Verhältnis.

Die Quittung:

Ambiance: ****

Freundliches, unprätentiös angenehmes Tiroler Kinderhotel. Eine spannende Welt für die Kleinen – mit Ruheoasen für die Grossen.

Lage: ****

Im autofreien Dorfzentrum.

Freizeitangebot für kleine Gäste: ****

Betreuter «Murmli-Club». Mehrere Kinderspielzimmer mit Softplay-Spielanlage, Playstation, Motorikspielen, Malsachen usw. Kinderkino, separates Kleinkinderbecken mit Wasserattraktionen im Hallenbad, Wasserrutschbahn mit Wasserfall im Hallenbad, 24-Stunden-Kinder-Saftbar. Steckdosensicherung, Kinderschemel und

Holzspielklötze in allen Familienzimmern. Am Ortseingang exklusiv für Hotelgastkinder ein 2000 Quadratmeter grosser Aussenspielpark mit Kletternetz, Rutschbahn, Aussichtskletterturm, Riesentrampolin, Gokart-Parcours und Streichelzoo. Für die Grösseren: Goldsuche, Indianertipi, betreute Ausritte mit den hoteleigenen Haflingerpferden und Shetlandponys. Auf Wunsch Babybetten, Babyphone, Windeleimer, Wickelauflage, Kinderbadewanne, Thermometer, Baby-Badewannensitz, Töpfchen, WC-Sitz, Flaschenwärmer, Babylätzchen, Babyteller mit Löffel, Mikrowellengerät im Kinderspielzimmer, Wasserkocher, Hochstühle. Gegen Gebühr: Kinder-Rückentrage, Kinderwagen, Kinderbuggy.

Freizeitangebot für grosse Gäste: **
Hallenbad, Saunawelt. Grillfeste in der hoteleigenen Alm. Geführte Wanderungen.

Empfang und Service: ****
Unkompliziert freundlich.

Zimmer: ***
Solide, etwas bieder eingerichtete Zimmer und Familienzimmer.

Essen und Trinken: ***
Österreichische Spezialitäten. Nachmittags Suppen und Kuchenbuffet.

Anfahrt: Autobahn A13 bis Ausfahrt Landquart, dann Landstrasse Richtung Davos bis zum Vereinatunnel (Autoverlad). Ab Sagliains Landstrasse via Scuol Richtung Landeck bis Abzweigung Serfaus.

Madlein

A-6561 Ischgl

Tel. +43 (0)5444 52 26
Fax +43 (0)5444 52 26 202
www.ischglmadlein.com
info@ischglmadlein.com
Anfang Dezember bis Mitte April und Ende Juni bis Ende August geöffnet

Preise

EZ 75–235 €
DZ 130–460 €
Familienappartement (4 Personen) 260–700 €
inklusive Halbpension

Kinder im Zusatzbett:
Sommer:
0–9 Jahre kostenlos
10–15 Jahre 60% Ermässigung
Winter:
0–3 Jahre kostenlos
4–9 Jahre 50% Ermässigung
ab 10 Jahre 30 % Ermässigung

Es gibt in den Alpen mehr als nur eine Handvoll Hotels, die den üblichen Erwartungen auf grossartige Weise gerecht werden, doch wenige verbinden dies mit einem modernen Stil. Das «Madlein» vereint Tradition und Zukunft auf aussergewöhnliche Weise. Erstere

findet sich in den gemütlichen Zimmern und Familienappartements sowie in der Eingangshalle im Altbau. Die Zukunft eröffnet sich im hinteren Teil des Erdgeschosses, wo sich das formalistisch reduzierte Restaurant und ein ästhetisch herausragendes Spa mit Zengarten befindet. «Wir bauen nicht für vorgestern, sondern für übermorgen», sagt «Madlein»-Eigentümer Gunter Aloys, der mit seinem an Zen und Feng-Shui inspirierten Designhotel beweist, dass die Leute grundsätzlich von innovativen und individualistischen Hotels angelockt werden. Das «Ischgl» versteht sich nicht als Familienhotel, dennoch dominieren zu Schulferienzeiten im Haus die stilbewussten Jungfamilien mit Kindern.

Die Quittung:

Ambiance: ******
Die Abwendung von der alpenländischen Kuschelromantik, das Einbringen von urbanem Lebensgefühl und minimalistischem Design sorgen für ein immer wieder überraschendes Hotelerlebnis. Dem weltoffenen Patron Gunter Aloys schwebt ein anhaltendes Fest der Sinne vor: Morgens Entspannung in zenphilosophischer Strenge und Schönheit, mittags Sonne tanken auf dem Berg, abends Entertainment und Ausgelassenheit wie in Miami Beach.

Lage: ***
Im Ortszentrum, 100 Meter mit der Rolltreppe von den Pisten und Bahnen der Silvretta-Skiarena Ischgl entfernt.

Freizeitangebot für kleine Gäste:
Kein spezifisches Angebot im Hotel.

Freizeitangebot für grosse Gäste: ***
Formalistisch reduziert gestyltes Spa mit Hallenbad, Sauna, Dampfbad sowie «Feuerraum» mit Kamin als Ruhezone. Massagen, Fitnessraum, Kosmetik. Die hauseigene Diskothek «Pacha» zählt seit Jahren zu den absoluten «Hot Spots» in Ischgl.

Empfang und Service: *****
Gut drauf.

Zimmer: ******
Unterschieden wird zwischen einfachen «Standard-Zimmern» im Altbau (20–30 m^2), kuschelig eingerichteten «Komfort-Zimmern» (35–45 m^2), gemütlichen Familienappartements (45–55 m^2) und den neun hypermodernen «Designzimmern» (45–55 m^2). Alle Zimmer sind bewusst sparsam möbliert.

Essen und Trinken: ****
Gut zubereitete Crossover-Küche.

Anfahrt: Nach dem Arlbergtunnel auf der Inntalautobahn A12 bis Ausfahrt Pians, dann Landstrasse Richtung Galtür bis Ischgl. Dort den Wegweisern zum Hotel folgen.

Naturhotel Waldklause

A-6444 Längenfeld

Unterlängenfeld 190
Tel. +49 (0)5253 5455
Fax +49 (0)5253 5455-4
www.waldklause.at
info@waldklause.at
Ganzjährig geöffnet

Preise

EZ 108–135 €
DZ 184–256 €
Suite 220–300 €
inklusive Halbpension
Appartement (2–6 Personen)
125–265 € (ohne Frühstück/Mahlzeiten)

Kinder im Zusatzbett:
0–6 Jahre kostenlos
7–14 Jahre 30 €
15–17 Jahre 48 €
inklusive Halbpension

Das hohe architektonische Niveau des rein aus Holz, Glas und Stein erbauten Hotels inspiriert zu erholsamen Ferien im Ötztal. Auch die 50 Zimmer und Suiten können hohe ästhetische Qualitäten für sich in Anspruch nehmen – sanfte Holztöne wurden mit kräftigem Rot, Grün, Orange und Gelb wirkungsvoll verbunden. «Holz atmet und bietet ideale Wohn- und Lebensbedingungen», ist das Gastgeberpaar Irene und Edmund Auer überzeugt. In allen Räumen der «Waldklause» herrschen ein gesundes Klima und eine warme, wohlige Atmosphäre, überall duftet es nach heimischem Holz. Das herzliche Team versteht sich auf die Kunst, den Gast mit gelassener Souveränität zu empfangen, mit fürsorglicher Professionalität zu bedienen und überall mit Namen oder zumindest einem offenen Lächeln zu begrüssen.

Die Quittung:

Ambiance: ******
Ein zeitgemässes, in raffinierter Schlichtheit gestaltetes Ferienhotel zum Wohlfühlen, das weitestgehend aus natürlichen Baustoffen und mit umweltschonenden Verfahrens- und Verarbeitungsweisen erstellt wurde.

Lage: ***
Am Dorf- und Waldrand auf 1173 Metern über Meer.

Freizeitangebot für kleine Gäste:
Kein spezifisches Angebot im Hotel.

Freizeitangebot für grosse Gäste: ***
Kleines Spa mit Sauna, Dampfbad, Kräuter-Schwitzstube, diverse Massagen und Beautyanwendungen. Der «Aqua Dome», die erste Therme Tirols, befindet sich wenige Schritte entfernt. Markierte Wander- und Mountainbikewege vor der Haustür.

Empfang und Service: *****
Individuell und persönlich.

Zimmer: ******
Alle 50 Zimmer und Suiten (30–70 m^2) sind optisch in einen Wohn- und einem Schlafteil unterteilt und mit einem Balkon ausgestattet. Vier Suiten im Dachgeschoss mit grosser Panoramaterrasse.

Essen und Trinken: ****
Regionale und mediterrane Gerichte sowie wechselnde Themenbuffets. Nachmittagsjause.

Anfahrt: Durch den Arlbergtunnel und Richtung Innsbruck bis Ausfahrt Ötztal, dann Landstrasse bis Unterlängenfeld. Der Abzweiger zum Hotel liegt etwas versteckt im Dorf und ist ausgeschildert.

Alpenresort Schwarz

A-6414 Mieming

Tel. +43 (0)5264 52 120
Fax +43 (0)5264 52 127
www.schwarz.at
hotel@schwarz.at
Ganzjährig geöffnet

Preise

EZ 162–246 €
DZ 274–422 €
Familiensuite 324–568 €
inklusive Vollpension

Kinder im Zusatzbett:
0–3 Jahre 10–30 €
4–7 Jahre 39 € bis 50% Ermässigung
8–11 Jahre 52 € bis 40% Ermässigung
12–15 Jahre 58 € bis 30% Ermässigung
inklusive Vollpension

Der familiengeführte Musterbetrieb ist aus einem dreihundertjährigen Herrenhaus herausgewachsen. Mittlerweile sind zwei weitere, unterirdisch mit dem Haupthaus verbundene Gebäude sowie ein 4000 Quadratmeter grosser Wellnessbereich hinzugekommen. Abgesehen vom puristisch gestalteten Spa präsentiert sich das Interieur in rauschender, manchmal fast überbordender Ornamentik mit viel Holz, warmen Farben sowie einer ehrlichen Rustikalität. Der Obstgarten wurde als schönster Garten Tirols prämiert.

Die Quittung:

Ambiance: ******
Tiroler Ferienhotel wie aus dem Bilderbuch.

Lage: ******
Freistehend auf einem sonnigen Hochplateau, 30 Kilometer westlich von Innsbruck.

Freizeitangebot für kleine Gäste: *****
«Hopp'l-Popp'l»-Kinderwelt mit 300 Quadratmeter grossem Kinder- und Jugendspielraum (täglich 10–17 und 19–20 Uhr betreut), Krabbelstube für die 0- bis 3-Jährigen (Montag bis Freitag 14–17 Uhr betreut), «Player's & Video Saloon» für die Juniors mit 42 Meter langer Indoor-Carrera-Rennbahn. Kino, Billard, Streichelzoo, Kindergymnastik, Tennis und Golf für Kinder. Hokuspokus-Zauberkurs, Swim-Academy, Kinder-Showprogramme. Streichelzoo mit Pferden und vielen kleineren Tieren. Im Winter Skikindergarten mit Kinderskischule (Gratislifte).

Freizeitangebot für grosse Gäste: ******
Riesiger Wellness- und Beautybereich, Hallenbad, Freibad (34 Grad

im Herbst und Winter), Saunawelt, Naturbadesee, zahlreiche Massagen. Fitnessraum, 4 Tennisplätze mit Trainer, Volleyballplatz, Mountainbikes. 9-Loch-Golfplatz mit Driving-Range und Golflehrer direkt gegenüber dem Hotel. Langlaufloipen vor der Haustür. Geführte Langlauf- und Bergwanderungen sowie Velotouren, Nordic Walking, Schneeschuhtouren. Breites Aktivitäten- und Unterhaltungsprogramm. Hoteleigenes Jagdrevier mit Wildbeobachtung und Pirsch mit dem Jäger.

Empfang und Service: ****
Leger und fröhlich, hin und wieder zu lässig-nachlässig.

Zimmer: ****
120 sehr unterschiedliche Zimmer und Familiensuiten im alpenländischen Stil.

Essen und Trinken: ***
Österreichische Spezialitäten, mal mehr, mal weniger gut. «Alles-inklusive-Verwöhnpension», das heisst, man kann fast den ganzen Tag essen und alkoholfrei trinken. Spezielle Kinderkarte mit Empfehlungen aus der «Hopp'l-Popp'l»-Küche.

Anfahrt: Nach dem Arlbergtunnel auf der Autobahn A12 Richtung Innsbruck bis Ausfahrt Mieming. Das Hotel liegt am hinteren Ortsrand in freier Landschaft.

Kinderhotel Alpenrose

A-6631 Lermoos

Tel. +43 (0)5673 2424
Fax +43 (0)5673 242424
www.hotelalpenrose.at
info@hotelalpenrose.at
Ganzjährig geöffnet

Preise
DZ 180–242 €
Familienzimmer/Suite 218–516 €
inklusive «All-in-Verwöhnpension»

Kinder im Zusatzbett:
0–3 Jahre 37–48 €
3–6 Jahre 30–40 €
6–10 Jahre 37–48 €
10–16 Jahre 44–55 €
inklusive «All-in-Verwöhnpension»

«Das Geheimnis des perfekten Familienurlaubs lässt sich mit zwei Worten beschreiben: Nähe und Distanz.» Ernst Mayer, der die «Alpenrose» innerhalb eines Jahrzehnts von einem beliebigen Beherbergungsbetrieb zu einem Vorzeigehaus unter Europas Kinderhotels entwickelt hat, muss es wissen: «Die Eltern bekommen ihren Urlaub, die Kinder auch. Zeitweise sind sie zusammen, zeitweise voneinander befreit. Daraus entsteht Entspannung, Erholung und Anregung für beide Teile.» Gast- und Ideengeber Mayer übersetzt seine Theorie mit riesigem Aufwand und konkurrenzloser Infrastruktur in die Praxis. Schon die Anreise ist stressfrei, weil weder Babyutensilien noch Spielgeräte, weder Kinderwagen noch Laufstall eingepackt werden müssen. Alles ist in der «Alpenrose» vorhanden. Darüber hinaus ist das Hotel ein liebevoll inszenierter Kindertraum: Das Schwimmbad ist ein riesiges Piratenland, das Entrée zum Kindertheater eine Ritterburg. Es gibt Gokartbahn, Klettergarten, Rutschbahnen, Basketball- und

Fussballhalle und natürlich auch ein eigenes Kinderrestaurant. Vom Babyalter bis zum Alter von 14 Jahren werden die Kinder in drei verschiedenen «Clubs» von 8 bis 21 Uhr durchgehend betreut, an allen Ferientagen, ausser Samstag. Die Eltern geniessen derweil den Wellnessbereich, der sich mit seinen Beauty- und Massageanwendungen mit manchem Wellnesshotel messen kann. Sie biken, wandern, golfen, fahren Ski oder Snowboard und verbringen den Abend ungestört beim fünfgängigen Galamenü. Der Gemeinsamkeit gewidmet sind zahlreiche Eltern-Kind-Programme mit Sport, Ausflügen, Schifffahrten oder Zoobesuchen.

Die Quittung:

Ambiance: ******
Die «Alpenrose» in der Tiroler Zugspitzregion ist das, was sich Kinder unter Wellness vorstellen. Und Erwachsene auch.
Lage: *****
Ruhig am Ortsrand von Lermoos auf 1004 Meter über Meer. Fünf Gehminuten ins Dorfzentrum. Die Grubigalm-Gondelbahn ist 150 Meter vom Hotel entfernt.
Freizeitangebot für kleine Gäste: *******
«Baby-Club» für Kinder von 0 bis 3 Jahren (durchgehend 8–21 Uhr betreut, ausser Samstag). Babybereich mit eigenem Schlafraum und grosszügigem Spielbereich. Für Kleinstkinder kostenlos Babypflegeprodukte von Penaten, Babybett, Wickeltisch, Flaschenwärmer, Wasserkocher, Gitterbett, Hochstuhl, Liegekinderwagen, Buggy, Spielset, Rückentrage, Babywanne, Töpfchen und Windeleimer, Verdunkelungsvorhänge, Babyküche, Lätzchen, Roller, Dreiräder, Kinderautos und Computer-Schallüberwachung.
«Mini-Club» für Kinder von 3 bis 6 Jahren (durchgehend 8–21 Uhr betreut, ausser Samstag): Spiel-, Bastel-, Märchen- und Bewegungsprogramme; Ausflüge, Ponyreiten, Schwimmkurs, im Winter hauseigene Kinderpiste und Spielprogramme im Schnee. Kostenlos altersgerechte Kinderautos, Fahrräder, Mountainbikes sowie im Winter Skihelme und Schlitten.
«Abenteuer-Club» für Kinder von 7 bis 14 Jahren (durchgehend 8–21 Uhr betreut, ausser Samstag) mit Akzent auf Abenteuer, Sport und Kreativität. Indianerdorf, Klettern, Reiten, Inline-Skaten, Rafting, Bergtour mit Übernachtung auf einer Hütte. Sport- und Spielgeräte sowie betreute Programme im Inklusivpreis enthalten.
Ausserdem: Softplayanlage, Riesenrutschbahn über fünf Stockwerke, Indoor-Gokartbahn, Kletterwand, Basketball-, Volleyball-, Fussball- und Gymnastikhalle. Piratenland mit Sandstrand, mehreren Rutschen, Hängebrücke, Piratenschiff, Goldwaschanlage, interaktiven Figuren, Floss und Kinderdampfbad. Eigenes Kinderbecken in der Badelandschaft. Eigener Theater- und Kinosaal (Musicals, Kinonachmittage, Zirkus, Kinder-Modeschauen). Spezieller Waschraum für die Wäsche der Kinderkleidung.

Freizeitangebot für grosse Gäste: ****
Wellnessbereich mit Hallenbad, Freibad, Saunawelt, Whirlpool, Kosmetik, Ayurvedatherapien, diversen Massagen und Relaxbädern. Fitnessraum, Indoor-Golf mit Swing-Analyzer, Mountainbikes. Betreute Ausflüge und Sportaktivitäten für Eltern und Kind. Showprogramm an 5 Abenden pro Woche im hauseigenen Theater. Skigebiet direkt vor der Haustür.
Empfang und Service: ******
Ausgesprochen herzlich und hilfsbereit.
Zimmer: *****
74 komfortable, geräumige Familienzimmer, Appartements und Suiten in 28 verschiedenen Grössen und Ausstattungskategorien. Alle Zimmer mit Babyphone und Balkon oder Terrasse.
Essen und Trinken: ****
Restaurant nur für Hotelgäste. Täglich fünf Auswahlmenüs für die Erwachsenen. Eigener Speisesaal für die Kinder mit kindergerechtem gesundem Buffet. Im Zimmerpreis enthalten ist zu Mittag ein «Schmankerlbuffet» mit Salaten und am Nachmittag ein Kuchen- und Snackbuffet. Alkoholfreie Getränke rund um die Uhr gratis.

Anfahrt: Inntalautobahn bis Ausfahrt Mötz, dann über den Fernpass nach Lermoos.

Bio-Hotel Stanglwirt

A-6353 Going am Wilden Kaiser

Tel. +43 (0)5358 2000
Fax +43 (0)5358 2000 31
www.stanglwirt.com
info@stanglwirt.com
Ganzjährig geöffnet

Preise
EZ 104–302 €
DZ 208–564 €
Suite 368–1408 €
inklusive Halbpension

Kinder im Zusatzbett:
0–3 Jahre kostenlos
4–6 Jahre 25% Ermässigung
ab 7 Jahre 50% Ermässigung

«Kein Ruhetag seit 250 Jahren» steht im Hausprospekt. In diesem über Generationen gewachsenen, ideenreich geführten Familienbetrieb wird Gegensätzliches glücklich vereint: Alt und Neu, Gast- und Landwirtschaft, Tier und Mensch, Natur und Technik findet man in harmonischem Nebeneinander unter einem Dach. So ist der Kuhstall durch eine Glasfront vom Restaurant getrennt, und von der Lobby blickt man in die Reithalle, wo die Lipizzaner ihre Runden drehen; der weitläufige Wellnessbereich verfügt über ein Meerwasseraquarium, in dem zwei echte Haie «auf Urlaub» sind. Unter «Bio-Hotel» versteht der Gastgeber Balthasar Hauser «Erholung in einem gesunden

Umfeld». Dazu gehören neben dem Bauernhof die konsequent biologische Bauweise der Hotelanlage, Möbel aus echtem Holz, Stoffe aus reiner Wolle und purem Leinen, Schlafen auf Naturmatratzen usw. Auch die Freundlichkeit der Mitarbeiter ist echt. Besonders originell: Zur Hotelanlage gehören auch drei Baumhäuser; eines davon kann für 2 bis 3 Personen für «Übernachtungen auf eigene Gefahr» reserviert werden. Schlafsäcke gibt es zum Leihen.

Die Quittung:

Ambiance: ******
Sagenhafter Mix aus Tiroler Tradition und innovativen Ideen. Man wünschte sich mehr solcher Individualisten und Querdenker wie «Stanglwirt»-Gastgeber Balthasar Hauser, die sich nicht schubladisieren lassen und vieles anders machen als die anderen. Sein Credo: «Ich möchte meinen Gästen bieten, was auch mir privat zuträglich ist.»

Lage: ****
Hinten die viel befahrene Bundesstrasse, vorne schöner Ausblick auf die offene Bergwelt.

Freizeitangebot für kleine Gäste: *****
Erlebnisreiche Kinderbetreuung täglich 9.30–17 Uhr, Kinderbauernhof, Kindertischlerei, Kinderküche, vielfältiges Animationsprogramm drinnen und draussen. Kinderspielzimmer mit Kasperltheater und zahlreichen Gesellschaftsspielen. Tischtennis.

Freizeitangebot für grosse Gäste: ******
Hallenbad, zwei Freibäder, Whirlpool, Saunawelt, Ruheraum mit Haiaquarium, diverse Massagen, La-Stone-Therapie, Ayurveda, Fitnessraum, Schönheitsfarm. Tennisplätze innen und aussen (auf Wunsch mit Trainer), 3 Squashhallen, 2 Kegelbahnen, Reithalle/Reitschule, Leihfahrräder, Golfanlage mit Driving-Range und Golf-Akademie. Regelmässige Kurse «Die Kunst der Rhetorik». Bibliothek, Billard.

Empfang und Service: ******
Hier stimmt der Ton genauso wie die Herzlichkeit und die Freude, welche die Mitarbeiter ausstrahlen.

Zimmer: *****
150 komfortable, holzgeprägte Zimmer und Suiten im Tiroler Landhausstil.

Essen und Trinken: *****
Diverse Restaurants für sämtliche Essbedürfnisse von der rustikalen Bauernpfanne bis zur subtil abgestimmten Perlhuhnbrust.

Anfahrt: Inntalautobahn A12 Innsbruck–Salzburg bis Ausfahrt Wörgl Ost. Dann Landstrasse Richtung Kitzbühel (bei Going die Ortseinfahrt rechts liegen lassen und ein paar Kilometer weiter Richtung Kitzbühel) bis zur unübersehbaren Einfahrt des «Stanglwirt».

Naturhotel Grafenast

A-6130 Schwaz

Pillbergstrasse 205
Tel. +43 (0)5242 63 209
Fax +43 (0)5242 63 209 99
www.grafenast.at
sehnsucht@grafenast.at
Mitte Juni bis Ende Oktober und Mitte Dezember bis Anfang April geöffnet

Preise
EZ 93–148 €
DZ 170–320 €
inklusive Halbpension

Kinder im Zusatzbett:
0–3 Jahre 19 €
3–10 Jahre 50% Ermässigung
10–15 Jahre 30% Ermässigung

Wem schon bei der Ankunft ein so freundliches Lächeln geschenkt wird, der beginnt die Ferien gleich viel entspannter. Das «Naturhotel Grafenast» ist eine ganz besondere Adresse: Hier ist alles echt und erfreulich unaufdringlich arrangiert. Die Gastgeber sind trotz allem Erfolg bescheiden geblieben und halten das für selbstverständlich – und der Gast freut sich von Herzen, wenn die PR-Glocken mal nicht dröhnen. Jedenfalls geniesst man im hundertjährigen Holzhaus die kuschelige Ambiance und das zwanglose Sein, isst regionaltypisch biologisch, lauscht klassischer Musik oder gutem Jazz, und wem beim Grafenaster Panorama das Herz

nicht höher schlägt, der hat wohl keines. Das Hotel hat einen leicht esoterischen Touch, der zu manchen Zeiten durch spezifische Themenwochen (Mondrhythmuskunde, Heilkräuterkunde, Acrylmalen, Tai Chi usw.) mit der entsprechenden Gästeschaft betont wird.

Die Quittung:

Ambiance: *****
Urchiges, sonnenverwöhntes Holzchalet. In der Stube hängt ein Schild: «Kemmts eina, seids gmiatlich, lassts den Schmafu – do in der Stuben sein alle per Du.»

Lage: ******
«Über allem drüber», auf 1330 Meter über Meer. Sagenhafter Ausblick aufs Inntal, ringsherum nur Natur pur.

Freizeitangebot für kleine Gäste: **
Kinderspielzimmer, Kinderspielplatz. Viel Auslauf.

Freizeitangebot für grosse Gäste: ****
Freibad, Saunalandschaft, Naturkosmetik, Massagen (auf Wunsch im Freien). Geführte (Schneeschuh-)Wanderungen und Nordic-Walking-Touren, Morgengymnastik. Skifahren und Schlitteln von der Haustür weg, Langlaufloipen in 200 Meter Entfernung.

Empfang und Service: ****
Freundlich familiär.

Zimmer: ***
Zwei Dutzend eher einfache Zimmer mit holziger Wärme, ohne Minibar und Fernseher.

Essen und Trinken: ****
Die Küche setzt auf Vollwert und verwendet überwiegend Produkte von heimischen Biobauern.

Anfahrt: Inntalautobahn Innsbruck–Salzburg bis Ausfahrt Schwaz. Dann Landstrasse zum Hochpillberg.

Posthotel Achenkirch

A-6215 Achenkirch

Tel. +43 (0)5246 65 22
Fax +43 (0)5246 65 22 468
www.posthotel.at
posthotel@posthotel.at
Ganzjährig geöffnet

Preise
EZ 165–250 €
DZ 270–358 €
Suite 394–506 €
inklusive Vollpension

Kinder im Zusatzbett:
0–2 Jahre 15 €
2–5 Jahre 35 €
6–11 Jahre 55 €
12–15 Jahre 80 €
inklusive Vollpension

Der organisch gewachsene Hotelkomplex bietet eine unnachahmliche Mischung aus ungezwungener Landhausgemütlichkeit, trendigem Lifestyle und generationsüberschreitendem Familienurlaub – ein bisschen Wellnessparadies, ein bisschen Wohlfühlhütte, ein bisschen Kinderwunderland. Die Gastgeberfamilie Reiter hat alle Mitarbeiter sensibilisiert, immer so zu handeln, als würden sie Gäste bei sich zu Hause verwöhnen und sich um sie sorgen.

Die Quittung:

Ambiance: ******
Flaggschiff der Tiroler Ferienhotelkultur. Hier kann man unbeschwert die Welt vergessen und alle Sorgen hinter sich lassen.
Lage: ***
Im Dorfzentrum.
Freizeitangebot für kleine Gäste: ******
Geschulte Kindergärtnerinnen betreuen die kleinen Gäste ab 3 Jahre im «Kiddy Club» (Sonntag bis Freitag 9–21 Uhr). Kreativ-, Sport- und Spielprogramme für alle Wetterlagen. Mittags eigenes Kinderbuffet. Für Kinder von 1½ bis 3 Jahren wird auf Wunsch spezielle Betreuung organisiert. «Junior-Club» für die Grösseren mit Tischfussball, Billard, Flipper, Tischtennis, Gamecube und Playstation 2; abends Abtanzen, Musikhören oder Surfen im Internet in der «Posthotel-Alm», einer rustikalen Bar in Hotelnähe. Sport- und Abenteuerprogramme draussen, Reit- und Tennisunterricht. Baby-Service mit Kinderbett auf dem Zimmer, Babyphone, Flaschenwärmer, Wickelauflage. Auf Wunsch wird ein Babysitter organisiert.
Freizeitangebot für grosse Gäste: ******
Riesiges, sinnesberauschendes Spa mit Hallenbad, Sole-Freibad,

Whirlpools und attraktiver Saunawelt. Zahlreiche Massagen, Schönheitsfarm, Vitalbäder, Traditionelle Chinesische Medizin. Betreutes Hightech-Fitnesscenter, täglich Aktiv- und Entspannungsprogramme, Reithalle mit Reitlehrer (Lipizzaner und Haflinger für Ausritte), 2 Hallen-Tennisplätze mit Lehrer, Squashcourts, Skiverleih.

Empfang und Service: ******

Die Hotelcrew vermittelt eine so grosse Lust an der Dienstleistung, dass man sich fragt, warum in anderen Hotels so viele unfreundliche und unwillige Leute arbeiten.

Zimmer: ******

154 geräumige, ausgesprochen geschmackvoll eingerichtete Zimmer und Suiten im Tiroler Landhausstil.

Essen und Trinken: ****

Frischprodukte aus der ummittelbaren Umgebung werden als wohlschmeckende Gerichte auf den Tisch gebracht. Täglich wechselndes Mittags-/Nachmittagsbuffet in der Halle.

Anfahrt: Inntalautobahn A12 Innsbruck–Salzburg bis Ausfahrt Achensee, dann über Maurach nach Achenkirch.

Sporthotel Achensee

A-6215 Achenkirch am Achensee

Tel. +43 (0)5246 6561
Fax +43 (0)5246 6561666
www.sporthotel-achensee.com
info@sporthotel-achensee.com
Mitte Dezember bis Ende März und Anfang Mai bis Anfang November geöffnet

Preise

EZ 173–315 €
Familienzimmer 158–300 €
Familiensuite 202–454 €
inklusive Vollpension

Kinder im Zusatzbett:
0–3 Jahre 33–34 €
3–6 Jahre 34–49 €
6–12 Jahre 40–59 €
12–16 Jahre 50–69 €
inklusive Vollpension und Skischule resp. Reit- und Golfunterricht

Jede Menge Ferien für Kinder und Erwachsene. Erstere finden 700 Quadratmeter Innenspielfläche – fast so gross wie ein Fussballfeld. Elternträume werden mit einer schönen Badelandschaft und einem gemütlichen Ambiente im neuzeitlichen Tiroler Landhausstil erfüllt. Die Kinder-Skiübungswiese ist gleich beim Hotel, zur Gondelbahn sind es 120 Kinderschritte, und die hauseigene Skischule ist ebenso im Kinderarrangement inbegriffen wie der Skipass. Im Sommer locken ein Naturschwimmteich im Garten und ein breites Aktivitätenprogramm in der Bergwelt, die gleich vor der Haustür beginnt. Schnuppergolf- und Reitunterricht sind für Kinder ab 6 Jahre im Preis enthalten.

Die Quittung:

Ambiance: *****

Sympathischer, einfallsreich gestalteter Familienbetrieb, der die

optische Balance zwischen reduzierter Moderne und holziger Blümchenromantik gefunden hat.

Lage: *****

In einer Gartenanlage am Dorfrand, auf 950 Metern über Meer.

Freizeitangebot für kleine Gäste: *****

Professionelle Baby- und Kinderbetreuung (40 Stunden pro Woche für Babys, 60 Stunden für Kinder). Attraktiver Kinderspielbereich mit Softplayanlage zum Austoben, Kletterwand, Kinderdisco, Kino, Theater, Zauberschule und «Crazy Club», wo sich alles um die Fantasie und die Talente dreht – einmal pro Woche können die Grösseren hier sogar über Nacht bleiben. Kinderwellness (Beauty und Massagen für Kids), eigene Skischule. Im Ort: Kindergolf, Reiten für Kinder.

Freizeitangebot für grosse Gäste: ***

Hallenbad, Saunawelt, Massagen, Kosmetik, Relaxbäder, Fitnessraum, Naturschwimmteich. Skiverleih im Hotel. Tägliche Entspannungs- und Bewegungslektionen. Geführte Wanderungen, Velo- und Hochgebirgstouren, Nordic Walking.

Empfang und Service: *****

Gross und Klein sind bestens betreut.

Zimmer: ****

55 wohnliche, helle Familienzimmer.

Essen und Trinken: ***

Mittagsbrunch vom Buffet, Nachmittagsjause, abends Auswahlmenüs und Buffets, für Kinder Extrabuffet am Abend.

Anfahrt: Inntalautobahn A12 Innsbruck–Salzburg bis Ausfahrt Achensee, dann über Maurach nach Achenkirch.

Sporthotel Stock

A-6292 Finkenberg

Dorf 142
Tel. +43 (0)5285 6775
Fax +43 (0)5285 6775 421
www.sporthotel-stock.com
sporthotel@stock.at
Ganzjährig geöffnet ausser 2 Wochen im April

Preise

EZ 134–303 €
DZ 236–406 €
Familiensuite/Suite 280–478 €
inklusive Halbpension

Kinder im Zusatzbett:
0–3 Jahre kostenlos
4–7 Jahre 30–68 €
8–11 Jahre 36–78 €
12–15 Jahre 44–88 €
16–18 Jahre 60–102 €
inklusive Halbpension

Einige Hotels geben dem abgewetzten Sprachklischee von der «Leichtigkeit des Seins» seine Frische zurück – und plötzlich ist es wieder eine absolut treffende Beschreibung. Das «Stock» im Zillertal ist so ein Hotel. Ein heiter entspanntes Lebensgefühl liegt in der Luft, in den weitläufigen öffentlichen Räumlichkeiten gibt es viel zu schauen – das altersmässig gut gemischte Publikum sorgt für eine gepflegte Lebendigkeit. Das Spa, das ständig erweitert und modernisiert wird, bietet alles zum Entspannen und Aufbauen neuer Energie: Klassische und fernöstliche Körperbehandlungen halten sich die Waage, zum Repertoire gehören etwa die La-Stone-Therapie, die Abhyango-Ayurveda-Ölmassage oder die Klangschalentherapie. Unter dem Motto «Wahre Schönheit kommt von innen – und von aussen» stehen zahlreiche Gesichtsbehandlungen, Relaxbäder, Fangopackungen, Thalasso und Körperpeelings zur Wahl. Tägliche Gruppenaktivitäten wie Yoga, Tai-Chi, Stretching, Body-Styling und Energy-Walking sind Bestandteil des breiten Freizeitprogramms, das auch Modeschauen, Tanzabende, Überraschungsfeste, Schlittenfahr-

ten und Schneeschuhwanderungen umfasst. Gymnastik-, Aerobic- und Aquafit-Stunden sowie der Fitnesspavillon mit Personal Trainer bieten ausreichend Möglichkeit, die Ambitionen des Küchenchefs auszugleichen, um sich abends wieder mit gutem Gewissen der kulinarischen «Wellness» hinzugeben. Auch Kindern sichert das familienfreundliche Haus eine abwechslungsreiche Zeit: Einmal angekommen, ist es schwierig, die Familie zusammenzuhalten.

Die Quittung:

Ambiance: ******
Der erfolgreiche, fast ständig ausgebuchte Familienbetrieb sieht innen und aussen wie aus dem Tiroler Bilderbuch für Schöner Wohnen aus. Für Anhänger des Klaren und Nüchternen vielleicht nicht das Richtige, aber ideal für alle mit einem Bedürfnis nach Wärme, nach natürlichen Materialien und alpiner Gemütlichkeit.

Lage: ******
Ruhig an einem sonnigen Südhang hoch über Mayrhofen, umrahmt von den Tiroler Bergen.

Freizeitangebot für kleine Gäste: ****
Erlebnisreiche Kinder- und Jugendbetreuung mit sportlichem Freizeitprogramm drinnen und draussen. Kletterwand, Kinderspielwiese, eigene Familiensauna mit Kinderplanschbecken und Delfin-Whirlpool. «Players Lounge» für Teenager mit Kino, Nintendo 64, Sony Playstation I und II, X-Box, Game Cupe, Tischtennis, Tischfussball, Billard. Babysitting auf Vorreservierung.

Freizeitangebot für grosse Gäste: ******
Hallenbad, Whirlpool, Saunawelt. Diverse Massagen, Ayurveda, Klangschalen und Magnetfeldtherapie. Entspannungs- und Gymnastiklektionen, Fitnessraum, Kosmetik. Sport und Spass für Erwachsene bei Eisstockschiessen, Gästeskirennen, Schlittenfahrten, Schneeschuhwanderungen, Modeschauen, Tanzabenden, Überraschungsfesten usw. Haus-Skiguides. Bibliothek.

Empfang und Service: ******
Dass der Gast im Mittelpunkt steht, schreiben sich viele Hotels auf ihre Fahne. Es umzusetzen ist die wahre Kunst. Im «Sporthotel Stock» gelingt dies scheinbar mühelos.

Zimmer: ******
94 komfortable, geräumige Zimmer und Suiten im modernen Tiroler Landhausstil.

Essen und Trinken: ****
Österreichische, italienische und asiatische Spezialitäten im grossen Hotelrestaurant mit Wellnessbuffet (nachmittags) und 5-Gang-Auswahlmenü (abends).

Anfahrt: Inntalautobahn Innsbruck–Salzburg bis Ausfahrt Zillertal. In Mayrhofen Richtung Hintertux bis Finkenberg.
Dort der Beschilderung zum Hotel folgen.

Krallerhof

A-5771 Leogang

Tel. +43 (0)6583 8246 0
Fax +43 (0)6583 8246 85
www.krallerhof.com
office@krallerhof.com
Ganzjährig geöffnet

Preise

EZ 126–160 €
DZ 242–308 €
Suite 278–418 €
inklusive Vollpension

Kinder im Zusatzbett:
0–2 Jahre 12 €
2–6 Jahre 19 €
6–14 Jahre 52 €

Ein Bauernhof von ehedem als Mega-Landhaus-Hotel mit edel-rustikalem Outfit, heimelig komfortablen Zimmern und unvergleichlichem Wellnessbereich im Zen-Stil. Der «Krallerhof» beherbergt hauptsächlich sportliche Familien mit Kindern. Wer gerne ein lebendiges Umfeld mit österreichischem Flair hat und sich von morgens bis abends an tischebiegenden Buffets bedienen will, ist hier richtig. Für Kids gibt es kostenfrei köstliches Eis, so viel die Eltern erlauben.

Die Quittung:

Ambiance: ******
Wer es gerne so richtig österreichisch mag, für den ist der «Krallerhof» kaum zu übertreffen.

Lage: ******
In absoluter Ruhe, freistehend auf einem sonnigen Hochplateau mit Blick auf die schroffe Bergkulisse der Leoganger Steinberge. Skipisten, Langlaufloipen und Wanderwege direkt vor der Haustür.

Freizeitangebot für kleine Gäste: *****
Professionelle Kinderbetreuung. Kinderspielplatz, Kinderspielzimmer mit Kinderbibliothek, Wiese für Ballsportarten, Kinderessraum, Kinderkino. Eigene Skischule, Anfänger- und Babylift direkt beim Hotel, eigener Hochseilgarten im nahen Hochwald. Der «Kids Club» organisiert Abenteuerwanderungen mit Picknick, Rafting, Ponyreiten, Gokartfahrten, Staudammbauen, Minigolf, Sommerrodeln.

Freizeitangebot für grosse Gäste: ******
Weitläufiges Spa mit Hallenbad, Freibad und schlicht-schön gestalteter Saunawelt. Diverse Massagen, Thalasso, Schönheitsfarm. Fitnessraum, betreute Gymnastik- und Entspannungsprogramme, Squash-Halle, Tennisplätze, Mountainbikes, Billard. Im Sommer täglich geführte Wanderungen.

Empfang und Service: *****
Das eingespielte Hotelteam lässt sich auch bei vollem Haus nicht aus der Ruhe bringen.

Zimmer: *****
118 wohnliche, sehr unterschiedliche Zimmer, Juniorsuiten und Suiten. Letztere teilweise mit Kamin und eigener Sauna.

Essen und Trinken: ****
Gut zubereitete österreichische und internationale Küche, serviert in zahlreichen Stuben.

Anfahrt: Inntalautobahn Innsbruck–Salzburg bis Ausfahrt Kufstein Süd, dann Landstrasse via St. Johann, Fieberbrunn, Hochfilzen nach Leogang. Das Hotel ist ausgeschildert.

Die Übergossene Alm

A-5652 Dienten am Hochkönig

Sonnberg 54
Tel. +43 (0)6461 2300
Fax +43 (0)6461 23062
www.uebergossenealm.at
welcome@uebergossenealm.at
Mitte Dezember bis Anfang April und Mitte Mai bis Ende Oktober geöffnet

Preise
EZ 102–155 €
DZ 180–328 €
Suite/Familienappartement 208–398 €
inklusive Halbpension

Kinder im Zusatzbett:
0–3 Jahre 0–30 €
4–10 Jahre 0–70 €
11–14 Jahre 40–80 €
inklusive Halbpension

Engagierter Familienbetrieb, der für Kinder ein gut betreutes Schlaraffenland und für Erwachsene eine weitläufige Wellnessanlage sowie direkten Anschluss ans Skigebiet «Hochkönigs Winterreich» bietet. Ein Platz zum Durchatmen für Gäste, die lieber in lichten Räumen als unter schweren Balkendecken wohnen.

Die Quittung:

Ambiance: ****
Kids fühlen sich hier wie Stars: Familien können sich in der «Übergossenen Alm» besonders grosszügig ausbreiten.

Lage: ****
Allein stehend in schöner Alpenwelt neben der Hauptstrasse auf 1240 Meter über Meer. Im Winter: Skilift wenige Meter vom Hotel entfernt.

Freizeitangebot für kleine Gäste: ****
Die Möglichkeiten, sich nach Herzenslust auszutoben, sind schier unbegrenzt. Unzählige Möglichkeiten für Winter- und Sommersport.

Ganzjährig grosser Kinderspielplatz, Kinderalm mit Märchenwelt, Basketball, Kletterwand, Indoorgolf und Kistenklettergarten sowie Kinderstammtisch. Professionelle Betreuerinnen für die Kleinsten. Auch am Buffet alles, was Kindern schmeckt – und vor allem auch gut tut.

Freizeitangebot für grosse Gäste: *****
Spa mit Hallenbad, Saunalandschaft, Whirlpool, Bio-Schwimmteich. Beautycenter, Thalasso, regenerierende Kräuter- und Heubäder, diverse Massagen. Betreutes Fitnesscenter, Gymnastik- und Entspannungsübungen, Tai Chi, Yoga, Tennishalle, Squash, Indoor-Golf. Geführte Wanderungen und Touren, vielseitiges Animations- und Unterhaltungsprogramm für Erwachsene und Kinder.

Empfang und Service: *****
Herzlich und hilfsbereit.

Zimmer: *****
82 komfortable, heimelig-moderne Zimmer, Suiten und Familienappartements mit Balkon, teilweise mit eigenem Kachelofen.

Essen und Trinken: ***
Durchschnittliche Halbpensionsmenüs.

Anfahrt: Inntalautobahn Innsbruck–Salzburg, dann Tauernautobahn A10 bis Ausfahrt Bischofshofen, dann Landstrasse via Mühlbach nach Dienten am Hochkönig.

Habachklause

A-5733 Bramberg am Wildkogel

Tel. +43 (0)6566 73900
Fax +43 (0)6566 739077
www.habachklause.at
office@habachklause.com
Anfang Mai bis Anfang November und Mitte Dezember bis Ostern geöffnet

Preise
DZ 150–244 €
2-Raum-Suite 170–272 €
3-Raum-Suite 196–288 €
inklusive Vollpension

Kinder im Zusatzbett:
0–2 Jahre 18–38 €
2–6 Jahre 30–38 €
6–12 Jahre 37–38 €
12–14 Jahre 45–48 €

Auf Babys, Kleinkinder und Kinder ist man in diesem um einen Bauernhof erweiterten Familienhotel spezialisiert. Während sich die Kids in der «Villa Alfons» oder

im Funpark austoben, können die Eltern genüsslich wandern oder skifahren gehen, sich mit Vitalprogrammen für Körper und Seele verwöhnen lassen oder gemütlich abendessen.

Die Quittung:

Ambiance: *****
Gemütlich familiär. Der angeschlossene Bauernhof mit Kühen, Schweinen, Ziegen, Ponys, Gänsen und Hasen gibt Stadtkindern authentische Einblicke ins ländliche Leben.

Lage: *****
Absolut ruhig auf einem 12 Hektar grossen Areal inmitten freier Natur auf 886 Metern Höhe zwischen Kitzbüheler Alpen und dem Nationalpark Hohe Tauern, umgeben von Wald, Wiesen und hohen Bergen.

Freizeitangebot für kleine Gäste: *****
«Kids Club» mit 64 Stunden professioneller Betreuung pro Woche, Kinderbuffet, zweistöckigem Funpark und Kinderhaus «Villa Alfons» mit Rutschbahnen, Playstation, Videospielen, Mega-Sandkiste, Tischtennis, Fuhrpark mit Bobby-Cars, Rabo-Tretfahrzeugen usw. «Babyclub» in der neuen Clublounge mit Krabbelecke, Rutschbahn, Träumland, Wickelraum, Teeküche und Waschmaschine. Kinder-Spassbad im Wintergarten, Disco, Kletterwand, Streichelzoo. Schwimm-, Ski- und Zauberkurse.

Freizeitangebot für grosse Gäste: ***
Saunawelt, Freibad (32 Grad), Massagen, Beautyfarm, Ayurvedatherapien. Gratis-Skibus zur Skiarena Wildkogel (3 km). Langlaufloipen und Wanderwege vor der Haustür. Rodelabend, Fackelwanderung, Bibliothek mit Büchern für Gross und Klein.

Empfang und Service: *****
Herzlich und zuvorkommend.

Zimmer: ****
30 praktisch-rustikal ausgestattete Zimmer und Familiensuiten, alle mit Balkon, auf Wunsch mit Babyüberwachungsanlage.

Essen und Trinken: ****
Frühstück mit frischen Köstlichkeiten vom eigenen Bauernhof (bis mittags). Mittagssnack, Kaffee und Kuchen, Saftbar, Jause. Abendessen mit Auswahlmenüs und Buffets unter möglichst weitgehender Verwendung von Produkten unmittelbar von heimischen Bauern; auch die eigene Landwirtschaft und Metzgerei garantieren für die frische Qualität der verarbeiteten Produkte.

Anfahrt: Inntalautobahn bis Ausfahrt Zillertal, dann via Gerlospass und Neukirchen ins Habachtal bis Bramberg am Wildkogel.

Familien-Erlebnishotel Post

A-5091 Unken

Niederland 28
Tel. +43 (0)6589 4226
Fax +43 (0)6589 422626
www.kinderhotel-zurpost.at
info@kinderhotel-zurpost.at
Mitte Dezember bis Ende März und Anfang Mai bis Anfang November geöffnet

Preise

Familienzimmer 162–216 €
Familiensuite 184–320 €
inklusive Vollpension

Kinder im Zusatzbett:
0–6 Jahre 33–35 €
6–12 Jahre 40–45 €
12–15 Jahre 45–50 €
ab 16 Jahre 60–70 €

Vom Ponyreiten bis zur Driving-Range, vom Naturbadesee bis zum Indianerdorf, von der Beautyanwendung bis zur Weinverkostung ist alles da in diesem beliebten Familienhotel im Salzburger Saalachtal. Zur weitläufigen Anlage gehört auch ein 170 Zuschauer fassendes Theater mit allen technischen Finessen: Tagsüber werden Musicals, Shows, Märchen und Zirkusnummern einstudiert, am Abend heisst es dann Vorhang auf und Bühne frei für die kleinen Stars, die sich jetzt ganz gross fühlen können. Wenn die Bühnenbildner, Visagisten und Statisten – das alles sind die Kinderbetreuerinnen im «Familien-Erlebnishotel Post» auch noch – ihren freien Tag geniessen, heisst es Licht aus und Film ab für Walt Disney, Pippi Langstrumpf und Co.

Die Quittung:

Ambiance: ****
Typisches österreichisches Ferienparadies, fein für Familien mit Kindern ab 2 Monaten.
Lage: ***
An der Bundesstrasse im Salzburger Saalachtal auf 560 Metern über Meer.
Freizeitangebot für kleine Gäste: ******
Professionelle Kinder- und Babybetreuung (60 Stunden pro Woche). 700 Quadratmeter Innenspielfläche mit Softplayanlage, Kinderbühne, Kino, Spielhaus, Kinderdisco. Jugendraum mit Dart, Billard, Tischfussball und Sony-Playstation. Ranch mit Reitponys und Streichelzoo. Golf-, Reit-, Schwimm-, Tennis- und Skikurse. Abenteuerspielplatz mit Gokartbahn, Piratenschiff auf dem Badesee, Tischtennis, Beachvolleyball, Fussballplatz, Bogenparcours, Holzkegelbahn, Kleinkinder-Indoorpool.
Freizeitangebot für grosse Gäste: ****
Hallenbad, Saunawelt, hauseigener Naturbadesee (4300 m^2) mit geschütztem Babystrand, Mas-

sagen, Kosmetik. Fitnessraum, Driving-Range, 2 Sandtennisplätze. Geführte Biketouren (Mountainbikes mit Helmen und Kindersitzen stehen zur Verfügung). Im Winter Ski-Shuttle (dreimal täglich) ins Familien-Skigebiet Heutal.
Empfang und Service: *****
Aufmerksam und freundlich.
Zimmer: ****
49 komfortable, modern eingerichtete Familienzimmer und -suiten, alle mit High-Speed-Internetanschluss.
Essen und Trinken: ***
Mittags-, Kuchen- und Jausenbuffet, abends Auswahlmenüs.

Anfahrt: Inntalautobahn Innsbruck–Salzburg bis Ausfahrt Wörgl Ost, dann Landstrasse Richtung Felbertauern/St. Johann. In Bruggermühle nach Unken abbiegen.

Hagleitner Family Balance Hotel & Spa

A-5700 Zell am See

Karl-Flieher-Strasse 1
Tel. +43 (0)6542 57187
Fax +43 (0)6542 56195
www.hotelhagleitner.at
info@hotelhagleitner.at
Mitte Dezember bis Ende Oktober geöffnet

Preise
Appartements 196–308 €
Suite 216–480 €
inklusive Vollpension

Kinder im Zusatzbett:
0–3 Jahre 33 €
3–7 Jahre 33–40 €
7–12 Jahre 40–54 €
12–14 Jahre 45–60 €
inklusive Vollpension

Das Wort «Balance» im etwas umständlichen Hotelnamen steht für Ausgewogenheit zwischen Kindern und Eltern. Die Gastgeberfamilie Bren hat sich zum Ziel gesetzt, die unterschiedlichen Bedürfnisse von Klein und Gross zu erfüllen. Letzteren wird auf rund 1000 Quadratmetern eine Wellness- und Ruhezone nur für Erwachsene geboten. Denn auch Eltern brauchen hin und wieder eine Verschnaufpause vom Kinderalltag. Während Mami und Papi also endlich einmal nur an sich denken, geht für die Juniors die Post ab: In «Pongos Erlebnisland» sorgen ein halbes Dutzend stressresistente Kinderbetreuerinnen von Sonntag bis Freitag für volles Programm. Zu den Highlights zählen der «Hokus Pokus Zauberkurs», das Kindertheater und der Funpark mit Kamikaze-Rutschbahn und Drachenzahnhöhle. Familien können mit leichtem Gepäck anreisen: Das Hotel stellt Baby- und Kinderausstattung von der Wickelauflage bis zum Kinderwagen kostenlos zur Verfügung.

Die Quittung:
Ambiance: *****
Kunterbuntes Kinder- und Familienhotel wie aus dem Bilderbuch. Langeweile verboten und Action

für die Rasselbande – so lautet die Regel im «Kiddy-Club» für Kinder von 3 bis 12 Jahren.

Lage: ****
In einer Gartenanlage im Ortsteil Schüttdorf. 5 Gehminuten zum besonders familienfreundlichen Skigebiet (kostenloser Hotel-Shuttlebus zum Skilift).

Freizeitangebot für kleine Gäste: ******
Von Sonntag bis Freitag täglich 12 Stunden Baby- und Kinderbetreuung (3 Monate bis 12 Jahre) – die Kinder können jederzeit gebracht und abgeholt werden. Jede Menge Abenteuer und Erlebnisse in «Pongos Erlebnisland», Schwimmschule, Zauberkurs, Kinderfreibecken, Thementage, Spielwiese, Fun-Park, Ponyzoo, hauseigene Skischule. Zur kostenlosen Verfügung: Babyphon, Kinder- und Babybetten, Kinderstühle und -polster, Wickelauflagen, Windeleimer, Babybadewannen, WC-Aufsatz, Flaschenwärmer und Vaporisatoren, Sitz- und Liegebuggys, Kinderwagen, Baby-Rückentrage, Kinderschlitten, Kinderskihelme, Bobby Cars, Dreiräder usw.

Freizeitangebot für grosse Gäste: ****
Beauty- und Massageabteilung mit asiatischen, persischen und westlichen Behandlungs- und Entspannungsmethoden, Erlebnishallenbad, Freibad, Saunawelt, Fitnessraum. Täglich wechselndes Freizeitprogramm für Eltern und Kinder mit Spielen, Ausflügen, Spass im Schnee, Kindertheater und Zaubershows. Mountain- und Citybikes (auf Wunsch mit Kindersitz und Helm). Privates Seegrundstück am Südufer des Zeller Sees.

Empfang und Service: *****
Gut gelaunt und stets hilfsbereit.

Zimmer: ****
90 komfortable Appartements und Suiten von 40 bis 100 Quadratmeter.

Essen und Trinken: ****
Mittagsbuffet, Nachmittagsjause, abends drei Viergangmenüs mit regionalen, internationalen und vegetarischen Gerichten zur Auswahl. Separates Kinderrestaurant (12 und 18 Uhr).

Anfahrt: Inntalautobahn Innsbruck–Salzburg bis Ausfahrt Kufstein Süd, dann Landstrasse via St. Johann, Fieberbrunn nach Zell am See.

Grüner Baum

A-5640 Bad Gastein

Kötschachtal 25
Tel. +43 (0)6434 25160
Fax +43 (0)6434 251625
www.gruenerbaum.info
info@gruenerbaum.info
Ganzjährig geöffnet

Preise
EZ 102–178 €
DZ 204–236 €
Juniorsuite/Familienappartement 280–376 €
inklusive Halbpension

Kinder im Zusatzbett:
0–2 Jahre kostenlos
2–12 Jahre 5 € pro Lebensjahr und Tag
inklusive Kinderhalbpension

Ein halbes Dutzend Häuser im Salzburger Alpenstil fügen sich zu einem pittoresken Hoteldorf. Ein breites Freizeit- und Wellnessangebot – Ersteres auch für Kinder und Jugendliche – sorgt für Abwechslung auch an Regentagen. Die Gastgeberfamilie Blumschein beseelt mit viel Charme und Engagement die weitläufige Anlage und sorgt dafür, dass die Tradition durch neue Ideen belebt wird. Im «Bäumlingsclub» nerven keine Eltern – hier sind die Kids unter sich. Ausflüge mit dem Picknickwagen oder ein Besuch auf der Fuchsfarm begeistern die Kleinen ebenso wie das Holz-Knusperhäuschen im Wald, wo das Robin-Hood-Camp aufgeschlagen wird.

Die Quittung:

Ambiance: *****
Verführerische Mischung aus Luxus und Ländlichkeit. Natur und Landschaft bieten viel Raum für Ruhe und Entspannung.

Lage: *****
In idyllischer Abgeschiedenheit in einem Hochtal am Rand des Nationalparks, 4 Kilometer von Bad Gastein entfernt auf 1080 Meter über Meer.

Freizeitangebot für kleine Gäste: ***
Gute Kinderbetreuung mit abwechslungsreicher Animation, Abenteuerspielplatz, viel Auslauf. Im Winter: Eisbahn, Skiwiese mit Babylift, Skikindergarten.

Freizeitangebot für grosse Gäste: ****
Thermal-Hallenbad, kleines Freibad, Sauna, Dampfbad, klassische und fernöstliche Massagen, Shiatsu, Reiki, Yoga, Entspannungs- und Gymnastiklektionen, betreuter Fitnessraum, Schönheitsfarm. Kinoraum, Tennisplätze, Bocciabahn, Bikes, vielseitiges Unterhaltungs- und Freizeitprogramm. Im Winter Langlaufloipen direkt vor der Haustür. Regelmässiger Shuttle-Bus ins Gasteiner Skigebiet, zum Golfplatz und Reitclub.
Empfang und Service: ******
Der Gast steht im Mittelpunkt aller Überlegungen – und nicht wie so oft eher im Weg.
Zimmer: *****
80 komfortable, alpenländisch eingerichtete Zimmer und Suiten.
Essen und Trinken: ****
Diverse Restaurantstuben mit gut gemachter, österreichisch-internationaler Küche.

Anfahrt: Tauernautobahn A10 bis Ausfahrt Bischofshofen, Landstrasse Richtung Gasteinertal bis Bad Gastein. Kurz nach dem Ortsschild an Kreuzung die mittlere Strasse zwischen Hotel Mozart und Gästeinformation nehmen, bei der nächsten Abzweigung links ins Kötschachtal (ca. 3 km). Die Strasse endet beim Hotel.

Haus Hirt

A-5640 Bad Gastein

An der Kaiserpromenade
Tel. +43 (0)6434 2797
Fax +43 (0)6434 2797 48
www.haus-hirt.com
info@haus-hirt.com
Mitte Mai bis Mitte Oktober und Mitte Dezember bis Mitte April geöffnet

Preise

EZ 102–132 €
DZ 124–250 €
Suite 224–284 €
inklusive Halbpension

Kinder im Zusatzbett:
0–2 Jahre kostenlos
3–5 Jahre 17 €
6–9 Jahre 32 €
10–14 Jahre 47 €
inklusive Halbpension

Das «Haus Hirt» erfreut mit einer modernen Sensibilität und vermeidet mit grosser Stilsicherheit sowohl die alpine Kulissenschieberei als auch den klassischen austauschbaren Hotelcharakter. Wer spontane Ferienerlebnisse liebt und eine gewisse (gewollte) Unvollkommenheit akzeptieren kann, ist hier goldrichtig. Zahlreiche Jungfamilien fühlen sich hier rundum wohl und in den stets belebten öffentlichen Räumen so gut aufgehoben, dass sie das Haus gar nicht mehr verlassen möchten. Wer für einen Moment Abstand braucht von Kids & Co., findet einen kleinen, feinen Wellnessbereich mit einem innovativen Angebot an klassischen und fernöstlichen Körper- und Schönheitsbehandlungen.

Die Quittung:

Ambiance: ******
Während der Aufenthalt in manchen Bad Gasteiner Kurhäusern vor lauter Steifheit mit einer Nackenstarre endet, kommt im «Haus Hirt» von Anfang an

gute Laune auf. Auch Kinder können sich hier nach Herzenslust austoben. Ausserdem gilt die Devise: Kleine Gäste – kleine Preise.

Lage: ******
Am Dorf- und Waldrand mit weitem Ausblick auf das Gasteiner Tal und die Berge.

Freizeitangebot für kleine Gäste: ***
Gute Kinderbetreuung mit kreativer Animation in den Schulferienzeiten von 16 bis 21 Uhr. Kinderspielzimmer, Splashtime im Pool, Kinderessen, Kinderkino, Skischul-Shuttle. Kinder-Abendprogramm mit Ausflügen in die Kinderspielhalle, zum Kletterkurs, zum Fussball- oder Tischtennisturnier (in der nahen Turnhalle), Ausflug zur Feuerwehr, Ponyreiten usw. Kinderbett, Schlummerlicht, Babyphon, Flaschenwärmer, Babywanne und Wickelplatz mit Nivea-Babypflegeprodukten, Babybademantel, Töpchen oder WC-Einsatz, Windeleimer. Nanny-Service.

Freizeitangebot für grosse Gäste: ***
Kleines Hallenbad, Dampfbad, Sauna, klassische und fernöstliche Massagen, Shiatsu, Ayurveda-Anwendungen, Thalasso, Entspannungs- und Vitalbäder, Beautycenter. Yoga, Pilates, Qi Gong, Morgengymnastik. Geführte Ski-, Langlauf- und Nordic-Walking-Touren. Ski-Shuttle (10 Minuten zu den Bahnen).

Empfang und Service: ******
Ausserordentlich persönlich, individuell und herzlich.

Zimmer: ******
30 angenehme Zimmer vom kleinen «Studentenzimmer» bis zum Duplex-Appartement. Grosse CD-Auswahl fürs Zimmer.

Essen und Trinken: ***
Solide Vitalküche in gemütlichen Stuben. Stimmige Bar-Lounge.

Anfahrt: Tauernautobahn A10 bis Ausfahrt Bischofshofen, dann Landstrasse Richtung Gasteiner Tal bis Bad Gastein. Kurz nach dem Ortsschild an Kreuzung halblinks durchs Ortszentrum und immer geradeaus bis zum Hotel.

Hochschober

A-9565 Turracher Höhe

Tel. +43 (0)4275 8213
Fax +43 (0)4275 8368
www.hochschober.at
holiday@hochschober.at
Ganzjährig ausser Mai geöffnet

Preise

EZ 110–175 €
DZ 220–350 €
inklusive Vollpension

Kinder im Zusatzbett:
0–2 Jahre kostenlos
2–4 Jahre 39–58 €
4–6 Jahre 46–66 €
6–10 Jahre 51–73 €
10–14 Jahre 59–81 €

Eine eigene Ferienwelt, geschaffen von den Familien Leeb und Klein, die zu den wenigen echten Vordenkern der alpinen Hotellerie gehören. Ihr Vorsprung lässt sich nicht zuletzt auch an den vielen Hoteliers erkennen, die durch den «Hochschober» schleichen, um dann später das eine oder andere Detail abzukupfern. Doch Nachmachen einzelner Details kann niemals eine eigene, stimmige Identität ersetzen. Kinder sind hier hochwillkommen: Während Mama und Papa an einer geführten Wanderung teilnehmen, in aller Ruhe ein Buch lesen oder sich genüsslich einer Beautybehandlung unterziehen, werden die Kleinen mit viel Kreativität und Naturverbundenheit umsorgt.

Die Quittung:

Ambiance: ******
Ferienhotel der Superlative.

Lage: *****
In schöner Natur am Turracher See, mitten in den Kärntner Nockbergen.

Freizeitangebot für kleine Gäste: *****
Professionelle Kinderbetreuung von Montag bis Freitag (in den Ferienzeiten auch an den Wochenenden) für Kinder ab 3 Jahre: Basteln, die Natur erkunden oder im «Adlerhorst» toben. Kinderspielzimmer mit Kinderbibliothek, Kinderspielplatz. Zweimal wöchentlich Kinderabendessen, täglich Kindermenüs. Kostenfreier Internet-Zugang, Play-Station und Dart-Automat, Tischfussball, Billard, Tischtennis und Musikbox. Jugendklub «Grotte» mit Musikanlage und Grossbild-TV. Im Winter Hotel-Nostalgiebus zum Skilift. Kostenfrei Babyphon, Gitterbett, Hochstuhl, Rücken-

trage, Wippe, Kinderwagen, Buggy, Babybadewanne, Wickeltischchen, Windeleimer. Teeküche zum Flaschenwärmen. Wasch- und Bügelraum für Gäste (Waschmaschine, Trockner, Bügelmaschine, Bügelbrett, Fleckenputzmittel und Nähutensilien).

Freizeitangebot für grosse Gäste: *****

Hallenbad, beheiztes Naturschwimmbad im See (im Winter auf 30 Grad geheizt), Sauna, orientalisches Hamam-Badehaus, Ayurvedatherapien, diverse Massagen und Beauty-Anwendungen. Fitnesscenter, tägliche Gymnastik- und Entspannungslektionen, tägliches Outdoor-Aktivprogramm. Neu Behandlungen in Traditioneller Chinesischer Medizin, Teehaus und Meditationsraum.

Empfang und Service: ******

Perfekt geschult und unaufdringlich zuvorkommend.

Zimmer: ****

100 komfortable, etwas einfach eingerichtete Zimmer, die teilweise zu Familienzimmern kombiniert werden können.

Essen und Trinken: ***

Durchschnittliche Hotelküche österreichischer Prägung.

Anfahrt: Inntalautobahn via Innsbruck und Salzburg, dann A10 Tauernautobahn bis Abfahrt St. Michael, Richtung Tamsweg weiter nach Predlitz, Nordausfahrt.

Süddeutschland

Europa-Park Resort

D-77977 Rust

Im Europa-Park
Tel. +49 (0)1805 86 86 20
Fax +49 (0)7822 86 05 545
www.europapark.de
hotel@europapark.de
Ganzjährig geöffnet

Preise

EZ 110–119,50 €
DZ 142–154 €
3-Bett-Zimmer 174–187,50 €
4-Bett-Zimmer 210–224 €
5-Bett-Zimmer 262,50 €
inklusive Frühstück
Themenzimmer/Suite (ohne Frühstück) 195–750 €

Kinder im Zusatzbett:
0–4 Jahre 15 €

681 Zimmer, verteilt auf drei Vierstern-Erlebnishotels: Römisch-italienisches Ambiente, eine «stilechte» Piazza und üppig dekorierte Themenzimmer erfreuen im «Colosseo». Den Stil einer spanischen Sommervilla hat das Hotel El Andaluz aufgenommen und mit familiengerecht-komfortabler Einrichtung sowie einem andalusischen Garten kombiniert. Auch im Ritterburghotel Castillo Alcazar diente Spanien als Vorbild. Der Vorteil als Hotelgast: Der Europa-Park steht bereits 30 Minuten vor der offiziellen Parköffnung mit einigen Attraktionen zur Verfügung, und nach Parkschluss gibt es täglich ein Kinderprogramm für Hotelgäste.

Die Quittung:

Ambiance: *****
Italien- und Spanienkennern stehen die Haare zu Berge, ebenso Liebhabern kleiner feiner Hotels – doch die sagenhaften Inszenierungen und Dekorationen des grössten deutschen Hotelresorts kann man in ihrer fantasievollen Ausgestaltung durchaus auch als gelungen bezeichnen.

Lage: ***
Am Rand des 70 Hektar grossen Europa-Parks.

Freizeitangebot für kleine Gäste: ******
Vor der Haustür: Deutschlands grösster Freizeitpark zu 11 europäischen Themenbereichen mit einer Vielzahl an nervenkitzelnden Attraktionen, z.B. Europas höchste und grösste Stahlachterbahn, eine Wasserachterbahn, eine Wildwasserbahn, Fjord-Rafting vorbei an tosenden Wasserfällen und tückischen Stromschnellen, eine Schweizer Bobbahn. Täglich zahlreiche Live-Shows, wie eine farbenprächtige Eisrevue, eine Gladiatoren-Show in der spanischen Arena, eine internationele Varieté-Show usw. Für die Kleinsten Nivea Kinderland, für etwas Ältere jede Menge Action im Wikingerland. Neu hinzugekommen: «Science»-Ausstellungen (zu Wissenschaft und Technik).

Freizeitangebot für grosse Gäste: ******
Wie oben. Plus luxuriöse Bade- und Saunalandschaft in den «Terme Romane».
Empfang und Service: ***
Klimatisierte Grosshotel-Freundlichkeit.
Zimmer: *****
681 kunstvoll dekorierte (Familien-)Zimmer und Suiten in den drei Hotels «Colosseo» (Kolosseum), «El Andaluz» (spanische Finca) und «Castillo Alcazar» (altspanische Ritterburg).
Essen und Trinken: ****
Diverse Restaurants in den Stilrichtungen verschiedener europäischer Länder.

Anfahrt: Autobahn A5 Basel–Frankfurt bis Ausfahrt Europa-Park.

Spielweg

D-79244 Münstertal

Spielweg 61
Tel. +49 (0)7636 70 90
Fax +49 (0)7636 70 966
www.spielweg.com
spielweg@romantikhotels.de
Ganzjährig geöffnet

Preise
EZ 89–108 €
DZ 110–155 €
Juniorsuite/Suite 176–350 €
Familienappartements (3–4 Personen) 210–350 €
inklusive Frühstück

Kinder im Zusatzbett:
0–16 Jahre kostenlos
inklusive Frühstück

Das «Spielweg» gehört zu jener Sorte Hotels, die mit ihren Gästen gern Verstecken spielen. Es taucht in kaum einem Führer auf, nirgendwo wirbt es. Und ist dennoch meist ausgebucht. Egal, in welcher Sprache die Gäste parlieren und aus welcher Distanz sie angereist sind – sie scheinen der Flüsterpropaganda von Freunden gefolgt zu sein, denn hier kommt niemand zufällig vorbei. Bei der Anreise (65 km von Basel) fährt man durch eine Landschaft, wie sie Modelleisenbahner lieben: Bauernhöfe, wie zufällig hingewürfelt, hier ein Tannenwäldchen, dort ein Bach. Nach einigen Kurven und dem Hintergedanken, man habe sich verfahren, ist man endlich am Ziel seiner Wünsche. Die einladende Hotelanlage verströmt aus jeder Ecke Geschichte, und weil die Besitzerfamilie Fuchs ganz offensichtlich jeden erwirtschafteten Euro wieder in den Betrieb steckt, ist alles liebevoll gepflegt und unterhalten. Die 41 Zimmer und Familienappartements, die man über ein Labyrinth von Gängen und Treppen erreicht, präsentieren sich im rustikal-eleganten deutschen Landhausstil und sind – wie das in einem alten Gasthaus so ist – sehr unterschiedlich; am schönsten im «Sonnhalden»-Trakt. Die hölzernen Restaurantstuben explodieren schier vor Gastlichkeit. Eine Stube

ist einem illustren Freund des Hauses, Tomi Ungerer, gewidmet: Sie hängt voller Originalbilder des Elsässer Künstlers.

Die Quittung:

Ambiance: ******
Traditionsreicher Familienbetrieb mit zauberhaftem Schwarzwald-Ambiente. Selbst Grossstadtmenschen, die Landluft, Trachten und Schwarzwaldromantik nicht ausstehen können, fühlen sich hier auf Anhieb pudelwohl – denn bei allem Komfort ist hier alles echt und authentisch.

Lage: ****
In einer Talmulde, umgeben von Wiesen und Wäldern.

Freizeitangebot für kleine Gäste: *
Kinderspielplatz und Kinderspielzimmer.

Freizeitangebot für grosse Gäste: **
Hallenbad, Freibad, Sauna, Massagen, Tennisplatz, Fahrräder. Wander- und Radwege beginnen vor der Haustür. Die beiden Jagdhunde Blitz und Brax im Zwinger hinter der Küche freuen sich über Auslauf. Sie zerren zwar schon mal ordentlich an der Leine, lieben aber lange Spaziergänge, und bisher hat es noch kein Gast geschafft, sie richtig müde zu kriegen.

Empfang und Service: *****
Familiär und ausgesprochen aufmerksam. Keine Spur von Massenabfertigung, keine einstudierte Servilität.

Zimmer: *****
42 komfortable Zimmer und 5 Suiten.

Essen und Trinken: *****
Im Rhythmus der Jahreszeiten bereitet Karl-Josef Fuchs die heimischen Produkte leicht und ideenreich zu.

Anfahrt: Autobahn A5 bis Ausfahrt Bad Krozingen, dann Landstrasse via Bad Krozingen und Staufen nach Münstertal.

Bareiss

D-72270 Baiersbronn-Mitteltal

Tel. +49 (0)7442 470
Fax +49 (0)7442 473 20
www.bareiss.com
info@bareiss.com
Ganzjährig geöffnet

Preise
EZ 139–234 €
DZ 254–376 €
Suite 340–488 €
inklusive Halbpension

Kinder im Zusatzbett:
0–12 Jahre kostenlos
12–16 Jahre 50% Ermässigung

Nach zwei Stunden Fahrt ab der Schweizer Grenze hat man die «Ferieninsel im Schwarzwald» zwar erreicht, aber die Seele braucht etwas länger, um anzukommen. Den Zustand ständiger Anspannung, mit dem wir für unser zivilisiertes Leben bezahlen, kann man nicht wie die Koffer beim Personal abgeben. Also setzt das hoch motivierte Team um Gastgeber Hermann Bareiss alles daran, den Ankömmling zu entschleunigen. Die Akklimatisierung beginnt mit einem Glas Champagner, und während man den süddeutschen Landhausstil auf sich wirken lässt, der sich durch die weitläufige Anlage zieht, überkommt einen das Gefühl: Hier ist gut sein. Und es bleibt. Denn im «Bareiss» bedeutet Luxus ein natürliches Lächeln, ein harmonisches Umfeld mit positiver Energie, das Sich-Einfühlen in den Gast, der nicht mit Regeln und Zwängen eingeengt werden soll, sondern auf den man so weit wie möglich eingeht. Die lukullischen Menüs in den vier Restaurants sind ein Augen- und Gaumenschmaus. Und für Minis, Maxis und Teenies hat das Hotel jede Menge Ferienideen – bis zum zwölften Geburtstag zum Nulltarif.

Die Quittung:

Ambiance: ******
Mit ungezwungener Natürlichkeit und charmant strahlenden Mitarbeitern bedient der charismatische Patron Hermann Bareiss zwar sämtliche Schwarzwaldklischees, mixt jedoch dem Lokalkolorit einen kräftigen Schuss kreativer Freiheit bei, was sich sowohl in den neuen Zimmern und im kontinuierlich modernisierten Wellnessbereich als auch in der einfallsreichen Küche äussert.
Lage: ***
Am Dorf- und Waldrand.
Freizeitangebot für kleine Gäste: ***
Professionelle Kinderbetreuung und Babysitter im speziellen Kinderhaus «Villa Kunterbunt». Abenteuerspielplatz. Während der Schulferienzeiten vielseitige Animation von 9 bis 22 Uhr.

Freizeitangebot für grosse Gäste: *****
Das grosse Spa bietet alles zum Thema Wasser und Wärme, physische und seelische Balance. Breites Aktivitätenprogramm drinnen und draussen. 2 Kegelbahnen, Bibliothek.
Empfang und Service: ******
Der hohe Aufwand, der hier auf allen Ebenen betrieben wird, kommt mit leiser Selbstverständlichkeit daher – nichts geschieht überzogen und Beifall heischend.
Zimmer: ******
120 stilvoll-luxuriöse, heiter stimmende Zimmer und Suiten.
Essen und Trinken: ******
Umfangreiches gastronomisches Angebot in vier Restaurants. Das Gesamterlebnis aus Küche, Keller und Service macht grosse Freude, zumal man herzlich-locker und doch professionell bewirtet wird.

Anfahrt: Autobahn A81 Singen–Stuttgart bis Ausfahrt Horb, Landstrasse über Freudenstadt nach Baiersbronn, im Ortszentrum links den Wegweisern zum Ortsteil Mitteltal folgen.

Forsthaus Auerhahn

D-72270 Baiersbronn-Hinterlangenbach

Tel. +49 (0)7447 93 40
Fax +49 (0)7447 93 41 99
www.forsthaus-auerhahn.de
hotel@forsthaus-auerhahn.de
Mitte Dezember bis Mitte November geöffnet

Preise

EZ 59–84 €
DZ 128–160 €
Suite 172–230 €
inklusive Halbpension
Familienappartements mit Küche (2–4 Personen) 102–150 € (ohne Verpflegung; Frühstück 11 €, Halbpension 26 € pro Person)

Kinder im Zusatzbett:
0–3 Jahre kostenlos
4–7 Jahre 19 €
8–12 Jahre 32 €
ab 13 Jahre 47 €
inklusive Halbpension

Von Mitte Juni bis Anfang September Kinder unter 9 Jahre im Zimmer der Eltern kostenlos

Sollte der Alltag bei der kurvenreichen Anfahrt durch die pittoreske Waldlandschaft noch nicht ganz verflogen sein, verschwindet er mit Sicherheit, sobald man das «Forsthaus Auerhahn» betritt. Es ist zwar nicht mehr das kleine Gasthaus der Holzfäller und

Fuhrleute, das der Baedecker vor knapp hundert Jahren entdeckte. Auch das Bier wird nicht mehr wie früher im Brunnentrog gekühlt. Inzwischen wurden zwei neue Gästehäuser mit angenehm schlichten Hotelzimmern und Ferienappartements errichtet. Aber der Brunnen plätschert immer noch neben der Treppe, der mächtige eiserne Auerhahn hängt noch über der Eingangstür, und im Restaurant serviert die herzliche Familie Zepf wie eh und je das Medaillon von Wildschweinrücken mit Zwetschgenwasserpfläumle. Waldesruh und Tannenwipfel, unprätentiös feine Gerichte auf dem Teller und ein kleiner Wellnessbereich für Regentage – was braucht man mehr, um am Ende der Welt mit sich und derselben wieder ins Reine zu kommen?

Die Quittung:

Ambiance: *****
Schmucker Landgasthof in romantischer Natur.
Lage: *****
In einer Waldlichtung auf 700 Meter über Meer am Ende einer 11 Kilometer langen Schlängelstrasse, die von Schönmünzach hinauf in den Wald führt.
Freizeitangebot für kleine Gäste: **
Kinder- und Jugendspielzimmer, Aussenspielplatz, Bobby-Car-Park, Kinder-Videoecke. Frühstücksbuffet für die Kleinen, Kinder-Halbpensionsmenüs. Kostenlos Babybett, Babyphon, Hochstuhl, Babywanne, Steckdosensicherungen.
Freizeitangebot für grosse Gäste: ***
Hallenbad, Whirlpool, Sauna, Dampfbad, Sanarium, Kosmetikstudio. Fitnessraum, Tennisplatz, Bikes. Angelmöglichkeit im hoteleigenen Forellenbach. Geführte Wanderungen sowie Langlauf- und Velotouren.
Empfang und Service: ****
Familiär freundlich.
Zimmer: ***
30 einfache, modern eingerichtete Zimmer und Ferienappartements, verteilt auf das holzgeschindelte «Forsthaus» und zwei unmittelbar benachbarte Gästehäuser.
Essen und Trinken: ***
«Einfaches besonders gut» lautet das Motto der Küche. Zu den Spezialitäten zählen heimisches Wild und Schwarzwaldforellen.

Anfahrt: Autobahn A5 Basel–Karlsruhe bis Ausfahrt Achern, von dort Richtung Scharzwaldhochstrasse. Auf der Schwarzwaldhochstrasse bis Ruhestein, dort abbiegen nach Baiersbronn. Von Baiersbronn auf der B462 Richtung Karlsruhe. In Schönmünzach links abbiegen nach Hinterlangenbach.

Berghotel Maibrunn

D-94379 St. Englmar-Maibrunn

Tel. +49 (0)9965 8500
Fax +49 (0)9965 850100
www.berghotel-maibrunn.de
info@berghotel-maibrunn.de
Ganzjährig geöffnet

Preise

EZ 45–135 €
DZ 90–250 €
Suite 170–290 €
inklusive Frühstück

Kinder im Zusatzbett:
0–2 Jahre kostenlos
2–6 Jahre 20 €
6–12 Jahre 30 €
12–16 Jahre 35 €

«Ich habe gelernt, der Welt und meinen Gästen gerade ins Gesicht zu sehen und zu bekennen, dies ist meine Welt.» Anna Miedaner ist keine coole Managerin, sondern eine charismatische Hausherrin

und das beste Beispiel dafür, dass man mit Nachhaltigkeit, hohem Qualitätsbewusstsein und besonderer Zuwendung zum Gast viel erreichen kann. Ihr «Berghotel Maibrunn» hat sie in jahrelanger Aufbauarbeit zu einem Schmuckstück der bayerischen Hotellerie gemacht, das ein bunt gemischtes Publikum anzieht und beste Voraussetzungen für rundum gelungene Familienferien bietet.

Die Quittung:

Ambiance: ******
Alles im Haus zeigt sich mit Liebe und Sorgfalt durchdacht.
Lage: *****
In einem Garten auf der Sonnenseite über dem Dorf auf 850 Meter über Meer. Schöner Blick in die Weite des Bayerischen Waldes.
Freizeitangebot für kleine Gäste: *
Spielplatz, Tischtennis, Hirschgehege, viel Auslauf. Längste Sommerrodelbahn Bayerns vis-à-vis der Talstation Skilift Maibrunn.
Freizeitangebot für grosse Gäste: ****
Hallenbad, Freibad, Sauna, Dampfbad, Kosmetik, Massagen, Thalasso. Fitnessraum, Golf-Driving-Range mit Pitch- und Puttplatz, Tennisplatz. Anschluss ans Loipennetz vor dem Haus, hauseigener Skilift mit Beschneiungsanlage, Flutlicht und Skilehrer. Gratisverleih von Nordic-Walking-Stöcken, Leihfahrräder. Geführte Wanderungen.
Empfang und Service: *****
Herzlich und jederzeit hilfsbereit.
Zimmer: ****
45 freundliche Zimmer und 2 Suiten im modern-rustikalen Landhausstil. Alle Zimmer mit Balkon und Panoramablick.
Essen und Trinken: ****
Leichte mediterrane Küche im fröhlich farbenfrohen Restaurant Carpe Diem, gut gemachte bayerische Spezialitäten in den rustikalen Gaststuben «Ludwig II» und «Jägerstüberl». (Hausherrin Anna Miedaner ist auch Herrin über ein eigenes Jagdrevier unmittelbar hinter dem Hotelareal.)

Anfahrt: Autobahn A96 Lindau–München, dann A92 und A3 bis Ausfahrt Bogen/St. Englmar. Der Strasse Richtung St. Englmar folgen und im Ort Grün links nach Maibrunn abbiegen.

Schloss Elmau

D-82493 Elmau

Tel. +49 (0)8823 180
Fax +49 (0)8823 3719
www.schloss-elmau.de
info@schloss-elmau.de
Ganzjährig geöffnet

Preise

EZ 155–175 €
DZ 330–350 €
Juniorsuite/Suite 370–390 €
Deluxe-Appartement für
2 Erwachsene und 3 Kinder 525 €
inklusive Vollpension

Kinder im Zusatzbett:
0–10 Jahre kostenlos
11–18 Jahre 30% Ermässigung
inklusive Vollpension

Das denkmalgeschützte Schloss mit Konzertsaal, Teesaal, Kaminsaal, Bibliothek und Speisesaal wurde 1916 von einem reformerischen Philosophen als Zufluchtsort für die damalige Kultur-Intelligenzia erbaut. In den letzten Jahren hat sich «Schloss Elmau» zu einem zeitgemässen Ferienhotel für drei Generationen entwickelt – das Freizeit-, Sport- und Kulturangebot ist einzigartig, und zwei Spa-Welten bieten alles, um zu regenerieren und neue Energien zu tanken. Nach dem Hotelbrand im Sommer 2005 und der darauf folgenden Totalrenovation (bis 2007 werden verschiedene Gebäudeteile Etappe um Etappe wiedereröffnet) ist vieles noch schöner geworden, und trotz qualitativer Aufwertung bleibt das Resort preiswert im wörtlichen Sinne. «Schloss Elmau» ist der ideale Platz für Familien mit Kindern, ohne ein Kinderhotel zu sein. Man wird in ganz Deutschland schwerlich einen anderen Ferienort finden können, wo sich Kinder so frei und geborgen fühlen wie hier. Während den Hauptferienzeiten locken sagenhafte Abenteuer- und Kulturprogramme, an denen jeweils rund 120 Kinder jeden Alters und aus vielen Ländern teilnehmen.

Die Quittung:

Ambiance: ******
Das schlossartige Ensemble entrückt grosse und kleine Gäste in eine andere Welt.

Lage: ******
Inmitten von spektakulär schöner Natur am Fuss des gewaltigen Wettersteinmassivs auf 1012 Meter über Meer.

Freizeitangebot für kleine Gäste: ******
Kindergarten (täglich 9.30–14.30 Uhr und 16.30–21.00 Uhr), 2 grosse Kinderspielplätze. Eigenes Mittags- und Abendessenbuffet für Kinder bis 18 Jahre im Kinderrestaurant. Kinder- und Jugendprogramm während den Ferienzeiten, kostenloser Skiunterricht für Kinder von 4 bis 6 Jahren (eigener Skiübungshang), Snowboard- und Skischule (10 Minuten vom Hotel), Reitunterricht. Täglich Familien-Spa von 11 bis 14 Uhr. Klettergarten mit Pamper Pole, zwei Hochseilelementen, Kletterwand und Spinnennetz. Kostenloser Verleih von Fahrrädern, Kinderwagen, Babyphones, Schlitten und Schneeschuhen. Kinderliteraturtage und Kindermusikwochen (Kinder als

Autoren bzw. Musiker), Science Lab (Kinder als Naturforscher), Woche der Philosophie für Kinder. Abenteuerferien für Kinder von 7 bis 18 Jahren, von qualifizierten angehenden Pädagogen konzipiert und in verschiedenden Altersgruppen betreut (Entdeckung der Natur, Sport und Spiele, Tanzen, Musizieren, Lesungen und Filmvorführungen).

Freizeitangebot für grosse Gäste: ******

Klassisches Spa mit Hallenbad, Freibad, Saunawelt, Massagen, Shiatsu, Kosmetik, Thalassotherapie usw. Seit Frühjahr 2006 zweites Spa auf 3000 Quadratmetern mit Rooftop-Solebad, Hamam und Medical Treatments Regeneration. Fitness- und Gymnastikraum, 3 Tennis-Sandplätze mit Trainer, zwei Bocciabahnen, Reitstall und Reithalle (Westernpferde) mit Unterricht und Ausritten, zahlreiche (regelmässig geführte) Wandertouren und Mountainbike-Möglichkeiten. Im Winter täglich Langlaufkurse, grosser Eisplatz. Wöchentlich mehrere Konzerte (Klassik, Jazz, Weltmusik) und zwei Tanzabende, Tanzkurse. Viel beachtete Musikfestivals, Edutainment-Workshops mit bekannten Autoren, Künstlern und Pädagogen.

Empfang und Service: ***

Ein Viertel der Service-Mitarbeiter sind Volontäre aus aller Welt, die vor Aufnahme ihres Studiums vornehmlich zum Deutschlernen für einige Monate hierher kommen. Freundliche Improvisation im Service und eine kosmopolitische Atmosphäre ist dem Betreiber wichtiger als kühle Hotelperfektion.

Zimmer: ****

Die 150 Gästezimmer verteilen sich auf das Schloss und das 300 Meter entfernte «Müllerhaus». Sie sind eher klein, aber gemütlich und überwiegend mit Korb- und antiken italienischen Möbeln eingerichtet. Nur in den Suiten Fernseher und Minibars. Manche Zimmer im Schloss werden erst nach der Renovation im Verlauf des Jahres 2007 bezugsbereit sein.

Essen und Trinken: ****

Zwei Restaurants – das eine mit regionaler Marktküche, das andere mit mediterran-euroasiatischer Gourmetküche. Auf Wunsch vegetarische Menüs. Vinothek.

Anfahrt: Autobahn München–Garmisch-Partenkirchen, dann 12 Kilometer Richtung Mittenwald bis Klais. Rechts abbiegen (über Bahnsteig) nach Klais, wieder rechts abbiegen und bis zur Kapelle im Ort, dann links abbiegen nach Elmau.

Eibsee-Hotel

D-82491 Grainau bei Garmisch-Partenkirchen

Am Eibsee 1–3
Tel. +49 (0)8821 988 10
Fax +49 (0)8821 825 85
www.eibsee-hotel.de
info@eibsee-hotel.de
Mitte Dezember bis Ende März und Anfang Mai bis Mitte November geöffnet

Preise

EZ 108–120 €
DZ 131–207 €
Juniorsuite/Suite 176–264 €
inklusive Halbpension

Kinder im Zusatzbett:
0–2 Jahre kostenlos
3–8 Jahre 15–27 €
9–14 Jahre 25–37 €
ab 15 Jahre 35–47 €

Blick auf See und Zugspitze von den Eckzimmern 137 und 237.
Essen und Trinken: ****
Regionale und internationale Marktküche und Spezialitäten aus dem See im Hauptrestaurant. Euroasiatische Speisen in der rustikalen Taverne. Grosse Seeterrasse.

Anfahrt: A95 von München bis Autobahnende, dann via Garmisch-Partenkirchen und Grainau zum Eibsee.

Woran liegt es, dass man sich hier wohler fühlt als in vielen ebenfalls engagiert und professionell geführten Ferienhotels in Bayern? Ist es die wunderschöne Lage direkt am pittoresken Eibsee mit Blick auf das Zugspitzmassiv? Ist es die über hundertjährige Familientradition, die man zwar in der souveränen Gästebetreuung, nicht aber in den durchgängig renovierten Zimmern und Aufenthaltsräumen spürt? Ist es die unangestrengt heitere Atmosphäre, die über dem von aussen nicht weiter bemerkenswerten Grossbau liegt? Es wird von allem ein bisschen sein, dazu kommt die wohl wichtigste Zutat für jedes gute Hotel: ein gelunger Gästemix.

Die Quittung:

Ambiance: *****
Unkompliziert gepflegte Ferienatmosphäre. Ein einladendes Ganzes, nie hundertprozentig perfekt, aber stets sehr sympathisch.

Lage: ******
Direkt am kristallklaren Eibsee auf 1000 Meter über Meer.
Freizeitangebot für kleine Gäste: **
Im Sommer Wassertrampolin und Badeinsel mit Rutschbahn. Im Winter hoteleigener Anfängerskilift direkt beim Haus (kostenlos für Hotelgäste).
Freizeitangebot für grosse Gäste: ***
Hallenbad, finnische Sauna mit direktem Zugang zum See, eigener Badestrand, Mountainbikes, 3 Tennis-Sandplätze (kostenlos), Bootsverleih, Eisstockschiessen. Die Talstation der Bergbahnen liegt 200 Meter nah.
Empfang und Service: *****
Das Team betreut mit heiterer Freundlichkeit stets zuvorkommend und geht auch auf ausgefallene Sonderwünsche ein.
Zimmer: ****
120 komfortable Zimmer im modernen Landhausstil. Superber

Sonnenalp

D-87527 Ofterschwang/Oberallgäu

Tel. +49 (0)8321 272 58
Fax +49 (0)8321 272 246
www.sonnenalp.de
info@sonnenalp.de
Ganzjährig geöffnet

Preise

EZ 134–217 €
DZ 306–408 €
Suite 440–836 €
inklusive Halbpension

Kinder im Zusatzbett:
0–12 Jahre 15–59 €
In der Nebensaison Unterkunft für Kinder bis 12 Jahre z.T. kostenlos

Das Oberallgäuer Ferienparadies, das zunächst durch seine schieren Ausmasse überwältigt, wird in vierter Generation von der Familie Fässler geführt. Es ist nach amerikanischem Muster exklusiv Hotelgästen zugänglich. «Lebensart im Einklang mit der Natur», definiert die hoch engagierte Gastgeberfamilie ihr Wohlfühlkonzept. Es lockt ein unerschöpflich scheinendes, weitgehend wetterunabhängiges Freizeit- und Wellnessangebot für Gross und Klein – wie in allen Paradiesen geht es jedoch nicht darum, die Fülle zu meistern, sondern sich in ihr zu verlieren. Die Baby-, Kinder- und Juniorenbetreuung ist vorbildlich, so dass Eltern beruhigt kinderfreie Zeiten mit den schönsten Aktivitäten geniessen können.

Die Quittung:

Ambiance: ******
Das weitläufige Ferienresort ehrt das Alte und wagt das Neue. Hier plagt einen nur eine Sorge: Wann, um Himmels willen, soll man das ganze Angebot nur nutzen?

Lage: *****
Allein stehend in einer grossen privaten Parklandschaft. Schöner Blick auf die Bergwelt.

Freizeitangebot für kleine Gäste: ******
Sehr gute Kinder- und Jugendbetreuung täglich von 9 bis 21 Uhr. Kinderschwimmkurse, Zauber-Workshop, Akrobatik-Workshop, Baseball-Camp, Reit- und Tauchkurse, Golf-for-Youngsters, im Winter eigene Ski- und Snowboardschule. Ritterburg, Fun & Action Park mit Kletterwand, Bogen- und Luftgewehrschiessen, Armbrustschiessen; Hallenhockeyfeld, Tischtennis, Tischfussball, Dart, Billard. Professionelle Babybetreuung (nach genauer Absprache wird das Baby zu den gewünschten Stunden zwischen 9 und 16.30 Uhr im gewohnten Rhythmus gefüttert, gewickelt, umsorgt und spazieren gefahren). Kostenlos Fahrradkindersitze und -helme, Kinderwagen.

Freizeitangebot für grosse Gäste: ******
5000 Quadratmeter Wellness, Fitness und Beauty, Erlebnishallenbad, 2 Freibäder. Unübertroffene Vielfalt an Freizeitanimation. Sportzentrum mit Tennisplätzen innen und aussen, Reitstall, Bogenschiessen, Squashhalle, Volleyball, Badminton, Eisstockschiessen, im Sommer drei hauseigene Golfplätze. Geführte Wander-, Berg- und Radtouren. Langlaufloipen vor der Haustür, eigenes kleines Skigebiet inklusive Weltcup-Abfahrt (900–1300 m ü. M.).

Empfang und Service: ******
Hier ist man in guten, ja in besten Händen.

Zimmer: ******
223 komfortable, geräumige Zimmer und Suiten im süddeutschen Landhausstil.

Essen und Trinken: ***
Diverse Restaurants von herzhaft-gemütlich bis festlich-elegant. Die kulinarischen Darbietungen liegen jedoch hart an der Grenze zur fantasielosen Massenverköstigung.

Anfahrt: Autobahn A96 Bregenz–München bis Ausfahrt Sigmarszell. Landstrasse über Immenstadt nach Sonthofen, von dort Richtung Oberstdorf bis zum Abzweig «Sonnenalp» (eine Abfahrt nach Ofterschwang).

Italien

Parco San Marco

I-22010 Cima di Porlezza

Tel. +41 091 923 40 86
Fax +41 091 924 21 41
www.parco-san-marco.com
info@parco-san-marco.com
Ende März bis Ende Oktober geöffnet

Preise

Studio (2 Personen) 175–230 €
2-Zimmer-Suite (2 Personen) 210–285 €
3-Zimmer-Suite (max. 6 Personen) 265–355 €
ohne Frühstück

Kinder im Zusatzbett:
0–3 Jahre kostenlos
4–13 Jahre 20 €

Spiel, Spass, Sport und ein Füllhorn an betreuten Aktivitäten bietet dieses Familien- und Ferienhotel am Ostende des Luganersees. Im «Club Bambini» (4–12 Jahre) wird getobt und gesportelt, gebastelt und gemalt, gezaubert und gespielt. Die Erforschung der Natur nimmt breiten Raum im Kids-Programm ein, und besonderer Beliebtheit erfreuen sich die Koch- und Backkurse, die Wasserfreuden am Privatstrand und die Schatzsuche im Hotelpark. Eltern können derzeit unbesorgt Ausflüge an den nahen Comersee oder ins Tessin unternehmen oder bei Yoga-, Tai-Ji- oder Pilates-Lektionen die Seele baumeln lassen. Zu Nebensaisonzeiten bietet das «Parco San Marco» Spezialwochen für Alleinerziehende mit Kindern an.

Die Quittung:

Ambiance: *****
Ein im besten Sinne normales Familien- und Ferienhotel im modernen Landhausstil. Man vergisst schnell alle Alltagsstrapazen, und es ist alles da für Kids & Co.
Lage: *****
In einer Parkanlage etwas ausserhalb des Dörfchens Cima di Porlezza am Ostende des Luganersees. Der Privatstrand ist auch für Kinder problemlos und sicher durch eine Passarelle unterhalb der Seestrasse erreichbar.
Freizeitangebot für kleine Gäste: *****
Kostenlose Kleinkinderbetreuung für Kinder von 2 bis 4 Jahre (nachmittags), «Club Bambini» für Kinder von 4 bis 12 Jahre (ganz-

tags) in der Nebensaison an 5 Tagen, in der Hochsaison an 6 Tagen der Woche. Zeitweise auch Babykrippe für die kleinsten Gäste (6–24 Monate). Grosser Aussen-Fun-Pool mit Wasserrutsche, Jacuzzi und Babybecken. Regelmässig Kunst-Workshops, Besuch von Biobauernhof, Kinderdisco, Beachvolleyball. Verleih von Kinderwagen/Buggy und Babytragetaschen, Hochstühlen, Wickelmatten, Flaschenwärmern.

Freizeitangebot für grosse Gäste: ****
Wellnessbereich mit Hallenbad, Whirlpool, Saunawelt und Massagen, Relax-Freibad für Erwachsene. Entspannungslektionen (Yoga, Tai Ji, Qi Gong, Pilates usw.), Fitnessraum, Privatstrand, diverse Wassersportmöglichkeiten. Buddha-/Meditationspavillon. Bogenschiessen, Gartenschach.

Empfang und Service: ****
Routiniert freundlich.

Zimmer: *****
81 geräumige, helle und modern eingerichtete Studios und Suiten mit komplett eingerichteter Küche und Terrasse oder Balkon.

Essen und Trinken: ****
Mediterrane Marktküche im Hotelrestaurant mit grosser Terrasse. Im zweihundertjährigen «Grottino», dem rustikalen Gewölbekeller mit Kaminstübchen, werden traditionelle norditalienische Spezialitäten aus dem Holzofen serviert.

Anfahrt: Autobahn Bellinzona–Chiasso bis Ausfahrt Lugano Nord, Lugano durchqueren Richtung Castagnola/St. Moritz, dann Landstrasse am nördlichen Seeufer via Gandria und San Mamete nach Cima di Porlezza. Im Ort ist das Hotel gut ausgeschildert.

Albergo San Giorgio

I-22019 Lenno-Tremezzo

Tel. +39 034 44 04 15
Fax +39 034 44 15 91
Keine Website
sangiorgio.hotel@libero.it
Ende März bis Mitte Oktober geöffnet

Preise
EZ 90 €
DZ 120–130 €
Frühstück 10 €
Kinder im Zusatzbett kostenlos

Kein Zweifel: Dies ist ein magischer, verzauberter Ort. Dort, wo der Comersee sich weit öffnet und als Meisterwerk der Natur präsentiert, am Westufer gegenüber der Halbinsel von Bellagio, versteckt sich hinter uralten Bäumen das «Albergo San Giorgio». Die Gartenanlage voller Glyzinien, Magnolien und Olivenbäume endet am Wasser, der Ausblick auf den heiter-anmutigen See und die wilde Gebirgsszenerie ist ein Fest für die Augen. «Als hätte der liebe Gott einen Feng-Shui-Kurs besucht», befindet ein Gast. Drei Generationen lang hat hier das Familienunternehmen Cappelletti allen Wechselfällen des Schicksals standgehalten. Die beiden miteinander verbundenen Hotelgebäude präsentieren sich nach aussen rührend unzeitgemäss, auch die Salons, die Loggia und die 26 Zimmer sind unverschämt altmodisch, aber sehr gepflegt und voller Italianità. Der sanft zum See abfallende Garten stürzt den Gast in ein Dilemma: Soll man von hier überhaupt noch aufbrechen, um sich die Sehenswürdigkeiten der Umgebung anzuschauen? Am liebsten würde man die Tage und Stunden in einer der stillen Ecken im Halbschatten verbringen oder bei einem Glas

Die Quittung:

Ambiance: *****

Das «Albergo San Giorgio» ist der Idealfall eines italienischen Familienbetriebs und so preiswert, dass man sich am Abend glatt den teuersten Rotwein des Hauses leisten kann.

Lage: ******

In einer hübschen Gartenanlage mit direktem Seeanstoss.

Freizeitangebot für kleine Gäste: *

Spielplatz.

Freizeitangebot für grosse Gäste: *

Privatstrand, Tennisplatz.

Empfang und Service: ****

Engagiert und freundlich.

Zimmer: ****

26 zumeist grosse, mit Antiquitäten möblierte Zimmer. Alle mit Balkon, viele mit Blick auf die Bucht von Tremezzina. Die Zimmer zur Strasse sind etwas laut.

Essen und Trinken: ****

Gut gemachte lombardische Spezialitäten. Restaurant nur für Hotelgäste.

Prosecco am privaten Strand und einfach das wunderbare Panorama geniessen. Aber dafür ist das «Albergo San Giorgio» denn doch ein zu idealer Ausgangspunkt für Entdeckungstouren am Comersee. Die Abfahrtstelle der Schiffe nach Bellagio, Varenna und Como liegt hundert Meter nah, am südlichen Ende der Bucht von Tremezzina lockt der geschichtsträchtige Park der «Villa del Balbiannello».

Wanderer kommen in der Region ebenso auf die Rechnung wie Segler und Surfer, und in den pittoresken Dörfern entlang der Via Antica Regina kann man in ein Openair-Museum eintauchen, in dem sich zahllose Villen an (verblichenem) aristokratischem Glanz und verschwenderischer Dekadenz zu überbieten suchen.

Anfahrt: Autobahn Zürich–Chiasso bis Ausfahrt Lugano Nord, Lugano durchqueren Richtung Castagnola/St. Moritz, dann Landstrasse am nördlichen Luganerseeufer via Gandria nach Menaggio. Von dort Richtung Como bis Lenno (direkt nach Tremezzo).

Agriturismo La Casa in Collina

I-14053 Canelli

Località Sant'Antonio 30
Tel. +39 0141 82 28 27
Fax +39 0141 82 35 43
www.casaincollina.com
casaincollina@casaincollina.com
Ganzjährig geöffnet

Preise
EZ 70 €
DZ 110 €
inklusive Frühstück
Kinder im Zusatzbett kostenlos

Der private Landsitz, der sich seit Generationen im Besitz der Familie Amerio befindet, die hier zehn Hektaren Reben bewirtschaftet, hat sich vor ein paar Jahren zu einem exquisiten Bed & Breakfast mit sechs Gästezimmern gemausert. «Agriturismo», wie das in Italien heisst. Die Gäste der «Casa in Collina» sind in einem Flügel des Familienanwesens untergebracht. Alles wurde mit grosser Sorgfalt restauriert und bei der Ausstattung eine gewisse Strenge beibehalten, welche die Grösse der bodenständigen Architektur des Gebäudes unterstreicht.
Die Zimmer sind reizvoll: Balken, antike Schränke, schmiedeeiserne Betten und Terrakottaböden schaffen ein zwar rustikales, aber elegantes Ambiente. Die gleiche Atmosphäre wurde im Salon und im Frühstücksraum geschaffen. Bei den ersten Sonnenstrahlen wird draussen aufgedeckt. Unglaublich ist die Fernsicht, unendlich weit zieht sich der Fleckenteppich aus grünen Wein- und ockerfarbenen Kornfeldern. Giancarlo Amerio kümmert sich mit diskreter Liebenswürdigkeit um seine Gäste. Auch Neulingen vermittelt er das Gefühl, schon seit längerem gern gesehene Freunde des Hauses zu sein. Gerne gibt er sein Insiderwissen über die zahlreichen kulturellen, gastronomischen und landschaftlichen Highlights der Gegend weiter, öffnet auch mal Türen für Degustationen bei regionalen Kultwinzern. Wer sich für die abenteuerliche Geschichte des Weinbergs von Grossvater Carlo «Giaj» Amerio interessiert, den bitten die *nonne* Adele und Valentina zum Cappuccino-Kränzchen. «La Casa in Collina» ist leider kein Geheimtipp mehr. Das piemontesische Kleinod hat sich rasch herumgesprochen – bei Menschen mit Geschmack und beschränkten finanziellen Mitteln. Wer hier wohnen möchte, bucht daher zuerst ein Zimmer und plant dann um diesen Termin herum seinen Piemont-Aufenthalt, denn die

Agriturismo-Herberge ist selbst in der Nebensaison oft ausgebucht.

Die Quittung:
Ambiance: ******
Ausgesprochen gepflegter Agriturismo-Betrieb im piemontesischen Landhausstil.
Lage: ******
In ländlicher Idylle und absoluter Ruhe inmitten der hauseigenen Moscato-Weinberge.
Freizeitangebot für kleine Gäste: *
Viel Auslauf.
Freizeitangebot für grosse Gäste:
Kein spezifisches Angebot im Hotel.
Empfang und Service: ****
Freundlich familiär, jedoch nicht immer abrufbar wie in einem normalen Hotel.
Zimmer: *****
6 grosse, behagliche Zimmer im regionalen Stil, mit modernen Bädern.
Essen und Trinken:
Kein Restaurant im Haus. Das unprätentiös feine Restaurant «La Luna e i Falo» liegt 800 Meter nah. Das Gourmetlokal «San Marco» (1 Michelin-Stern) ist 2 Kilometer, die typisch piemontesische Osteria «C'era una Volta» 3 Kilometer entfernt.

Anfahrt: Autobahn Chiasso–Milano–Alessandria bis Asti, Schnellstrasse Richtung Alba bis Isola d'Asti, dann Landstrasse nach Canelli. Dort 2 Kilometer Richtung Regione S. Antonio.

Cascina Sondrea

I-12050 Sinio

Chiabotto Metrio 1
Tel. +39 0173 26 39 39
Fax +39 0173 26 37 57
www.sondrea.ch
info@sondrea.ch
Ganzjährig geöffnet

Preise
EZ 60–78 €
DZ 70–90 €
Dreierzimmer 90–115 €
inklusive Frühstück

Wohnung mit Terrasse (4 Personen) 830 € pro Woche inklusive Wäsche und Endreinigung (Frühstück 7 € pro Person und Tag)

Die Langhe, das Herzstück des Piemont, sind berühmt für Trüffeln, andere Pilze und Wein (Barolo und Barbera). Inmitten von Weinbergen liegt das dreihundertjährige, sanft renovierte Bauernhaus, das von den Schweizern Sonja und Andi Mächler als Landwirtschaftsbetrieb mit Gästezimmern betrieben wird. Neben guten Weinen und grünem Tourismus wird ein prachtvoller Ausblick, ein behagliches Ambiente und ein freundlicher Empfang geboten – was sich bei Menschen mit Geschmack und beschränkten finanziellen Mitteln herumgesprochen hat. Die «Cascina Sondrea» ist ein empfehlenswerter, erschwinglicher Ausgangspunkt für Entdeckungstouren im Piemont.

Die Quittung:
Ambiance: ****
Ansprechende Atmosphäre eines gepflegten Agriturismo-Betriebs.
Lage: ******
Allein stehend an schöner Panoramalage zwischen den altertümlichen Dörfern Sinio und Montelupo auf 450 Meter über Meer. Rund 15 Autominuten von Alba entfernt.
Freizeitangebot für kleine Gäste: *
Viel Auslauf.
Freizeitangebot für grosse Gäste: *
Freibad.

Empfang und Service: ***
Persönlich und hilfsbereit, jedoch nicht immer abrufbar wie in einem normalen Hotel.
Zimmer: ***
2 einfache, anheimelnde Doppelzimmer, ein Dreibettzimmer. Wohnung (60 m^2) mit 4 Betten und grosser Sonnenterrasse, gedecktem Sitzplatz und Grill (1 Woche für 2 Personen 490 €, für 4 Personen 560 €).
Essen und Trinken:
Kein Restaurant im Haus. Ein Aufenthaltsraum mit Kochnische steht zur Verfügung.

Anfahrt: Autobahn Chiasso–Milano–Alessandria–Asti bis Ausfahrt Asti Est, dann Landstrasse Richtung Alba. Schnellstrasse Richtung Barolo bis Ausfahrt Gallo. Die «Cascina Sondrea» liegt rund 10 Kilometer südlich von Alba, je 2 Kilometer von Sinio und Montelupo enfernt. Ab beiden Dörfern ist das Haus ausgeschildert.

Alla Cascina Baresane

I-12051 Alba

Strada S. Rosalia 32
Tel. +39 335 724 8764
Fax +39 0173 35 065
www.cascinabaresane.it
amabile@cascinabaresane.it
Ganzjährig geöffnet

Preise
EZ 57 €
DZ 62 €
Drei-/Vierbettzimmer 83 €
Frühstück 2,50 €
Kinder im Zusatzbett kostenlos

In dieses zauberhafte Bed & Breakfast in einem grossen Gehöft ist noch nie jemand aus reinem Zufall gestolpert. Um die «Cascina Baresane» zu finden, muss man gut aufpassen – sonst verfährt man sich auf den Strässchen rund um den kleinen Ort Santa Rosalia bei Alba. Doch der Aufwand lohnt sich. Signora Amabile heisst jeden Gast aufs herzlichste willkommen. Die Zimmer sind solide renoviert und behaglich eingerichtet wie bei einem stilbewussten Freund auf dem Land. Das Frühstück schmeckt ausgezeichnet. Und die Preise für einen Aufenthalt sind erstaunlich günstig: Die 62 Euro für ein Doppelzimmer erlauben es selbst Gästen mit rachitischem Budget, in diesem Gehöft des guten Geschmacks zu verweilen.

Die Quittung:
Ambiance: *****
Piemont pur.
Lage: *****
In einer Parkanlage mit wunderschönem Blick in die Weinlandschaft der Langhe.

Freizeitangebot für kleine Gäste: *
Viel Auslauf.
Freizeitangebot für grosse Gäste:
Kein spezifisches Angebot im Hotel.
Empfang und Service: ****
Sehr persönlich und individuell.
Zimmer: ****
7 edel-rustikale Zimmer mit guten Bädern. Einige Möbel aus dem Familienbesitz tragen zum Charme bei.
Essen und Trinken:
Kein Restaurant im Haus.

Anfahrt: Autobahn Chiasso–Milano–Alessandria bis Asti, dann Landstrasse nach Alba. An der Piazza Savona in den Corso Langhe einbiegen. Am nächsten Kreisel rechts in den Corso Enotria. Nach 600 Metern wieder rechts Richtung Santa Rosalia. Nach 2,4 Kilometern rechts in die Strada Baresane, nach weiteren 700 Metern führt ein Holpersträsschen (Wegweiser) zur «Cascina Baresane».

Porta Roca

I-19016 Monterosso al Mare

Via Corone 1
Tel. +39 0187 81 75 02
Fax +39 0187 81 76 92
www.portoroca.it
portoroca@portoroca.it
Anfang April bis Ende Oktober geöffnet

Preise
EZ 135–250 €
DZ 165–280 €
4-Bett-Familienzimmer 385–430 €
inklusive Frühstück

Kinder im Zusatzbett:
Kinderbett 26 €
Erwachsenenbett 75 €

Die berühmten Felsennester der Cinque Terre muss jeder Italienliebhaber einmal gesehen haben: die Dörfer Monterosso al Mare und Vernazza, Corniglia, Manarola und Riomaggiore. Sie kleben an wahnwitzig steilen terrassierten Hängen, an denen sich Reben ranken, die geometrische Muster bilden. Abenteuerlich, diese schmalen, hohen Häuser auf kleinstem Felsvorsprung. Die Magie dieser Dörfer am Abgrund nimmt jeden Besucher gefangen.

Der Merian-Reiseführer schreibt es so: «Hier will nichts besichtigt sein. Kein Palazzo ist abzuhaken, kein Michelangelo oder Leonardo besteht auf Huldigung. In den Cinque Terre darf man faul im Halbschatten lagern. Flanieren. Atmen – ein paar Nasen Oleander, Ginster, Zitrone. Wir sind, so hoffen wir, heimlich aus der Zeit gefallen.» Dennoch sind gute Hotels rar in den Cinque Terre, meist werden nur privat Zimmer vermietet. Das freundliche «Porta Roca» ist die einzige wirklich empfehlenswerte Herberge in den fünf Dörfern: In den 43 Zimmern lässt es sich trotz teilweise wirrem Stilgemisch angenehm wohnen, und der Ausblick von der grossen Hotelterrasse ist mit dem Begriff «malerisch» nur unzulänglich beschrieben. Ausserdem ist die ligurische Küste die nächstgelegene Möglichkeit für die meerlosen Schweizer, Salzluft zu schnuppern.

Die Quittung:

Ambiance: *****
Hoch über dem Meer fühlt man sich herrlich weltentrückt und kann sich vom Wind die wunderbaren mediterranen Düfte zuwehen lassen. Über die wenig geglückte, weitgehend verkitschte Innendekoration braucht man sich da kaum Gedanken zu machen.

Lage: ******
Spektakulär in den Klippen. Toller Ausblick auf die Bucht von Porticciolo und den Strand von Fegina. 200 Meter vom Dorfzentrum entfernt.

Freizeitangebot für kleine Gäste: *
Privater Badestrand.

Freizeitangebot für grosse Gäste: *
Privater Badestrand.

Empfang und Service: *****
Der Empfang ist auf spontane Art sehr sympathisch und trägt bedeutend zu den Annehmlichkeiten dieses Hauses bei, in das man gerne zurückkehrt.

Zimmer: ***
43 sehr unterschiedliche Zimmer, nicht alle mit Meerblick.

Essen und Trinken: ****
Regionalküche mit Schwerpunkt Fisch.

Anfahrt: Autobahn A12 Genova–Livorno bis Ausfahrt Carrodano, dann Richtung Levanto und bis Monterosso (Parcheggio Estivo Fegina). Monterosso ist autofrei, der Wagen bleibt auf dem grossen bewachten Parkplatz, wo Taxis zur Verfügung stehen, die den Gast direkt vor die Hoteltür bringen (5 Minuten).

Villa Il Poggiale

I-50026 San Casciano in Val di Pesa

Via Empolese 69
Tel. +39 055 82 83 11
Fax +39 055 82 94 296
www.villailpoggiale.it
villailpoggiale@villailpoggiale.it
Anfang März bis Ende Januar geöffnet

Preise

DZ 130–195 €
Juniorsuite/Suite 195–230 €
inklusive Frühstück
Kinder im Zusatzbett 40 € (alle Altersstufen)

Ein Haus mit Charakter, das Harmonie, feinen Luxus und legeren Lebensstil in heiterer Gelassenheit ausstrahlt. Hohe Räume prägen das Interieur der historischen Herrschaftsvilla, doch keine dunklen Farben und schweren Möbel, wie in Renaissancegebäuden sonst üblich, bestimmen das Bild. Dafür gibt es bequeme Sessel und einladende Sofas im zentralen freskengeschmückten Salon; kleinere Räume bieten Platz zum Ausruhen oder Lesen. Das Frühstück wird im Speisesaal im Erdgeschoss oder auf der Terrasse serviert. Die Zimmer sind geräumig und sehr geschmackvoll eingerichtet, die Wände mit Naturfarben gestrichen. Zu den Höhepunkten der «Villa Il Poggiale» gehört der Garten. Man liegt an der Sonne, schwelgt in den Düften Italiens, Zypressen, Oleander, Oliven, Rosen und Rosmarin in Sichtweite, geniesst den Blick übers Chianti-Classico-Gebiet, die Hügel, die Farben, man nimmt einen Schluck Wein, man nascht ein Stück Käse und ist dem lieben Gott dankbar, dass es die Toskana gibt.

Die Quittung:

Ambiance: ******
«Anspruchsvolle Gastlichkeit und familiäre Atmosphäre zu vernünftigen Preisen» will die Eigentümerfamilie in ihrem Bed-&-Breakfast-Palazzo anbieten, und das gelingt ihr mustergültig. Alles wirkt so, als sei hier die Zeit schon immer etwas langsamer vergangen – und die Atmosphäre ist so entspannt, dass man sich kaum wie in einem Hotel fühlt.

Lage: *****
In einer schönen Gartenanlage mit Blick ins Chiantigebiet, 16 Kilometer von Florenz entfernt.

Freizeitangebot für kleine Gäste: *
Viel Auslauf.

Freizeitangebot für grosse Gäste: *
Freibad. Kochkurse.

Empfang und Service: *****
Charmant und souverän.

Zimmer: *****
21 geräumige, komfortable Zimmer und Suiten in heiteren Farben.
Essen und Trinken:
Kein Restaurant im Hotel, es ist jedoch jederzeit ein kleiner Imbiss zu haben, und die Gastgeber sind mit Empfehlungen passender Restaurants gerne behilflich.

Anfahrt: Autobahn A1 bis Ausfahrt Certosa, dann rechts Auffahrt zur Superstrada Richtung Siena bis zur ersten Ausfahrt nach San Casciano. Einige Kilometer bergauf, vor der Einfahrt nach San Casciano rechts abbiegen Richtung Empoli-Cerbaia. Nach ca. 3 Kilometer befindet sich links bei einer Gruppe Zypressen die Villa.

Villa Dievole

I-53010 Vagliagli

Tel. +39 0577 32 26 32
Fax +39 0577 32 10 18
www.dievole.it
villa.dievole@dievole.it
Ganzjährig geöffnet

Preise
DZ 100–168 €
2-Zimmer-Suite 160–220 €
3-Zimmer-Suite 240–300 €
inklusive Frühstück

Kinder im Zusatzbett:
0–12 Jahre 20 €
ab 12 Jahre 35 €

Die sanfte Magie der Toskana paart sich hier mit dem diskreten Charme eines privaten Landsitzes inmitten von Chianti-Classico-Weingärten. Früher traf sich hier der Florentiner Adel zur Landpartie, heute verbringen hier geniesserisch veranlagte Familien ihren Urlaub, ohne bei der Abreise finanziell ruiniert zu sein. Bei Belegung einer kompletten Villa mit sechs Personen kostet der Aufenthalt ab 240 Euro pro Person und Woche.

Die Quittung:
Ambiance: ******
Weingut-Idylle ohne Schönheitsfehler. Dies ist die wahre Toskana.
Lage: ******
Grandios in einem gutseigenen Naturpark von 400 Hektaren im Herzen des Chianti Classico. Siena liegt 12 Kilometer südlich, Florenz 56 Kilometer nördlich.
Freizeitangebot für kleine Gäste: *
Viel Auslauf.
Freizeitangebot für grosse Gäste: **
2 Freibäder, Wein- und Olivenöl-Seminare, Konzertabende. Vita-Fitness-Parcours durch die

Weinberge (20 Trimmübungen). Massagen, auf Wunsch in den Weinbergen.

Empfang und Service: *****
Liebenswürdig und zuvorkommend.

Zimmer: *****
26 individuell eingerichtete Zimmer und Suiten mit Küche, verteilt auf vier Villen, alle mit Blick auf Weinberge und Olivenhaine.

Essen und Trinken: ****
Einfach und raffiniert zugleich. Halbpension 25 € pro Person (Kinder bis 5 Jahre kostenlos). Das Restaurant ist sonntags geschlossen.

Anfahrt: Autobahn Florenz–Rom bis Ausfahrt Firenze-Certosa, dann Autostrasse in Richtung Siena bis Ausfahrt Castellina in Chianti. Landstrasse nach Castellina und von dort auf kleinen Strässchen nach Vagliagli.

Castello di Montalto

I-53019 Castelnuovo Berardenga

Montalto
Tel. +39 0577 35 56 75
Fax +39 0577 35 56 82
www.montalto.it
info@montalto.it
Ende März bis Anfang Januar geöffnet

Preise
2-Zimmer-Appartement 520–620 € pro Woche/Appartement
4-Zimmer-Appartement 880–1050 € pro Woche/Appartement
6-Zimmer-Appartement 1300–1560 € pro Woche/Appartement
8-Zimmer-Appartement 2080–2400 € pro Woche/Appartement ohne Frühstück

Kein Hotel im klassischen Sinn, sondern ein schlossartiges Ensemble von «Case per Vacanza», dessen fünf Appartements und fünf selbständige Häuser normalerweise wochenweise vermietet werden (kürzere Aufenthalte nur in der Nebensaison oder «last minute»). Erwachsene und Kinder finden sehr viel Platz auf dem sorgfältig renovierten Anwesen, und da die Gebäude rund um das turmbewehrte «Castello» räumlich auf Abstand liegen, stören Familien ruhesuchende Gäste nicht. Die Eigentümer Diana und Giovanni Coda-Nunziante – sie ist Amerikanerin, er ein italienischer Graf–, die selbst auf dem Schloss leben und aktiv Landwirtschaft betreiben, verlangen von ihren Gästen einen gewissen Respekt dem historischen Gemäuer gegenüber. «Abitare la storia» ist hier kein leeres Wort.

Die Quittung:

Ambiance: ******
Hier wohnt man in einer Postkartenidylle, in enem kleinen befestigten Weiler aus dem Mittelalter, und überblickt die toskanische Traumlandschaft. Nichts stört die himmlische Ruhe. Das hatte schon vor vielen hundert Jahren seinen

Reiz – und daran hat sich nichts geändert.
Lage: ******
Wunderschön auf einem bewaldeten Hügel mit Weitblick auf die Chianti-Region. 23 Kilometer östlich von Siena.
Freizeitangebot für kleine Gäste: *
Viel Auslauf.
Freizeitangebot für grosse Gäste: *
Freibad, Tennisplatz, Bikes.
Empfang und Service: ***
Freundlich, aber nicht immer abrufbar wie in einem normalen Hotel.
Zimmer: ******
5 komfortable Appartements und 5 selbständige Häuser mit 1–4 Schlafzimmern für 2–8 Personen, alle ausgesprochen geschmackvoll eingerichtet und mit Küche, Koch- und Tischgeschirr, Bettwäsche und Handtüchern ausgestattet. Fast alle haben einen eigenen Aufenthaltsbereich im Freien, Kamin und Waschmaschine.
Essen und Trinken:
Kein Restaurant im Hotel. Die Gastgeberin kennt sich jedoch in der Region gut aus und steht den Gästen mit guten Empfehlungen zur Seite.

Anfahrt: Autobahn A1 Florenz–Rom bis Ausfahrt Firenze/Certosa, dann Autostrasse nach Siena.
In Siena nicht in die Stadt hinein, sondern der Beschilderung Arezzo/Perugia folgen. Ausfahrt rechts «Castelnuovo Berardenga» nicht folgen, sondern auf der Hauptstrasse weiter bis zur Ausfahrt «Colonna del Grillo» (rechts) und der Beschilderung nach «Bucine» folgen. Nach ca. 3 Kilometer links Hinweisschild «Montalto». Am Ende dieser Strasse (weitere 3 km) steht das «Castello di Montalto».

Relais Borgo San Felice

I-53019 Castelnuovo Berardenga

San Felice
Tel. +39 0577 39 64
Fax +39 0577 35 90 89
www.borgosanfelice.com
info@borgosanfelice.it
Anfang März bis Ende Dezember geöffnet

Preise
EZ 200 €
DZ 280–320 €
Juniorsuite 490–570 €
inklusive Frühstück

Aus dem Grün der Chianti-Hügel ragt dieses mittelalterliche Dörfchen («Borgo»), das samt Kirche und Kapelle, Gassen und Piazze zu einer einzigartig schönen Hotelanlage umfunktioniert wurde. In unzähligen Terracottakübeln mit Putten und Ranken grünt und blüht es. Das gastronomisch herausragende Restaurant erfreut mit leger-friedvollem Ambiente und Verzicht auf jeglichen steifen Dresscode, die individuell gestalteten Zimmer bieten allen Komfort für verträumte Tage. Etwas schwerer fällt es einem, bei der Abreise die Rechnung zu begleichen, aber wer einmal hier war, weiss, dass das «Relais Borgo San Felice» seinen Preis wert ist.

Locanda dell'Amorosa

I-53048 Sinalunga

Tel. +39 0577 67 72 11
Fax +39 0577 63 20 01
www.amorosa.it
piredda@amorosa.it
Anfang März bis Anfang Januar geöffnet

Preise

EZ und DZ 234–335 €
Suite 375–660 €
inklusive Frühstück

Kinder im Zusatzbett:
Babybett 30 € (in den Suiten gratis)
Zusatzbett 60 € (alle Altersstufen)

Toskanische Nächte in verträumten alten Landhäusern bleiben unvergesslich – fast immer bergen deren Mauern Geheimnisse einer Geschichte, die nicht selten bis ins Mittelalter zurückreicht. Das Erfolgsgeheimnis der Toskana ist ihr Traditionsbewusstsein. Das galt und gilt nicht nur für Küche und Handwerk, sondern auch für die Baukunst: Stets wurde das Vorgefundene liebevoll weiterentwickelt, wie es sich auch in der Architektur der «Locanda dell'Amorosa» ablesen lässt. Die Gebäude aus Ziegeln und Terrakotta haben eine Anziehungskraft, der man sich kaum entziehen kann. Die unterschiedlich grossen Zimmer verbreiten eine gepflegt-rustikale Atmosphäre, teilweise verfügen sie über Extrazimmer für die «bam-

Die Quittung:

Ambiance: ******
Vollständig renovierter mittelalterlicher Weiler mit Weitblick und charmantem Innenleben.

Lage: ******
Hervorragender Logenplatz auf einem Hügel im Chianti-Gebiet, umgeben von Weinbergen und Olivenhainen.

Freizeitangebot für kleine Gäste: *
Viel Auslauf.

Freizeitangebot für grosse Gäste: ***
Hübsches Freibad, Tennisplatz, Fitnessraum, Mountainbikes, Beauty-Center (Wine Therapy), Putting- und Pitching-Greens. Wein- und Olivenöl-Degustationen.

Empfang und Service: *****
Tadellos.

Zimmer: ******
43 wohnlich elegante Zimmer und Juniorsuiten.

Essen und Trinken: *****
Im stimmungsvollen Restaurant mit ebenso stimmungsvoller Sommerterrasse werden toskanische Klassiker serviert, bei denen man leicht ins Schwärmen gerät.

Anfahrt: Autobahn A1 Florenz–Rom bis Ausfahrt Firenze/Certosa, dann Autostrasse nach Siena. In Siena nicht in die Stadt, sondern der Beschilderung Arezzo/Perugia folgen bis Ausfahrt «Castelnuovo Berardenga». Dort weiter auf der Landstrasse Richtung Gaiole bis zur Beschilderung zum Hotel.

bini». Die öffentlichen Räume sind schlicht, doch stilsicher ausgestattet. Ein paar dunkel gealterte Möbel, Spiegel, hier ein freiliegender Holzbalken, dort ein gezielt gesetzter Rundbogen. Im Speiseraum fühlen sich auch Familien mit Kindern wohl, und Signore Citterio sorgt für einen Empfang von aufrichtiger Freundlichkeit.

Die Quittung:

Ambiance: ******
Wer hier wohnt, kann sich ganz dem Hochgefühl hingeben, das die Natur und die Kunst der Toskana zum Klingen bringen.

Lage: *****
Allein stehend auf einem Hügel an der Grenze zwischen Toskana und Umbrien.

Freizeitangebot für kleine Gäste: *
Viel Auslauf.

Freizeitangebot für grosse Gäste: *
Freibad, Massagen, Leihfahrräder.

Empfang und Service: ****
Aufmerksam und hilfsbereit.

Zimmer: ****
25 sehr unterschiedliche Zimmer und Suiten.

Essen und Trinken: *****
Auf den Tisch kommt beste toskanische Regionalküche; die durchwegs frischen Produkte (teilweise aus der eigenen «fattoria») haben einen so intensiven Geschmack, dass man die Sonne am Gaumen zu verspüren meint.

Anfahrt: Autobahn Florenz–Rom bis Ausfahrt Valdichiana, dann den Wegweisern nach Sinalunga folgen (von dort ist das Hotel ausgeschildert). Autobahn Siena–Perugia bis Ausfahrt Sinalunga, dann den Wegweisern «Chiusi» und «Chianciano» folgen. Das Hotel liegt 2 Kilometer von der Autobahnausfahrt entfernt und ist gut ausgeschildert.

Villa Il Tesoro

I-58024 Massa Marittima

Tel. +39 0566 92 971
Fax +39 0566 92 9760
www.villailtesoro.com
welcome@villailtesoro.com
Mitte Februar bis Anfang Januar geöffnet

Preise

Juniorsuite 165–235 €
Suite 175–500 €
inklusive Frühstück und kleine Snacks am Nachmittag

Kinder im Zusatzbett:
0–3 Jahre kostenlos
4–6 Jahre 35 €
ab 7 Jahre 70 €

Schnurgerade Zypressenalleen, jahrhundertealte Olivenbäume, roter Klatschmohn im Grün, Weinberge, Pinienwälder, einsame Bauernhäuser, sanfte Hügel. Kein Berg zu hoch, kein Abhang zu steil, kein Tal zu tief – eine unendliche Weite und Stille. Die Landschaft der Maremma in der südlichen Toskana löst bei Nordländern eine Dauersehnsucht aus und verfügt über ein Hotel, das ihr

entspricht. Die «Villa Il Tesoro» ist der Realität gewordene Traum des aus der Schweiz stammenden Weinproduzenten Roberto Guldener. Eine Handvoll ockerfarbener Landhäuser gruppiert sich zu diesem unprätentiös eleganten Hotelbijou. Die Juniorsuiten und Suiten präsentieren sich in einem neuzeitlichen toskanischen Landhausstil und eignen sich bestens für Familien. Die Umgebung lädt zum Eintauchen in die Natur ein. Wer einmal hier angekommen ist, will gar nie wieder weg.

Die Quittung:

Ambiance: ******
Eine aussergewöhnliche Adresse für alle, die einen Urlaub in allerschönster Natur verbringen möchten.

Lage: ******
Inmitten der sanften Hügel der Maremma, auf einem Landwirtschaftsbetrieb (Wein und Oliven) zwischen dem mittelalterlichen Massa Marittima und dem Meer von Punta Ala.

Freizeitangebot für kleine Gäste: *
Viel Auslauf.

Freizeitangebot für grosse Gäste: **
Freibad, Massagen, Kochkurse, Weindegustationen. Möglichkeit zur Teilnahme an der Weinlese (Anfang September) und der Olivenernte (Mitte Oktober bis Anfang Dezember).

Empfang und Service: ****
Freundlich, mit kleinen Nachlässigkeiten.
Zimmer: *****
20 reizvolle, freundlich helle Juniorsuiten und Suiten.
Essen und Trinken: *****
Hochstehende italienische Küche. Sagenhafte Weine des Mutterhauses Terrabianca und von den besten toskanischen Produzenten.

Anfahrt: Autobahn von Norden bis Livorno. Dann Superstrada E80 («Aurelia») Richtung Grosseto/Rom bis Ausfahrt Follonica Est. Hauptstrasse Richtung Massa Marittima bis Valpiana. Dort von der Hauptstrasse abbiegen und immer geradeaus durch den Ort hindurch, kurz vor Ortsende links abbiegen (Wegweiser «Agricola Fraschiera» und «Agriturismo Tesorino»), Unterführung unter der Hauptstrasse durch und auf Landsträsschen zur «Villa Il Tesoro» (ausgeschildert).

Castel Fragsburg

I-39012 Meran

Via Fragsburg 3
Tel. +39 0473 24 40 71
Fax +39 0473 24 44 93
www.fragsburg.com
info@fragsburg.com
Mitte April bis Anfang November geöffnet

Preise
EZ 145–155 €
DZ 280–300 €
Suite 300–340 €
inklusive Halbpension

Kinder im Zusatzbett:
0–2 Jahre 10 €
3–7 Jahre 50% Ermässigung
8–10 Jahre 40% Ermässigung
11–13 Jahre 25% Ermässigung

Ein romantisches Strässchen von fünf Kilometern Länge führt zunächst durch Rebhänge, dann durch bunten Mischwald zur «Fragsburg». Die paradiesische Lage bietet eine unvergleichliche Aussicht über das Tal von Meran, auf die Dreitausender der Texelgruppe sowie der Ultner und Bozener Berge. Das Haus wurde um 1620 als Jagdschlösschen für adelige Jagdgesellschaften der nahen Burg errichtet. Heute noch bietet es viel Atmosphäre und lädt drinnen wie draussen zum Bleiben ein. Der hauseigene Naturpark weist einen uralten subtropischen Baumbestand auf. Hier kann man sich aktiv mit der Familie betätigen oder mit einem Buch in den Tag hineinträumen, bis die Sonne sich abends heimlich – und zwar genau zwei Stunden später als im Tal – wegstiehlt; die frisch gemähte Wiese duftet, irgendwo bellt ein Hund. Die im alpenländischen Stil eingerichteten Salons und Zimmer sind geräumig und sehr gemütlich. In der lichtdurchfluteten Jugendstilveranda und auf der märchenhaften Panoramaterrasse werden herzhafte Gerichte serviert. Die eigenen Bienen liefern Honig für das währschafte Frühstücksbuffet. Man getraut sich kaum, das «Castel Fragsburg» zu empfehlen, aus lauter Angst, Publizität könnte diesem Kleinod etwas anhaben.

Die Quittung:
Ambiance: ******
Die «Fragsburg» lässt das Herz von Geheimtippjägern höher schlagen. Nichts entspricht hier dem typischen Hotelstandard. Im ganzen Haus sorgen zahlreiche

Meister's Hotel Irma

I-39012 Meran

Schönblickstrasse 17
Tel. +39 0473 2120 00
Fax +39 0473 2313 55
www.hotel-irma.com
info@hotel-irma.it
Mitte März bis Mitte Dezember geöffnet

Preise
EZ 108–162 €
DZ 196–268 €
Suite 232–486 €
inklusive Halbpension

Kinder im Zusatzbett:
0–1 Jahre kostenlos
1–6 Jahre 48 €
6–12 Jahre 58 €
13–16 Jahre 68 €

Ist das «Irma» ein Familienhotel? Jein! Ja, denn es ist alles da, von der Kinderbetreuung bis zum Abenteuerspielplatz. Nein, denn die Gastgeberfamilie Meister will nicht ihr ganzes Haus unter das Diktat des Kindes stellen. Das bedeutet, dass das Ruhe- und Erholungsbedürfnis jener, die ohne Kinder hierher kommen, ebenso hoch geachtet wird wie das Interesse der Familien, die zu Gast sind. Obwohl «Meister's Hotel Irma» zu den Wellness-Flaggschiffen Südtirols gehört, ist es – im Vergleich mit Schweizer Häusern ähnlichen Niveaus – durchaus erschwinglich. Und Kind und Kegel stören nicht, weil die weitläufige

Kleinigkeiten dafür, dass man gerne wiederkommt.
Lage: ******
An fantastischer Aussichtslage auf einem bewaldeten Hügel 750 Meter über Meer in einem kleinen Naturpark über dem Tal von Meran.
Freizeitangebot für kleine Gäste: *
Spielplatz, viel Auslauf.
Freizeitangebot für grosse Gäste: ***
Freibad, Wellness- und Beautybereich mit Saunas, Dampfbad, diverse klassische und fernöstliche Massagen.
Empfang und Service: *****
Ausgesprochen herzlich und hilfsbereit.
Zimmer: *****
8 grosse, unlängst renovierte Zimmer und 12 Suiten von grosser Behaglichkeit.
Essen und Trinken: *****
Eine Mischung aus bodenständiger Tiroler Küche und italienischen Spezialitäten. So weit möglich werden Naturprodukte vom nahe gelegenen Bauernhof verwendet.

Anfahrt: Über Innsbruck und die Brennerautobahn bis zur Ausfahrt Bozen Süd, dann Schnellstrasse Richtung Meran. Ausfahrt Meran Süd, rechts Richtung Meran und nach 1,5 Kilometer rechts nach Schenna abzweigen. Nach weiteren 2,5 Kilometer rechts über eine kleine Brücke und der Via Labers 5 Kilometer folgen. Die «Fragsburg» ist ausgeschildert.

Gartenanlage mehr als genug Platz zum Toben und Entspannen, Lesen und Spielen bietet. Auch kulinarisch kommen Gross und Klein auf ihre Kosten: Erwachsene werden allabendlich mit vorzüglich zubereiteten mediterranen Menüs verwöhnt, für die kleinen Dreikäsehochs rutscht in der Küche dann und wann schon mal ein Gemüse auf den Teller, doch wer es nicht mag, darf es sein lassen und seine individuellen Lieblingsspeisen ordern.

Die Quittung:

Ambiance: ******
Besonders gelungenes Zusammenspiel von traditioneller Südtiroler Wohnkultur, zeitgemäss schlichten Interieurs und heiter unbeschwertem Lebensgefühl. Das Gefühl des Zuhauseseins stellt sich ganz von selbst ein.

Lage: *****
In einer wunderschönen Gartenanlage im sonnigen Meraner Villenviertel mit alten Bäumen, Palmen und zwitschernden Vögeln.

Freizeitangebot für kleine Gäste: ***
Kinderbetreuung während der Schulferienzeiten, Abenteuerspielplatz. Babybetten, Wanderrückentragen, Buggy, Babyphon und Baby-Hochsitze. Babysitting auf Voranmeldung tagsüber und abends (9 € pro Stunde).

Freizeitangebot für grosse Gäste: ******
Sauna- und Badewelt auf 2500 Quadratmetern mit Meerwasser-Erlebnisfreibad (32 Grad), Sole-Sprudelbad (36 Grad), grossem Hallen-Süsswasserbad (28 Grad), Süsswasser-Freibad (25 Grad), zwei Blütenpools, 6 Saunen und Dampfbäder, Erlebnisduschen. Diverse Massagen, täglich Wassergymnastik, Fitnessraum, Schönheitsfarm. Geführte Wanderungen und Ausflüge. Bikes, Tennisplatz, Tischtennis, Bibliothek.

Empfang und Service: ******
Man wird im wahrsten Sinn des Wortes wie ein Freund des Hauses aufgenommen.

Zimmer: *****
75 sehr unterschiedliche, durchwegs freundliche Zimmer und Suiten. Asiatisch schlichtes Dekor in den Wohlfühlsuiten der «Villa Amore».

Essen und Trinken: ****
Italienische Marktküche und verfeinerte Südtiroler Spezialitäten aus einheimischen Produkten. Nachmittags Kuchenbuffets.

Anfahrt: Über die Brennerautobahn bis Ausfahrt Bozen Süd, Schnellstrasse nach Meran bis Ausfahrt Meran Süd, dann kurz vor Meran Abzweigung Obermais/ Passeier (Gelbe Route) und der Beschilderung zum Hotel folgen.

Hohenwart

I-39017 Schenna bei Meran

Tel. +39 0473 944 400
Fax +39 0473 945 996
www.hohenwart.com
info@hohenwart.com
Mitte Dezember bis Anfang Januar und Anfang April bis Mitte November geöffnet

Preise

EZ 63–143 €
DZ 172–286 €
Suite 292–336 €
inklusive Halbpension

Kinder im Zusatzbett:
0–2 Jahre kostenlos
3–7 Jahre 27 €
8–14 Jahre 50% Ermässigung
In der Nebensaison logieren Kinder bis zum 8. Geburtstag gratis bei Unterbringung im Zimmer der Eltern.

Der Slogan «zuhause bei Freunden» ist hier kein hohler Werbespruch, sondern täglich für den Gast erlebbar. Es ist, wie wenn man nach Hause kommt, und alle Teddybären sind schon da. Kinder können auf «Hohenwart» Urlaub von ihren Eltern machen. Die Kinderbetreuung während der Schulferienzeiten ist perfekt und beinhaltet Bauernhofausflüge, gemeinsames Backen, Minigolfturniere, Quiz-Rallys durchs Hotel, Tanzchoreografien, Salsa-Aerobic, Rafting, Indianerfeste, Übernachtung im Heustadl

und vieles mehr. Ein stimmiges Ganzes, nie hundertprozentig perfekt, aber stets sehr sympathisch.

Die Quittung:

Ambiance: *****
Organisch gewachsener Familienbetrieb an bester Aussichtslage. Alles atmet Geborgenheit und natürliche Gastfreundschaft.
Lage: ******
In einer schönen Gartenanlage über dem Dorf, mit weitem Ausblick auf die Hügellandschaft um Meran und die Dreitausender der Texelgruppe.
Freizeitangebot für kleine Gäste: ****
Professionelle und abwechslungsreiche Kinderbetreuung während der Schulferienzeiten (siehe oben), Kinderspielplatz, Spielzimmer, Kletterwand, Jugendraum mit Playstation.

Erika

I-39019 Dorf Tirol bei Meran

Tel. +39 0473 926 111
Fax +39 0473 926 100
www.erika.it
info@erika.it
Anfang April bis Ende November geöffnet

Preise
EZ 116–160 €
DZ 218–338 €
Familiensuite/Suite 320–424 €
inklusive Vollpension

Kinder im Zusatzbett:
0–3 Jahre kostenlos
4–8 Jahre 60% Ermässigung
9–13 Jahre 50% Ermässigung
ab 14 Jahre 30% Ermässigung

Auf dem Sonnendeck des Lebens: eine traumhafte Lage hoch über Meran, dazu ein Wellnessbereich der Superlative und ein Empfang der Extraklasse. Das Motto des Gastgeberpaars Erika und Pepi Nestl lautet: «Glücklich ist, wer glücklich macht.» Das Interieur verfügt durch die warmen Farben und Materialien über einen hohen Gemütlichkeitsfaktor. Die Dekorationen der Hausherrin sind fast schon legendär: So soll kein Ferientag dem anderen gleichen, jeder Tag hat hier seine Farbe – von der Kleidung der Mitarbeiter bis zur Tischwäsche ist alles auf die Tagesfarbe abgestimmt.

Freizeitangebot für grosse Gäste: *****
Hallenbad, Freibad, Saunawelt. Klassische Massagen, Shiatsu, La-Stone-Therapie, Akupressur. Kosmetik, Fitnessraum, Tennisplatz. Täglich reiches Bewegungsprogramm (Stretching, Acquafit, Total-Body-Workout, Rückengymnastik, Power Yoga, Salsa-Aerobic, Pilates, Qi-Gong usw.). Geführte Wanderungen, Mountainbikeverleih und -touren, Nordic Walking, breites Aktivitäten- und Unterhaltungsprogramm, teilweise weitab der gängigen Trampelpfade: Sonnenaufgang auf einem Dreitausender, Rafting auf der Etsch, Weinproben bei den besten Südtiroler Winzern.

Empfang und Service: *****
Trotz ständig ausgebuchtem Haus charmant, bescheiden und liebenswürdig.

Zimmer: ***
Die 82 Zimmer und Suiten verteilen sich auf das Stammhaus und die beiden Dépendancen «Traube» und «Christine». Die Einrichtung der Zimmer sollte man nicht so genau beachten – der Ausblick hingegen ist einzigartig, und die meisten Zimmer verfügen über einen Balkon.

Essen und Trinken: ****
Gut zubereitete Südtiroler Spezialitäten in holzgetäfelten Stuben.

Anfahrt: Über die Brennerautobahn bis Ausfahrt Bozen Süd, Schnellstrasse nach Meran bis Ausfahrt Meran Süd, dann Landstrasse nach Schenna. Das Hotel ist ausgeschildert.

Die Quittung:

Ambiance: ******
Südtirol pur, liebevoll gepflegt und mit einem Hauch Moderne.

Lage: ******
Am Dorfrand, mit grossartigem Panoramablick auf Meran und die Berge.

Freizeitangebot für kleine Gäste: ***
Tägliche Kinder- und Jugendbetreuung mit Spiel, Spass und Sport. Kindertisch.

Freizeitangebot für grosse Gäste: *****
Attraktiver Wellnessbereich mit vier Schwimmbädern in diversen Temperaturen, Saunawelt, klassische und fernöstliche Massagen, La-Stone-Therapie, Entspannungslektionen, Fitnessraum, Schönheitsfarm, Relaxbäder. Aussen-Tennisplatz, Bogenschiessen, Bikes. Geführte Wanderungen und Velotouren, betreuter Actionsport in den umliegenden Bergen und Flüssen, Weindegustationen.

Empfang und Service: ******
Man könnte sich kaum in bessere Obhut begeben.

Zimmer: ****
52 angenehme, sehr unterschiedliche Zimmer und Suiten, alle mit Balkon.

Essen und Trinken: ****
Südtiroler und mediterrane Küche in fröhlich stimmenden Stuben. Mittags Wellnessbuffet mit Salaten und Suppen, nachmittags Kuchenbuffet. Bemerkenswerter Weinkeller mit über 550 Positionen, vorwiegend aus Italien.

Anfahrt: Über die Brennerautobahn bis Ausfahrt Bozen Süd, Schnellstrasse nach Meran bis Ausfahrt Meran Süd, dann Landstrasse Richtung Öztal/Fernpass bis Abzweigung Dorf Tirol. Die Einfahrt zum Hotel liegt an der Hauptstrasse im Dorf.

Urthaler

I-39040 Seiser Alm

Tel. +39 0471 7279 19
Fax +39 0471 7278 20
www.seiseralm.com
urthaler@seiseralm.com
Ganzjährig geöffnet

Preise

EZ 96–156 €
DZ 168–302 €
Suite 242–344 €
inklusive Halbpension

Kinder im Zusatzbett:
0–1 Jahr gratis
1–2 Jahre 75% Ermässigung
3–11 Jahre 50% Ermässigung
ab 12 Jahre 25% Ermässigung

Das im Dezember 2002 eröffnete Haus ist geprägt von ästhetischer Klarheit. Die natürliche Holzbauweise schafft von den Zimmern über die öffentlichen Räume bis in den Wellnessbereich zeitgemässe Behaglichkeit. Der Duft des Holzes entspannt, beruhigt, belebt. «Sensitive Entspannung im neuen Stil» heisst denn auch der Slogan auf der Internetseite. Das Lebensgefühl ist jung und sportlich. Durch die grossen Panoramafenster blickt man auf die Bergwelt der Dolomiten, und die Wanderwege und Skipisten liegen direkt vor der Haustür.

Die Quittung:

Ambiance: ******
Hier findet man eine für Südtiroler Verhältnisse erfrischend schlichte Architektur aus Holz und Glas: Reduktion auf das Wesentliche, jedes Einrichtungsstück sinnvoll gewählt in Hinblick auf das Ganze.

Lage: ******
Allein stehend auf einem weitläufigen Hochplateau auf 1850 Meter über Meer.

Freizeitangebot für kleine Gäste: **
Kinderbetreuung, Skikindergarten, hauseigene Skischule.

Freizeitangebot für grosse Gäste: ****
Wellnessbereich mit Panorama-Hallenbad, finnischer Sauna, Dampfbädern. Diverse Massagen, Kosmetikinstitut, Fitnessraum

(200 m^2), Freibad, betreute Bewegung innen und aussen.

Empfang und Service: *****
Kompetent und motiviert.

Zimmer: *****
Die 51 Zimmer und 3 Suiten präsentieren sich in gelungener Lifestyle-Ästhetik und sind alle mit Naturmöbeln, Holzfussböden und handgeknüpften Wollteppichen ausgestattet.

Essen und Trinken: ****
Internationale und regionale Gerichte im Restaurant Dolasilla, rustikale Genüsse in der urchigen «Urthaler Stube».

Anfahrt: Brennerautobahn bis Ausfahrt Bozen Nord, dann Landstrasse via Seis zur Seiser Alm.

Berghotel Zirmerhof

I-39040 Redagno

Oberradein 59
Tel. +39 0471 88 72 15
Fax +39 0471 88 72 25
www.zirmerhof.com
info@zirmerhof.com
Geöffnet von Mai bis November und über Silvester

Preise
EZ 86–113 €
DZ 154–214 €
Suite 224–240 €
inklusive Halbpension

Ferienhütte «Sommerstall» 80 € pro Tag (max. 4 Personen; jede weitere Person 10 €/Tag; Endreinigung 60 €; mit Halbpension plus 40 € pro Person und Tag)

Kinder im Zusatzbett:
0–2 Jahre 12 €
2–5 Jahre 30 €
5–8 Jahre 40 €
8–12 Jahre 50 €
inklusive Halbpension

Wanderfreunde und alle, die jene frische Luft und jenes Licht suchen, die es nur in den Bergen

gibt, sind hier anzutreffen. Die Ruhe ist auch im «Zirmerhof» spürbar – fern vom Massentourismus hat die Region um den Naturpark Monte Corno ihre ursprüngliche Schönheit bewahrt. Als sich der prächtige Gutshof 1890 den Reisenden öffnete, waren es zuerst Aristokraten und Wissenschaftler aus Wien und Berlin, welche die heilsame Wirkung der alpinen Landschaft und den Charme des Hauses entdeckten. Der Komfort ist in den letzten Jahren immer grösser, die Tradition aber darum nicht kleiner geworden. Einige hundert Jahre bäuerlicher Geschichte stecken in Gebälk und Gewölben, in der Tiroler «Stube», in der Bibliothek und in weiteren stilvollen, getäfelten Räumen mit Kachelöfen oder offenen Kaminen. Die Küche verbindet Naturverbundenheit mit Freude am Geniessen – verlässlichste Lieferanten sind der hauseigene Gemüse- und Kräutergarten sowie das eigene Wein- und Obstgut unten im Tal. Im eigenen Reitstall stehen Haflingerpferde, mit denen man (auf Wunsch geführte) Ausritte vom Stalltor weg unternehmen kann.

Die Quittung:

Ambiance: ******
Natur, Tradition und Gastfreundschaft sind im «Zirmerhof» eng miteinander verbunden. Alles ist echt, nichts ist falsch.

Lage: ******
Hoch über dem Etschtal, auf der Radeiner Sonnenterrasse auf 1566 Meter über Meer.

Freizeitangebot für kleine Gäste: **
Reitstunden, Tischtennis, Volleyball, Spielplatz. Viel Auslauf.

Freizeitangebot für grosse Gäste: ****
Neuer Wellnessbereich mit Hallenbad, Saunawelt, Massagen und Beauty-Anwendungen. Eigene Reitpferde und Fahrräder, Golf-Driving-Range, Billard, Boccia. Geführte Berg- und Gletschertouren, Weinverkostungen und önologische Lehrgänge, Hauskonzerte.

Empfang und Service: *****
Herzlich, individuell, kompetent.

Zimmer: ****
28 einfache, aber ausgesprochen gemütliche Zimmer und 4 Suiten. Am Waldrand, 100 Meter vom «Zirmerhof» entfernt, befindet sich der «Sommerstall», ein kleines Chalet mit urigem Wohnraum, 2 Schlafzimmern (6 Betten), Küche und Bad.

Essen und Trinken: ****
Altösterreichische und italienische Spezialitäten.

Anfahrt: Nach Innsbruck und über die Brennerautobahn via Bozen Richtung Trento bis zur Ausfahrt Neumarkt/Auer. Von dort Richtung Cavalese-Cortina bis Kaltenbrunnen (15 km), am Ortsende links ab nach Redagno (weitere 7 km).

Berghotel Zirm

I-39030 Olang-Geiselsberg

Eggerstrasse 16
Tel. +39 0474 5920 54
Fax +39 0474 5920 51
www.berghotel-zirm.com
info@berghotel-zirm.com
Mitte Juni bis Mitte Oktober und Mitte Dezember bis Mitte April geöffnet

Preise

EZ 74–115 €
DZ 124–256 €
inklusive Vollpension

Kinder im Zusatzbett:
0–4 Jahre 36–52 €
5–9 Jahre 50–73 €
10–14 Jahre 57–83 €
inklusive Vollpension

Die Südtiroler Lebensart – eine natürliche Mischung aus südlicher Lebensfreude und Tiroler Herzlichkeit – ist in diesem unkompliziert-unprätentiösen Familienbetrieb beispielhaft zu erleben. Seit Omas und Opas Zeiten sorgt sich die Familie Schraffl um die «Zirm»-

Gäste, und wenn dem einen oder anderen Besucher die Einrichtung zu wenig raffiniert erscheinen mag, braucht er bloss aus dem Fenster zu blicken: Das Panorama von diesem natürlichen Logenplatz entschädigt für alles.

Die Quittung:

Ambiance: ****
Südtiroler Landgasthof mit einer Aussicht zum Durchatmen.

Lage: ******
Am Waldrand erhöht über dem Dorf auf 1360 Meter über Meer. Herrlicher Rundumblick auf Pustertal und Berge.

Freizeitangebot für kleine Gäste: *
Viel Auslauf. Schlittelmöglichkeiten direkt beim Haus.

Freizeitangebot für grosse Gäste: **
Hallenbad, Sauna, Fitnessraum, Massagen. Skipisten und Wanderwege führen direkt am Haus vorbei.

Empfang und Service: *****
Die Gastgeberfamilie sorgt mit Feingefühl für Geborgenheit und einen reibungslosen Aufenthalt.

Zimmer: ***
30 rustikale Zimmer, viele mit kleinem Balkon.

Essen und Trinken: ***
Südtiroler Küche mit italienischen Einflüssen.

Anfahrt: Brennerautobahn bis Ausfahrt Brixen/Pustertal, dann Landstrasse durchs Pustertal Richtung Toblach/Lienz (ca. 45 km) bis Olang. In Mitterolang den Wegweisern zum Geiselsberg folgen.

Armentarola

I-39030 San Cassiano

Tel. +39 0471 8495 22
Fax +39 0471 8493 89
www.armentarola.com
info@armentarola.com
Mitte Juni bis Mitte Oktober und Anfang Dezember bis Anfang April geöffnet

Preise

EZ 90–205 €
DZ 170–390 €
Suite 220–500 €
inklusive Halbpension

Kinder im Zusatzbett:
0–3 Jahre 16–26 €
3–6 Jahre 26–52 €
6–8 Jahre 42 € bis 50% Ermässigung
8–12 Jahre 20–50% Ermässigung
Ab 12 Jahre 20% Ermässigung

Die aus einem kleinen Gasthof gewachsene Hotelanlage verteilt sich auf mehrere Häuser und liegt in pittoresker Abgeschiedenheit zwei Kilometer ausserhalb von San Cassiano. Hier wird man von unaufdringlichem Luxus umsorgt, hier isst man gut, die Zimmer strahlen in hellem Holz, der hübsche Wellnessbereich belebt Körper und Sinne, und die Familie Wieser heisst auch Kinder herzlichst willkommen – alles zu annehmbaren Preisen. Das sollte reichen für einen angenehmen Familienaufenthalt. Im Winter verbindet ein hoteleigener Skilift das «Armentarola» mit dem Skiparadies Dolomiti-Superski.

Die Quittung:

Ambiance: ******
Liebevoll gepflegtes Hoteldorf. Kein Lärm der Zivilisation stört hier den Naturgenuss.

Lage: ******
Allein stehend in schönster Dolomitenbergwelt auf 1630 Meter über Meer.

Freizeitangebot für kleine Gäste: **

Spielplatz, Reitunterricht. Viel Auslauf.

Freizeitangebot für grosse Gäste: ******

Hallenbad, Saunawelt, Massagen, Kosmetik, Fitnessraum. Reitstall mit hauseigenen Haflingerpferden für Ausritte, Aussen-Tennisplätze. Wandern, Bergsteigen und Klettern unter Anleitung erfahrener Bergführer.

Empfang und Service: *****

Die Hotelcrew agiert auch bei vollem Haus, was oft der Fall ist, wohltemperiert souverän.

Zimmer: *****

50 freundliche Zimmer und Suiten mit Gebirgscharakter.

Essen und Trinken: ****

Italienische Marktküche.

Anfahrt: Brennerautobahn bis Ausfahrt Chiusa, dann Landstrasse via Corvara Richtung Cortina d'Ampezzo bis San Cassiano. Das Hotel liegt im südlichen Ortsteil Armentarola an der Strasse zum Valparolapass.

Frankreich

Neuhauser

F-67130 La Broque/Schirmeck

Les Quelles
Tel. +33 (0)388 97 06 81
Fax +33 (0)388 97 14 29
www.hotel-neuhauser.com
hotelneuhauser@wanadoo.fr
Ganzjährig geöffnet

Preise
EZ und DZ 58–75 €
Chalet/Suite (2–4 Personen)
117–146 €
Frühstück 9,50 €
Kinder im Zusatzbett kostenlos

Ein einfaches, gastfreundliches Landhotel, ideal für ein paar entspannte Tage fern von Touristenhorden und Alltagshektik. Die Zimmer sind angenehm, aber von unterschiedlicher Qualität – diejenigen in den fünf Chalets eignen sich besonders für Familien. Mit etwas Glück kann man Rehe beobachten, wie sie die Obstbäume beschnüffeln, bevor sie in die bewaldeten Hügel der Vogesen zurückkehren. Das Essen schmeckt ausgezeichnet, die Schnäpse stammen aus der hauseigenen Brennerei.

Die Quittung:
Ambiance: ****
Authentische Auberge im Herzen der Vogesen.
Lage: *****
In absoluter Ruhe und Abgeschiedenheit in der pittoresken Wald- und Wiesenlandschaft des Breuschtals südwestlich von Schirmeck.
Freizeitangebot für kleine Gäste: *
Viel Auslauf.
Freizeitangebot für grosse Gäste: *
Hallenbad. Wanderwege à discrétion vor der Haustür.
Empfang und Service: ***
Liebenswürdig unkompliziert.
Zimmer: ***
10 solide, etwas plüschig eingerichtete Zimmer und 5 Chalets.
Essen und Trinken: ****
Gut gemachte Regionalküche aus heimischen Marktprodukten.

Anfahrt: Autobahn Basel–Strasbourg bis Sélestat, dann D424 und N420 in Richtung Schirmeck. In La Broque nach Les Quelles abbiegen.

Auberge Les Alisiers

F-68650 Lapoutroie

Rue Faude 5
Tel. +33 (0)389 47 52 82
Fax +33 (0)389 47 22 38
www.alisiers.com
hotel@alisiers.com
Ganzjährig geöffnet ausser Januar

Preise
EZ und DZ 55–122 €
Frühstück 8,50 €
Kinder im Zusatzbett kostenlos

Im «Canton vert», dem grünen Bergland im Weisstal oberhalb von Kaysersberg, ist es nicht mehr so mild und üppig wie im Elsässer Weinland, aber auch noch nicht so rauh wie in den Hochvogesen.
In tiefgrünen Wiesen stehen wuchtige Kirschbäume, die Lieferanten für den begehrten Kirschbrand. Weiter oben an den Hängen wachsen Mehlbeerbäume, im Herbst

von roten Beeren durchsetzt, aus denen der «Alisier» gebrannt wird. Und dazwischen leuchten blütenweiss oder knallbunt Bauernhäuser mit grossen Torbögen. Schmale, steile Strassen verbinden die Höhen von Lapoutroie. Hart war die Arbeit hier. Viele haben ihre Höfe aufgegeben und zu Ferien- und Gasthäusern umgebaut. Beispiel dafür ist das Hotel-Restaurant «Les Alisiers». Vor dreissig Jahren von Ella und Jacques Degouy erworben und kontinuierlich ausgebaut, ist es heute ein guter Stützpunkt für einen Aufenthalt im Elsass. Das Restaurant mit dem prächtigen Blick auf die Vogesen – bei schönem Wetter wird im Garten serviert – fordert regelrecht dazu auf, mit der bodenständigen Regionalküche Bekanntschaft zu machen. Eine unprätentiös angenehme Adresse für Familien, die reine Luft, absolute Ruhe und Natur pur suchen.

Die Quittung:

Ambiance: ****
Unkomplizierter Landgasthof mit Weitblick in die Vogesen.
Lage: ******
Allein stehend in einer saftig grünen Landschaft auf 700 Meter Höhe.
Freizeitangebot für kleine Gäste: *
Spielplatz. Viel Auslauf.
Freizeitangebot für grosse Gäste:
Kein spezifisches Angebot im Hotel. Wanderwege beginnen vor der Haustür.
Empfang und Service: ***
Zwar fordern manche Serviceabläufe die Geduld des urbanen Gastes, aber die natürliche Freundlichkeit der Mitarbeiter lässt kleine Nachlässigkeiten vergessen.
Zimmer: **
18 einfache, mit hellen Holzmöbeln ausgestattete Zimmer.
Essen und Trinken: ***
Gut zubereitete elsässische Bauernküche, sagenhaftes Sauerkraut. Unbedingt die erstklassigen Käse probieren, die von der befreundeten Familie Pierrevelcin stammen, die etwas weiter unten am Berg nach alten, biologisch-dynamisch ausgerichteten Methoden arbeitet.

Anfahrt: Autobahn Basel–Colmar, dann Landstrasse N415 Richtung St-Dié. In Lapoutroie vor der Kirche links, dann über schmalste Strässchen bis zum Hotel (ausgeschildert).

Le Clos Saint-Vincent

F-68150 Ribeauvillé

Route de Bergheim
Tel. +33 (0)389 73 67 65
Fax +33 (0)389 73 32 20
www.leclossaintvincent.com
saintvincent@chateauxhotels.com
Mitte März bis Mitte November geöffnet

Preise
EZ 93–159 €
DZ 100–195 €
Appartements (2 Personen) 172–225 €
Appartements (3 Personen) 212–260 €
Frühstück 14,50 €
Kinder im Zusatzbett 30 €

Es gibt gewisse Tage im Sommer, an denen es im Elsass keinen berauschenderen Ort gibt als diesen. Das «Clos Saint-Vincent» thront einige Kurven über dem Städtchen Ribeauvillé inmitten der Riesling-Weinberge – das Panorama von Elsass, Schwarzwald und Alpen ist fantastisch. Hier zieht man denn auch vor allem wegen der unvergleichlichen Lage ein. Die Gastgeberfamilie Chapotin macht kaum Konzessionen an irgendwelche Moden und verspürt nicht die geringste Lust, durch trendige Kreativität Aufsehen zu erregen, nicht im innenarchitektonischen Bereich und auch nicht in der Kulinarik. Die zwanzig Gästezimmer wie auch das Restaurant profitieren vom Ausblick und sind auf etwas altmodische Weise durchaus gemütlich. Die Atmosphäre ist unkompliziert, und wer für ein Wochenende im Elsass nicht gerade sein Konto plündern möchte, sondern nur in absoluter Ruhe angenehm übernachten und abends gut zubereitete regionale Köstlichkeiten zu einem akzeptablen Preis auf dem Teller haben will, wird hier glücklich sein. Wie schön, dass ein kluger Kopf das Hinweisschild an der Hauptstrasse unten im Dorf so dezent angebracht hat, dass es kaum wahrgenommen wird. So bleibt der geballte Ausflugsverkehr unten.
So weit unten, dass man ihn hier oben beinahe vergessen hat.

Die Quittung:

Ambiance: ****
Schmuckes elsässisches Landhaus.
Lage: ******
Idyllisch am Hang inmitten der Reben.
Freizeitangebot für kleine Gäste: *
Viel Auslauf.
Freizeitangebot für grosse Gäste: *
Hallenbad.
Empfang und Service: ***
Mal besser, mal schlechter.
Zimmer: ****
19 geräumige Zimmer und 5 Appartements.
Essen und Trinken: ****
Herzhafte Elsässer Gerichte. Schöne Restaurantterrasse.

Anfahrt: Autobahn Basel–Colmar, dann Landstrasse N83 Colmar–Strasbourg und weiter D106 nach Ribeauvillé, von dort auf dem Strässchen Richtung Bergheim.

Villa Louise

F-21420 Aloxe-Corton

Tel. +33 (0)380 26 46 70
Fax +33 (0)380 26 47 16
www.hotel-villa-louise.fr
hotel-villa-louise@wanadoo.fr
Ganzjährig geöffnet

Preise

EZ und DZ 75–190 €
Frühstück 14 €
Kinder im Zusatzbett kostenlos

Edles, um das Glas zu füllen, gibt es im Burgund zuhauf. In besten Lagen lässt es sich aber auch edel übernachten. Eines der charmantesten Hotels an der Côte d'Or ist die «Villa Louise», wo die Winzerin Véronique Perrin zum Bleiben einlädt. Hinter der traditionellen Fassade des ehemaligen Gehöfts aus dem 17. Jahrhundert verbirgt sich ein dezent modernes, mit leichter Hand gestaltetes Interieur. Kein Zimmer gleicht dem anderen, und im behaglichen Salon, wo auch das Frühstück serviert wird, sitzt man in bequemen Clubsesseln vor dem knisternden Rebenholzfeuer. Bei schönem Wetter lockt der verträumte Garten, der direkt in die Rebhänge übergeht. Die Weine, die hier wachsen, kann man in den Kellergewölben der «Villa Louise» degustieren.

Die Quittung:

Ambiance: ******
Der Traum vom Burgunder Landhaus mit Charme, Charakter und zeitgeistigem Lebensgefühl.
Lage: ******
In einer Gartenanlage am Dorfrand, mit direktem Anschluss an die Weinberge. Absolut ruhig.
Freizeitangebot für kleine Gäste:
Kein spezifisches Angebot im Hotel.
Freizeitangebot für grosse Gäste: **
Hallenbad, Sauna, Dampfbad, Fahrräder.
Empfang und Service: *****
Madame Perrin kümmert sich voller Hingabe um ihr Hotel und klärt ihre Gäste über all die Restaurant- und Ausflugsmöglichkeiten auf, die das Burgund bietet.
Zimmer: ****
11 kleine, geschmackvoll modern gestaltete Zimmer.
Essen und Trinken:
Kein Restaurant im Haus. Kleines Angebot kalter Speisen.

Anfahrt: Autobahn Mulhouse–Besançon–Beaune bis Ausfahrt Savigny-lès-Beaune, dann auf der RN74 Richtung Dijon bis Abzweigung Aloxe-Corton. Die «Villa Louise» liegt am oberen Dorfrand neben dem Weinschloss «Château Corton-André».

Le Clos

F-21200 Montagny-lès-Beaune

Rue des Gravières 22
Tel. +33 (0)380 25 97 98
Fax +33 (0)380 25 94 70
www.hotelleclos.com
hotelleclos@wanadoo.fr
Ganzjährig geöffnet

Preise

EZ und DZ 65–105 €
Suite 130–200 €
Frühstück 9 € pro Person
Kinder im Zusatzbett 15 € (alle Altersstufen)

Das wohlproportionierte alte Bauernhaus aus dem 18. Jahrhundert wurde unlängst in ein bemerkenswert geschmackvoll eingerichtetes Hotel umgewandelt. Bei der Restauration ging das Gastgeberpaar Christiane und Alain Oudot mit einfühlsamem Finessenreichtum ans Werk. Es wurden nur natürliche Materialien verwendet, von den Terrakottaböden über die historischen Balken bis zu den eleganten Stoffen. Im hübschen Garten findet man alles, was man zum ungestörten Entspannen benötigt, und wenn es kälter wird, flackert das Cheminée im Eingangssalon.

Die Quittung:

Ambiance: ******
Ein Burgunder Kleinod, wie es nicht viele gibt, erst recht nicht zu diesen verhältnismässig bescheidenen Preisen.

Lage: ****
In einem schmucken Garten im Dorf.

Freizeitangebot für kleine Gäste:
Kein spezifisches Angebot im Hotel.

Freizeitangebot für grosse Gäste:
Kein spezifisches Angebot im Hotel.

Empfang und Service: *****
Ausgesprochen freundlich und aufmerksam.

Zimmer: *****
19 komfortable, zeitlos geschmackvolle Zimmer und 5 Duplex-Suiten.

Essen und Trinken:
Kein Restaurant im Hotel.

Anfahrt: Autobahn Lyon–Dijon bis Ausfahrt Beaune, am Kreisverkehr links nach Montagny.

Gîte La Fontaine

F-71500 Bantanges

Route de la Buclière 440
Tel. und Fax +33 (0)385 74 26 81
www.lafontaine.ch
gite@lafontaine.ch
Anfang April bis Mitte Oktober geöffnet

Preise

EZ 50–64 €
DZ 60–73 €
3-Bett-Zimmer 85–90 €
inklusive Frühstück

Kinder im Zusatzbett 15 € (alle Altersstufen)

«Barbaras Chambres et Tables d'hôtes» heisst es im Prospekt, und wer das aus einem Bauernhof heraus entstandene Gästehaus von Barbara und Peter Aeschlimann einmal kennengelernt hat, empfiehlt es gerne weiter. Die Landschaft des südlichen Burgund tut der Ruhe suchenden Seele gut – romanische Kulturgüter gibt es à discrétion, und auch die berühmten Weinlagen sind nicht weit. Die regionaltypisch restaurierte «Ferme» strahlt eine liebenswürdige Behaglichkeit aus, beim Innenausbau wurde Wert auf natürliche Materialien gelegt. Die angebotene Küche macht Einfaches aussergewöhnlich gut, im Sommer wird draussen im Garten gegessen. Besonders gross sind die sechs Gästezimmer zwar nicht, aber sie sind sehr gepflegt und ausgesprochen preiswert. Auch der liebenswürdige Empfang lässt bald den Entschluss reifen, hierher zurückzukehren.

Die Quittung:

Ambiance: ****
Unkompliziert entspannt. Man fühlt sich wie bei Freunden zu Besuch.

Lage: *****
Ruhig im Grün der Bresse-Landschaft zwischen Tournus und Louhans.

Freizeitangebot für kleine Gäste: *
Kinderspielplatz, Tischtennis.

Freizeitangebot für grosse Gäste: *
Kleines Freibad, Leihfahrräder, Pétanque-Bahn. Reitmöglichkeiten, Golf- und Tennisplätze in der Umgebung.

Empfang und Service: ***
Die Deutschschweizer Barbara und Peter Aeschlimann empfangen ihre Gäste freundlich und warmherzig.

Zimmer: ***
6 einfache, angenehme Zimmer.

Essen und Trinken: ***
Fein zubereitete Marktküche an der abendlichen «Table d'hôtes» (20 € pro Person).

Anfahrt: Autobahn Lyon–Dijon bis Ausfahrt Tournus, dann Landstrasse Richtung Louhans/Lons-le-Saunier bis Bantanges (Wegweiser ab D971).

Moulin d'Hauterive

F-71350 Verdun sur le Doubs

Saint Gervais en Vallière
Tel. +33 (0)385 91 55 56
Fax +33 (0)385 91 89 65
www.moulinhauterive.com
info@moulinhauterive.com
Ende Februar bis Ende November geöffnet

Preise
EZ und DZ 70–125 €
Suite 145–170 €
Frühstück 11 €
Kinder im Zusatzbett 15 €

Die aus dem 12. Jahrhundert stammende Mühle wurde zunächst als Öl-, später als Getreidemühle genutzt und war bis 1962 in Bewegung. Seitdem steht hier nicht nur das Mühlrad still, sondern auch die Zeit. Eingerahmt durch das Gemälde einer sanften Wald- und Wiesenlandschaft zieht der von Efeu überwachsene Landsitz Gäste aus aller Welt an. Das Innere ist auf eine sympathische Art altmodisch – mit Balkendecken, Steinböden und einem Sammelsurium an Accessoires und Möbeln aller Epochen. In der kälteren Jahreszeit diniert man vor knisterndem Kaminfeuer an hübsch dekorierten Tischen, im Sommer auf der blumengeschmückten Terrasse oder auf der versteckten Miniaturinsel auf der Dheune.

Die Quittung:

Ambiance: *****
Das Hotel konnte die Romantik der alten Mühle am Bach erhalten.

Lage: *****
Allein stehend am Flüsschen Dheune, 16 Kilometer südöstlich von Beaune.

Freizeitangebot für kleine Gäste: *
Kinderspielplatz, Tischtennis.

Freizeitangebot für grosse Gäste: **
Freibad, Sauna, Dampfbad, Massagen, Whirlpool, Tennisplatz, Fitnessraum, Bikes, Billard.

Empfang und Service: ***
Freundlich familiär.

Zimmer: ****
10 unterschiedlich eingerichtete Zimmer und 10 Suiten.

Essen und Trinken: ****
Traditionelle Burgunder Küche.

Anfahrt: Autobahn Mulhouse–Besançon–Beaune bis Ausfahrt Beaune Chagny, dann Landstrasse D970 Richtung Verdun-sur-le-Doubs. In St-Loup-de-la-Salle nach Ecuelles abbiegen.

Les Grands Montets

F-74400 Chamonix-Argentière

Chemin des Arbérons 340
Tel. +33 (0)450 54 06 66
Fax +33 (0)450 54 05 42
www.hotel-grands-montets.com
info@hotel-grands-montets.com
Anfang Juli bis Ende August und Mitte Dezember bis Ende April geöffnet

Preise

EZ 110–140 €
DZ 120–250 €
Duplex-Appartement (3 Erwachsene oder 2 Erwachsene und 2 Kinder) 168–290 €
2-Zimmer-Appartement (2 Erwachsene und 2 Kinder) 212–340 €
ohne Frühstück

Weite Glasfronten holen die höchsten Berge Europas ins Innere, und selbst in den dunkelsten Wintermonaten gelangt viel Tageslicht in die gemütlich eingerichteten öffentlichen Räume. Von vielen anderen schmucken Hotels am Fusse des Montblancs unterscheidet sich das «Les Grands Montets» durch die erstaunlich erschwinglichen Preise. Fast könnte man sagen, es sei zu günstig für ein gutes Dreisternhotel in den savoyischen Alpen. Ziel des Gastgeberpaars Stella und Alain Blanc-Paque ist es jedoch, auf ehrliche, gastfreundliche, gemütliche und nicht zuletzt bezahlbare Weise seinen Gästen die Freude an den Bergen zu vermitteln und eine ungekünstelt-persönliche Atmosphäre zu schaffen. Und das gelingt ihnen bestens.

Die Quittung:

Ambiance: *****
Sympathisches Familienhotel mit savoyischem Flair.
Lage: *****
Ruhig am Fuss des Skigebiets, mit schönem Blick auf das Montblancmassiv.
Freizeitangebot für kleine Gäste:
Kein spezifisches Angebot im Hotel.
Freizeitangebot für grosse Gäste: **
Hallenbad, Sauna, Dampfbad, Fitnessraum, Billard.
Empfang und Service: *****
Individuell und hilfsbereit.
Zimmer: ****
48 unterschiedliche, unprätentiös angenehme Zimmer und Familienappartements, die meisten mit Balkon. Die Zimmer blicken entweder zum Montblanc oder auf den Glacier d'Argentière.
Essen und Trinken:
Kein Restaurant im Haus. Hübsche Kamin-Lounge mit Bar.

Anfahrt: Autobahn Genf–Montblanc bis Ausfahrt Chamonix Nord, dann Landstrasse N506 nach Argentière. Dort den Wegweisern zum Parkplatz Les Grands Montets folgen.

Château de Coudrée

F-74140 Sciez-sur-Léman

Bonnatrait
Tel. +33 (0)450 72 62 33
Fax +33 (0)450 72 57 28
www.coudree.com
chcoudree@coudree.com
Ganzjährig geöffnet ausser November

Preise

EZ und DZ 132–300 €
Suite 275–345 €
Frühstück 18 €
Kinder im Zusatzbett kostenlos

Eine gewisse Abgeschiedenheit ist Teil des Geheimnisses des «Château de Coudrée». Aber wo der Adel gebaut hat, kann man sich getrost niederlassen. Ritter und Mönche haben immer gewusst, wo die Welt am schönsten ist. Etwa am französischen Ufer des Lac Léman, auf halber Strecke zwischen Genf und Evian. Schon die Anfahrt ist unvergleichlich. Hinter uralten Platanen ragt klotzig der imposante Schlossturm in den Himmel. Die Tür zum Innenhof öffnet sich, und man betritt in eine verloren geglaubte Welt. Fast erwartet man hier jeden Augenblick einen prächtig gekleideten Reiter, der einem auf seinem Pferd mit klappernden Hufen über das Kopfsteinpflaster entgegentrabt. Liebhaber von schicken Designhotels, puristischer Minimalästhetik und Hightech machen gleich wieder kehrt. Romantische Gemüter kriegen Herzklopfen und wollen für immer bleiben. Die Besitzerin Catherine Réale-Laden ist sichtlich bemüht, das nostalgische Ambiente und die architektonischen Schönheiten aus diversen Jahrhunderten zu bewahren, und alles passt stimmig zusammen. Wohin man blickt, finden sich antike Möbel, feudale Wandteppiche, Kerzenständer, Leuchter und mächtige Kamine. Die Zimmer sind hohe Gemächer mit Amorbildern an den Wänden (besonders schön die Nummern 1 und 6).
In der «Donjon»-Turmsuite – stolze 15 Meter hoch und mit privater Wendeltreppe ins Dachgebälk versehen – läuft einem beim Einschlafen ein wohliger Schauer über den Rücken. Die Mauern stammen aus dem 12. Jahrhundert, das komfortable Bad aus diesem Jahrtausend. In den labyrinthisch verschachtelten Fluren verfolgen einen die Blicke der Ahnen. Natürlich stünde eine Renovation an, dafür kommt im einstigen Sitz der Savoyer Adelsherren das auf, was man Atmosphäre nennt. Kinder sind übrigens ein natürlicher Teil der mehrheitlich französischen Gästeschaft.

Die Quittung:

Ambiance: ******
Stellen Sie sich ein verwunschenes mittelalterliches Bilderbuchschloss vor, und setzen Sie es in einen blühenden Park am Genfersee. Et voilà das «Château de Coudrée».
Lage: ******
In einem Park mit alten Bäumen direkt am Seeufer.
Freizeitangebot für kleine Gäste: *
Kinderspielplatz.
Freizeitangebot für grosse Gäste: **
Freibad, Tennisplätze, Sauna, privater Strand.
Empfang und Service: ****
Ungezwungen familiär.

Zimmer: ****
19 sehr unterschiedliche Zimmer und Suiten.
Essen und Trinken: ****
Gut gemachte französische Klassiker, serviert in stimmigen Räumen oder auf der herrlichen Gartenterrasse.

Anfahrt: Von Genf Landstrasse via Douvaine Richtung Thonon/Evian, ab Bonnatrait ist das Hotel ausgeschildert.

Château de Montcaud

F-30200 Bagnols-sur-Cèze

Tel. +33 (0)466 89 60 60
Fax +33 (0)466 89 45 04
www.relaischateaux.com/montcaud
montcaud@relaischateaux.com
Mitte April bis Mitte Oktober geöffnet

Preise

EZ und DZ 165–360 €
Suite 340–700 €
ohne Frühstück
Kinder im Zusatzbett 20 €

Wie mutig (oder verrückt) muss man sein, um in der nördlichen Provence, vierzig lange Landstrassenkilometer oberhalb von Avignon, mitten in den Garrigues und den Weinbergen der Côtes du Rhône ein heruntergekommenes Landgut, bestehend aus einem provenzalischen Gehöft und einem kleinen Château, zu kaufen und daraus ein Traumhotel machen zu wollen? Rudy Baur, lange Jahre in der Hotellerie tätiger Deutschschweizer, der sich in diesen Landstrich verliebte und beschloss, sein weiteres Leben hier zu verbringen, war verrückt und mutig genug. Über eigenes Vermögen verfügte er kaum, dafür aber über die gute Idee und die Überzeugungskraft, ein paar Investoren als Teilhaber seines Hotels zu gewinnen. Seit Mitte der neunziger Jahre zaubert nun das «Château de Montcaud» ein Lächeln auf Geniessermienen – eine natürliche Harmonie liegt über dem Anwesen. Von den 29 heiter stimmenden Zimmern und Suiten blickt man auf den weitläufigen Park mit jahrhundertealten Bäumen. Feinschmecker geniessen die mediterrane Sonnenküche, Kinder den weiten Auslauf im Park und Eltern die Ruhe, die hier nur durch das Zirpen der Zikaden unterbrochen wird.

Die Quittung:

Ambiance: ******
Hier hat man das Gefühl, sich in einer privaten Residenz aufzuhalten, was das «Château Montcaud» bis vor zwölf Jahren auch war. Sobald man das Eingangstor hinter sich gelassen hat, scheint der touristische Trubel der Provence weit entfernt.
Lage: *****
In einem gepflegten, 5 Hektar grossen Park in der wildromantischen, leicht hügligen Landschaft der nördlichen Provence.

Freizeitangebot für kleine Gäste: **
Kinderbetreuung, Kinderspielplatz.
Freizeitangebot für grosse Gäste: **
Freibad, Tennisplatz, Bouleplatz, Bikes. Musikabende, jeden Sonntag im Sommer Louisiana-Jazz-Lunch.
Empfang und Service: *****
Zuvorkommend und freundlich.
Zimmer: *****
22 Zimmer und 7 Suiten. Die grosszügigeren Zimmer befinden sich im Château, die einfacheren im Empfangs- und Restaurantgebäude.
Essen und Trinken: *****
Fein zubereitete mediterrane Spezialitäten mit frischen Erzeugnissen der Region. An warmen Sommerabenden wird das Diner im idyllischen Patio serviert.

Anfahrt: Autobahn Lyon–Marseille bis Ausfahrt Bollène, von dort Landstrasse nach Pont St-Esprit und Bagnols-sur-Cèze, dann 4 Kilometer auf der Landstrasse D6 Richtung Alès. Das Hotel ist ausgeschildert.

La Bastide de Voulonne

F-84220 Cabrières d'Avignon

Tel. +33 (0)490 76 77 55
Fax +33 (0)490 76 77 56
www.bastide-voulonne.com
sophie@bastide-voulonne.com
Anfang März bis Mitte November geöffnet

Preise
DZ 122–145 €
Familiensuite 152–168 €
Frühstück 11 € pro Person
Kinder im Zusatzbett 23 € (alle Altersstufen)

«Demeure d'hôtes – Auberge de charme» steht im Hotelprospekt. Tatsächlich strahlt die «Bastide de Voulonne» aus dem 18. Jahrhundert liebenswürdige Gastlichkeit und provenzalisches Wohlgefühl aus. Das Interieur wurde stilsicher in den Farben, Stoffen und Materialien des Südens gestaltet – Orange, Gelb und Ziegelrot geben den Ton an, die Böden sind fast durchwegs aus Terracotta, die Möbel aus Rattan oder hellem Holz. An der abendlichen «table d'hôtes» finden sich Gastgeber und Gäste zu leckerem Essen und gemütlichem Beisammensein im Speiseraum mit historischem Holzbackofen oder im Innenhof neben dem plätschern-

(auf Wunsch und vorherige Reservation, ausser Mittwoch und Sonntag, 30 € pro Person).

Anfahrt: Autobahn Lyon–Marseille bis Ausfahrt Avignon Süd, dann Richtung Apt bis Coustellet. Bei der Kreuzung in Coustellet Richtung Gordes/Cabrières. Beim Kreisel Collège du Calavon Richtung Gordes/Les Imberts und nach 1 Kilometer rechts abbiegen. Die «Bastide de Voulonne» befindet sich nach 600 Metern links.

den Brunnen ein. Während der Ferienzeiten sind meist Familien mit Kindern im Haus.

Die Quittung:

Ambiance: ******
Ein Ferienhaus voller Charme und guter Laune. Sophie und Alain Rebourg geben jedem Gast das Gefühl, ein Freund des Hauses zu sein.

Lage: *****
Ruhig in einer 5 Hektar grossen Gartenanlage in der Luberon-Ebene.

Freizeitangebot für kleine Gäste: *
Viel Auslauf.

Freizeitangebot für grosse Gäste: *
Freibad.

Empfang und Service: ****
Freundlich und hilfsbereit.

Zimmer: ****
9 angenehme Zimmer und 2 Suiten.

Essen und Trinken: ****
Feine, vom Süden inspirierte Gerichte aus marktfrischen Produkten an der «Table d'hôtes» um 20 Uhr

Abbaye de Sainte Croix

F-13300 Salon-de-Provence

Route du Val-de-Cuech
Tel. +33 (0)490 56 24 55
Fax +33 (0)490 56 31 12
www.abbaye-de-sainte-croix.com
saintecroix@relaischateaux.com
Anfang April bis Ende Oktober geöffnet

Preise
EZ und DZ 130–335 €
Suite 422–453 €
Frühstück 15–30 €
Kinder im Zusatzbett kostenlos

Wenn Sie die schönsten Ansichtskarten aus der Provence an Ort und Stelle persönlich abholen wollen, dann fahren Sie am besten gleich in die «Abbaye de Sainte Croix» hoch über dem Ort Salon. Die Fernsicht von der Terrasse ist mit dem Wort «traumhaft» nur unzulänglich beschrieben – was schon den Mönchen im 12. Jahrhundert wohl nicht verborgen geblieben war. Siebenhundert Jahre lang waren sie die einzigen, die von ihrer romanischen Abtei den Hundert-Kilometer-Blick über fast die gesamte Provence genossen. Anfang der siebziger Jahre rettete die Familie Bossard die efeuüberwucherte Abtei vor dem Verfall und verwandelte sie in ein Hotel. Mit Steinen gepflasterte Gänge führen durch Bögen zu einem von einer Balkendecke überspannten Speiseraum, zu einem Salon mit Steingewölbe und zu den Gästezimmern, die Namen von Heiligen tragen. Jedes der 25 stilrein restaurierten Zimmer besteht aus mindestens zwei der ursprünglichen Mönchszellen, der Geschichte der Abtei entsprechend ohne übertriebenen Luxus, aber mit sehr viel Charme. Die Ruhe ist kaum messbar; sie ist Offenbarung und Lohn zugleich für den, der sich aus dem touristischen Trubel in die Berge hochgeschraubt hat. Hier möchte man nachts in den Sternenhimmel blicken und nur noch diese Ruhe fühlen. Die perfekte Zuflucht für gestresste Seelen und Familien mit Kindern, die sich selbst beschäftigen können.

Die Quittung:

Ambiance: ******
Das ehemalige Kloster wurde mit viel Fingerspitzengefühl und Geschmack sanft in das heutige Ferienhotel umgewandelt.

Lage: ******
Einsam auf dem Berg über dem Ort Salon-de-Provence mit atemberaubender Aussicht und

himmlischer Ruhe. Die Gärten sind erfüllt von Lavendel- und Rosmarinduft.

Freizeitangebot für kleine Gäste:
Kein spezifisches Angebot im Hotel.

Freizeitangebot für grosse Gäste: *
Freibad.

Empfang und Service: ****
Von südfranzösischer Leichtigkeit.

Zimmer: ****
21 komfortable, liebevoll eingerichtete Zimmer und 4 Suiten in ehemaligen Mönchszellen.

Essen und Trinken: *****
Auf der traumhaften Restaurantterrasse und im Speisesaal vermischt sich provenzalische Ländlichkeit mit kulinarischer Kultiviertheit. Man gerät bei gefüllten Zucchiniblüten, Rotbarben mit Tapenade oder gegrilltem Sisteron-Lamm ins Schwärmen.

Anfahrt: Autobahn Lyon–Marseille bis zur ersten Ausfahrt Salon-de-Provence, in Salon der Beschilderung folgend auf der Landstrasse D16 Richtung Aurons/Vernegues bis zur Hoteleinfahrt.

Mas de Cure Bourse

F-84800 Isle-sur-la-Sorgue

Carrefour de Velorgues
Tel. +33 (0)490 38 16 58
Fax +33 (0)490 38 52 31
www.masdecurebourse.com
masdecurebourse@wanadoo.fr
Ganzjährig geöffnet

Preise

DZ 75–115 €
Frühstück 11 €
Kinder im Zusatzbett 16 €

«Mas» ist das provenzalische Wort für «Maison» (Haus) und im Süden Frankreichs ein recht beliebter Name für Gasthäuser. Ein unspektakulär schönes und erschwingliches Exemplar seiner Gattung ist das «Mas de Cure Bourse». Das Gehöft aus uraltem Stein versteckt sich ein paar Kilometer südöstlich von Isle-sur-la-Sorgue in einem Garten voller Obstbäume. In der ganzen Anlage hört man Tag und Nacht nichts anderes als den Wind in den Bäumen – die nahen Touristenzentren im Land des Lavendels scheinen weit weg. Das Preis-Leistungs-Verhältnis ist bemerkenswert.

Die Quittung:

Ambiance: *****
Die ehemalige Poststation aus dem Jahr 1754 wurde so in ein Hotel umgebaut, dass man sich wie in einem grossen Familienhaus mit einigen Gästezimmern fühlt.

Lage: ****
In einem zwei Hektar grossen Park in der Ebene von Isle-sur-la-Sorgue.

Freizeitangebot für kleine Gäste: *
Spielplatz, viel Auslauf.

Freizeitangebot für grosse Gäste: *
Freibad.

Empfang und Service: ***
Unkompliziert familiär.

Hostellerie La Grangette

F-84740 Velleron

Chemin Cambuisson
Tel. +33 (0)490 20 00 77
Fax +33 (0)490 20 07 06
www.la-grangette-provence.com
hostellerie-la-grangette@club-internet.fr
Anfang Februar bis Mitte November geöffnet

Preise
EZ und DZ 89–208 €
inklusive Frühstück

Das kleine, aus einem Bauernhaus entstandene Dreisternhotel ist von herrlichster Mittelmeervegetation umgeben – hundertjährige Platanen, Olivenbäume, Zypressen, Rosmarin, Lavendel – und erfreut mit hübschem, in den Farben des Südens gestalteten Interieur, warmer Atmosphäre und einem ausgesprochen sympathischen Empfang durch Brigitte und Jean Blanc. Dennoch sind die Preise nicht abgehoben, und die Region der Monts-du-Vaucluse bietet tausend Freizeitattraktionen für die ganze Familie.

Zimmer: ****
13 sympathische Zimmer im lokalen Stil, teilweise mit Balkon oder Terrasse.
Essen und Trinken: ****
Leckere Sonnenküche mit ausschliesslich frischen Produkten vom Markt und Garten.

Anfahrt: Autobahn Valence–Marseille bis Ausfahrt Cavaillon, dann Landstrasse D938 Richtung Carpentras bis Ausfahrt Isle-sur-la-Sorgue, von dort 2 Kilometer südöstlich bis zur Kreuzung Velorgues.

Le Mas du Loriot

F-84220 Gordes-Joucas

Route de Joucas
Tel. +33 (0)490 72 62 62
Fax +33 (0)490 72 62 54
www.masduloriot.com
mas.du.loriot@wanadoo.fr
Anfang März bis Ende November geöffnet

Preise
EZ 47 €
DZ 90–120 €
Frühstück 11 €
Kinder im Zusatzbett kostenlos

Nirgendwo sonst auf dieser Welt, schreibt der «Figaro», gibt es eine vergleichbare Dichte von Intellektuellen und Schwimmbädern wie in der Gegend um Gordes. Seitdem das ockerfarbene Provencedorf als Sommeradresse von französischen Politikern und Kulturstars wie Jack Lang oder Jane Birkin gilt, gibt es im Ort mehr Immobilienmakler als Bäcker. An allen Ecken des Dorfes hängen ihre Angebote wie Postkarten aus, das renovierungsbedürftige Gartenhäuschen immerhin schon für hundertfünfzigtausend Euro. Wir schlagen deshalb vor, auf die eigene Villa in Gordes zu verzichten. Nicht aber auf das weitschweifende Panorama über den Lubéron. Ein Logenplatz lässt sich im «Mas du Loriot» reservieren, einem unprätentiösen kleinen Hotel mit Flair. Wer einmal bei Sonnenuntergang auf der Terrasse

Die Quittung:

Ambiance: ******
Die Patina des alten, von Wein überwucherten Hauses mit den roten Fensterläden wirkt besänftigend, das Ambiente ist von provenzalischer Heiterkeit.
Lage: *****
Allein stehend und ruhig im Grünen.
Freizeitangebot für kleine Gäste: *
Viel Auslauf. In der Umgebung: Kanufahrten auf der Sorgue.
Freizeitangebot für grosse Gäste: **
Grosses Freibad, Massagen und Beautyanwendungen, Tennisplatz.
Empfang und Service: *****
Aufmerksam und liebenswürdig.
Zimmer: *****
16 komfortable, bemerkenswert geschmackvoll dekorierte Zimmer, die meisten mit Balkon oder Terrasse.
Essen und Trinken: ****
Fein zubereitete Provenceküche aus marktfrischen Produkten, immer auch mit vegetarischer Variante.

Anfahrt: Autobahn Valence–Marseille bis Ausfahrt Cavaillon, dann Landstrasse D938 Richtung Carpentras. Der Ort Velleron liegt zwischen Isle-sur-la-Sorgue und Pernes-les-Fontaines, das Hotel ist auf der D938 nach Isle-sur-la-Sorgue ausgeschildert.

zu Abend gegessen hat, ist der Provence verfallen.

Die Quittung:

Ambiance: *****
Das Hotel lebt von der Aussicht, von der man einfach nicht lassen kann. Man kann aber auch einen Blick nach innen wagen: Frische Farben prägen die schlichte, gemütliche Einrichtung.

Lage: ******
Inmitten der duftenden Garrigues, mit einmaligem Blick auf den Lubéron. Das lauteste Geräusch ist der Gesang der Zikaden.

Freizeitangebot für kleine Gäste: *
Viel Auslauf.

Freizeitangebot für grosse Gäste: *
Freibad.

Empfang und Service: ****
Freundlich familiär.

Zimmer: ***
8 kleine, gemütliche Zimmer mit Türen zum Garten.

Essen und Trinken: ***
Montag-, Mittwoch- und Freitagabend bekocht Madame Thillard auf Wunsch die Hausgäste (ein Menü). In der Umgebung gibt es unzählige sympathische Restaurants, welche die Gastgeberin zu empfehlen weiss.

Anfahrt: Autobahn Valence–Marseille bis Ausfahrt Cavaillon, dann Landstrasse D2 Richtung Apt, in Coustellet nach Gordes abbiegen, die Auffahrt nach Gordes links liegen lassen und 4 Kilometer weiter auf der D102 nach Joucas. Dort nochmals 4 Kilometer weiter auf der Strasse nach Murs.

Les Ateliers de l'Image

F-13210 Saint-Rémy-de-Provence

Boulevard Victor Hugo 36
Tel. +33 (0)490 92 51 50
Fax +33 (0)490 92 43 52
www.hotelphoto.com
info@hotelphoto.com
Ganzjährig geöffnet

Preise

EZ 140–295 €
DZ 150–380 €
Suite 300–600 €
inklusive Frühstück
Kinder im Zusatzbett 25 € (alle Altersstufen)

Mitten im quirligen Saint-Rémy und doch wie auf dem Land: Das Hotel liegt in einer grossen priva-

informell, doch mit unverhofften, unverkennbaren architektonischen Qualitäten sowie hochstehenden Service- und Küchenleistungen. Diese Art von Understatement (zu gut Deutsch: mehr sein als scheinen) gehört zum Markenzeichen des Hauses.

Lage: ******

In einer traumhaften privaten Parkanlage im Ortszentrum.

Freizeitangebot für kleine Gäste: *

Weitläufiger, abgeschlossener Hotelpark mit Gartenlabyrinth.

ten Parkanlage im Ortszentrum, und alles sieht hier in Wirklichkeit viel besser aus als im Hotelprospekt – und das ist höchst selten. Auf moderne Ästhetik wurde hoher Wert gelegt, die Symbiose aus Avantgarde und Provence-Flair, aus kühler Ästhetik und Wohlfühlatmosphäre, aus Kunst und Komfort ist hier exemplarisch gelungen. Zahlreiche Jungfamilien aus Paris verbringen hier ihre Sommerferien – Kinder aller Altersstufen beleben die mit zeitgenössischer Fotografie dekorierten öffentlichen Räume. Die Herzlichkeit der Mitarbeiter ist ansteckend: Gute Laune schwebt über der lichtdurchfluteten Hotelanlage.

Die Quittung:

Ambiance: ******

Das «Hôtel les Ateliers de l'Image», einst ein Kino, ist ein modernes Gästehaus mit Zimmern und Fotogalerie, lässig und

Freizeitangebot für grosse Gäste: **
Schönes Freibad im Park, Massagen. Fotokurse. Regelmässig Jazz- und Klassikkonzerte in der schönen Hotelhalle.
Empfang und Service: ******
Rezeptions- und Serviceteam agieren mit solcher Hingabe, Freundlichkeit und Aufmerksamkeit, als hinge der Erfolg des Hauses allein von ihnen ab.
Zimmer: ******
24 raffiniert schlicht gestaltete Zimmer und 8 Suiten (1 Suite mit Hängebrückenverbindung zu einem Baumhaus). Die Zimmer im «Espace Atelier» blicken zur Strasse, diejenigen im «Espace Provence» auf die Alpilles.
Essen und Trinken: *****
Gelungener Mix aus französischer und japanischer Küche. Sushi-Bar. Herrliche, teilweise überdachte Terrasse mit Blick in den Garten und auf die Alpilles.

Anfahrt: Autobahn Valence–Marseille bis Ausfahrt Cavaillon, dann Landstrasse D99 bis Saint-Rémy. Das Hotel liegt an der Strasse, welche die Innenstadt umrundet.

La Maison

F-13550 Paluds de Noves

Montée d'Eyragues
Tel. +33 (0)490 90 25 25
Fax +33 (0)490 90 25 26
www.lamaison-a-bournissac.com
bournissac@wanadoo.fr
Ganzjährig geöffnet ausser Januar

Preise

EZ und DZ 110–230 €
Suite 195–255 €
Frühstück 15 €
Kinder im Zusatzbett 16 €

In Südfrankreich gibt es eine Handvoll Hotels, die das provenzalische Lebensgefühl mit moderner Sensibilität interpretieren und gekonnt zwischen raffiniertem und rustikalem Ambiente balancieren. Das «La Maison» bei Saint-Rémy zählt dazu. Den herrlichen Anblick, wenn das frisch renovierte Gehöft inmitten von sanft geschwungenen Rebhängen und Olivenbaumkulturen auftaucht, vergisst man nicht so schnell. Dann tritt man ein und gerät in fein dosierte Aufregung: Getrocknete Lavendelsträusse, helle Leinenstoffe, trendig aufgemöbelte Antiquitäten, Kunstbücher, originelle Wohnaccessoires und riesige Terrakottatöpfe wetteifern an Schönheit miteinander. Dennoch ist alles sehr belebt, und zahlreiche Jungfamilien unter den Gästen sorgen für eine fröhliche Ambiance. Jedes der dreizehn schlicht-schönen Gästezimmer ist ein Unikat. Wer einmal seine sieben Sachen ausgepackt hat, will gar nie wieder weg. Umso mehr, als auch die Küche besonders lecker schmeckt und stets attraktive Menüoptionen für Kinder bietet.

Die Quittung:

Ambiance: ******
«Une maison de charme, un restaurant, quelques chambres, une piscine, un patio, un jardin ...»,

steht im Hausprospekt. Voilà. Mehr ist offensichtlich nicht nötig, um aus einem alten provenzalischen «Mas» ein kleines Traumhotel für zeitbewusste Geniesser zu machen.

Lage: ******
Auf einem Hügel mit schönem Ausblick auf die Bergkette der Alpilles. Die Hotelanlage geht direkt in den angeschlossenen Landwirtschaftsbetrieb «Domaine de Bournissac» über.

Freizeitangebot für kleine Gäste: *
Spielplatz, viel Auslauf.

Freizeitangebot für grosse Gäste: *
Freibad, Velos.

Empfang und Service: *****
Die Gastgeber sorgen mit unverfälschter Herzlichkeit dafür, dass man mit sich und der Welt zufrieden ist.

Zimmer: *****
9 Zimmer und 4 Suiten (2–4 Personen). Manche der 13 Zimmer sind etwas klein, aber durchwegs geschmackvoll schlicht eingerichtet.

Essen und Trinken: *****
Herzhaft kreative mediterrane Gerichte.

Anfahrt: Autobahn Valence–Marseille bis Ausfahrt Avignon Sud, dann Landstrasse D30 via Noves Richtung Saint-Rémy-de-Provence bis zur Abzweigung nach Eyragues. Dort nach rechts in die Landstrasse D29 einbiegen und 2 Kilometer bis zur Hoteleinfahrt.

La Cabro d'Or

F-13520 Les Baux-de-Provence

Tel. +33 (0)490 54 33 21
Fax +33 (0)490 54 45 98
www.lacabrodor.com
contact@lacabrodor.com
Ganzjährig geöffnet

Preise
EZ und DZ 140–240 €
Suite 290–430 €
Frühstück 17 €

Kinder im Zusatzbett:
Kinderbett 15 €
Erwachsenenbett 23 €

Jede Nacht in einem Hotel, das nicht schön ist, ist eine verlorene Nacht, sagt Jean-André Charial, der zu den einflussreichsten und bekanntesten Gastronomen Frankreichs gehört. Sein Gourmethotel «Oustau de Baumanière», wenige hundert Meter von seinem Zweitbetrieb «La Cabro d'Or» entfernt, ist eine Legende und Treffpunkt der Reichen dieser Welt. Entsprechend sind die Preise. Charial will aber auch Gäste mit schmaleren Portemonnaies nicht vergraulen und hat zu diesem Zweck das «Cabro d'Or» geschaffen – ein provenzalisches Landhaus mit zauberhaftem Garten. Die Zimmer sind von jener schönen Schlichtheit, die nur eines sagen will: Stil ersetzt Luxus. Ausserdem steht das Restaurant demjenigen im berühmten Hauptbetrieb kaum nach, nur dass hier alles etwas unkomplizierter und legerer zugeht. Zahlreiche Familien wissen dies zu schätzen, weshalb es auch nicht ganz einfach ist, während der Schulferienzeiten ein Zimmer zu ergattern.

Die Quittung:

Ambiance: ******
Provenzalischer «Country Chic» mit einer grossen Portion Charme.

Lage: *****
In einer Gartenanlage am Fuss von Les Baux. Absolut ruhig.

Freizeitangebot für kleine Gäste: *
Reitstunden. Viel Auslauf.
Freizeitangebot für grosse Gäste: ***
Freibad, Tennisplatz, Reitstall.
Empfang und Service: *****
Freundlich und zuvorkommend.
Zimmer: *****
23 heiter stimmende Zimmer und 8 Suiten.
Essen und Trinken: ******
Mediterrane Sonnenküche mit frischen Erzeugnissen der Region

Anfahrt: Autobahn Valence–Marseille bis Ausfahrt Avignon Sud, dann Landstrasse über Saint-Rémy-de-Provence nach Les Baux. Dort der Beschilderung zum Hotel folgen.

Hostellerie de Cacharel

F-13460 Saintes-Maries-de-la-Mer

Route de Cacharel
Tel. +33 (0)490 97 95 44
Fax +33 (0)490 97 87 97
www.hotel-cacharel.com
mail@hotel-cacharel.com
Ganzjährig geöffnet

Preise

Zimmer für 1 Person 106 €
Zimmer für 2 Personen 109 €
Zimmer für 3 Personen 119 €
Zimmer für 4 Personen 135 €
Frühstück 10,50 €

Das Landhaus aus dem 17. Jahrhundert hat die Authentizität der Camargue bewahrt und verströmt eine exzellente Einfachkeit. Hinter den weissen Mauern kommt in der Gestaltung der Räumlichkeiten bester Geschmack als Feind jeglicher Uniformität zum Ausdruck. Die Zimmer, die sich auf verschiedene Gebäude verteilen, sind schlicht möbliert und haben dennoch das gewisse Etwas. Im grossen zentralen Raum, der im Sommer schön kühl ist und an Regentagen durch ein Cheminée erwärmt wird, gibt es jederzeit einen kleinen Imbiss. Das Preis-Leistungs-Verhältnis ist top, und Monsieur Colomb de Daunants Empfang ist das Tüpfchen auf dem i dieses von Gastlichkeit geprägten Hauses.

Die Quittung:

Ambiance: *****
Schmuckes Camargue-Landhaus, in dem Gäste wie Freunde aufgenommen und betreut werden.

La Pauline

F-13100 Aix-en-Provence

Ch. de la Fontaine des Tuiles,
Les Pinchinats
Tel. +33 (0)442 17 02 60
Fax +33 (0)442 17 02 61
www.la-pauline.com
pauline@chateauxhotels.com
Anfang März bis Mitte November geöffnet

Preise
EZ und DZ 180–200 €
Suite 380 €
Frühstück 10 €
Kinder im Zusatzbett kostenlos

Dieses rundum sympathische Anwesen aus dem 18. Jahrhundert war einst die Sommerresidenz von Pauline Borghèse, der Schwester von Napoleon. Alles strahlt hier Frieden, Ruhe und Dolcefarniente aus. Bei einem Spaziergang durch den weitläufigen Park trifft man überall auf klassische Statuen und Vasen, alte Brunnen sowie auf ein zweihundertjähriges Bassin, das zum Schwimmbad umfunktioniert wurde. In den Innenräumen vermischen sich die Spuren der Vergangenheit mit dem ganz persönlichen Geschmack der heutigen

Lage: ******
Allein stehend im Naturschutzgebiet der Camargue zwischen Teichen und Weiden mit Pferden.
Freizeitangebot für kleine Gäste: *
Viel Auslauf. Ponys, begleitete Ausritte.
Freizeitangebot für grosse Gäste: **
Freibad, Reitstall, begleitete Ausritte (1 Stunde 21 €, 1 Tag 65 €).
Empfang und Service: *****
Ganz und gar liebenswürdig.
Zimmer: ****
16 angenehme, ganz in Weiss gehaltene Zimmer.
Essen und Trinken:
Kein Restaurant im Hotel, kleine Karte mit regionalen Häppchen. Monsieur Colomb de Daunant kennt zahlreiche empfehlenswerte Restaurants in der Region.

Anfahrt: Autobahn Lyon–Nîmes bis Ausfahrt Arles, dann 25 Kilometer Landstrasse nach Saintes-Maries-de-la-Mer. Dort links Richtung Les Saintes Maries par Cacharel und 4,5 Kilometer bis zum Hotel.

Mas du Langoustier

F-83400 Ile de Porquerolles

Tel. +33 (0)494 58 30 09
Fax +33 (0)494 58 36 02
www.langoustier.com
langoustier@wanadoo.fr
Ende April bis Anfang Oktober geöffnet

Preise

EZ 285–348 €
DZ 350–520 €
Suite 530–620 €
inklusive Halbpension

Kinder im Zusatzbett:
0–3 Jahre 15–90 €
4–8 Jahre 85–105 €
9–13 Jahre 95–115 €
ab 14 Jahre 130–150 €

Gastgeberfamilie. Die fünf reizenden Gästezimmer liegen in einem Nebengebäude, und für jeden Gast ist mehr als genug Platz. Eine Adresse mit ganz besonderem Charme und grosser Privacy: Am verriegelten Eingangstor weit unten im Park ist für Neugierige ohne Zimmerreservation kein Weiterkommen.

Die Quittung:

Ambiance: ******
Hier wohnt man nicht wie im Hotel, sondern wie bei einem Freund mit besonders gutem Geschmack. Kinder sind willkommen und finden mehr als genug Auslauf.
Lage: ******
In einem 8 Hektar grossen Privatpark etwas oberhalb von Aix-en-Provence.
Freizeitangebot für kleine Gäste: *
Viel Auslauf.
Freizeitangebot für grosse Gäste: *
Freibad.
Empfang und Service: ****
Sehr persönlich und individuell.
Zimmer: ******
4 überaus gemütliche Zimmer und eine Suite im mediterranen Look.
Essen und Trinken: ******
Kein Restaurant im Haus.

Anfahrt: Autobahn Valence–Marseille bis Ausfahrt Aix Centre-Ville, dann die «Route des Alpes» Richtung Les Pinchinats.

Gibt es das? Eine idyllische Insel im Mittelmeer ohne Touristenrummel und Non-Stop-Parties? Ohne T-Shirt-Läden und lauernde Souvenirverkäufer? Weit und breit keine Autos? Und keine lärmenden Reisegruppen, die übers Buffet herfallen wie Heuschreckenschwärme? Nur ein Traum? Eine Insel, die noch von natürlicher Ursprünglichkeit ist, fast unberührt und dennoch leicht zu erreichen. Mit Pinienwäldern und Weingärten, Olivenhainen und rosmaringeschwängerter Luft. Mit pittoresken Sandstränden, die man sich allenfalls mit Möwen und Blauamseln teilt, und türkisfarbenem Wasser, wie man es nur aus der Werbung kennt. Das gibt es:

Porquerolles heisst das Eiland, das die Möglichkeit bietet, ein wenig wie Robinson Crusoe zu leben, ohne auf die wahren Vorzüge der menschlichen Zivilisation verzichten zu müssen. Schon während der halbstündigen Überfahrt mit einem der behäbigen Ausflugsschiffe, spätestens aber beim Einlaufen in den Miniaturhafen wird der Entdeckergeist geweckt. Das einzige Dorf besteht aus einem halben Hundert putziger Häuser, darunter ein Dutzend kleiner Hotels, Restaurants und Cafés, die sich um einen quadratischen Dorfplatz gruppieren, auf dem gewöhnlich ein paar der Inselbewohner Boule spielen. Geht man ein paar Schritte, ist man bereits draussen in freier Natur. Erkunden darf man das Paradies nur als Wanderer oder per Fahrrad – Autos sind nur im Diensteinsatz für Einheimische zugelassen. Auf der Langoustier-Halbinsel versteckt sich das gleichnamige Vierstern-hotel, das in keinem Führer auftaucht und die optimalen Voraussetzung für einen Geheimtipp mitbringt. Der Luxus besteht hier nicht in Wellnesseinrichtungen und Glamourwelten (abgesehen von einem schönen Freibad gibt es hier nichts dergleichen), sondern in 101 Möglichkeiten, ein erfrischendes Bad in einer versteckten Bucht zu nehmen, eine lauschige Dämmerstunde unter Palmen zu verbringen oder voller Musse den grün fluoreszierenden Schuppenpanzer einer Smaragdeidechse zu bewundern. Magische Momente, unnachahmliches Naturerlebnis und die Erinnerung an die Schönheit des Einfachen.

Die Quittung:

Ambiance: ******

Unprätentiös sympathisches Luxushotel in spektakulär schöner Natur.

Lage: ******

An der westlichen Inselspitze, leicht erhöht über der «Plage noire» mit Sandstrand. Ums Haus gibt es unzählige ruhige Plätzchen zwischen Oleander- und Euka-

lyptusbäumen – und durch die Bäume leuchtet Le Grand Bleu. Im Gegensatz zur Côte d'Azur sind hier nicht die Leute die Attraktion, sondern immer noch die Natur.

Freizeitangebot für kleine Gäste:
Kein spezifisches Angebot im Hotel.

Freizeitangebot für grosse Gäste: *
Freibad.

Empfang und Service: ****
Freundlich und entspannt.

Zimmer: *****
50 komfortable Zimmer und Suiten.

Essen und Trinken: ******
Die Küche atmet das Klima des Mittelmeers und erfreut mit den Sonnenaromen der Provence.

Anfahrt: Von Avignon über Aix-en-Provence, Toulon, Hyères nach La-Tour-Fondue. Auto auf einem der bewachten Parkplätze abstellen und mit dem Schiff in 20–30 Minuten nach Porquerolles (regelmässige, je nach Monat stark variierende Verbindungen). Es gibt auch individuelle Taxischiffe. Autos sind nur für die Inselbewohner erlaubt. Gäste des «Mas du Langoustier» werden am Hafen abgeholt und die 3,5 Kilometer ans andere Inselende gefahren.

Die Ferienorte von A bis Z

Die Hotels von A bis Z

Die erfolgreichen Führer von Claus Schweitzer im AT Verlag

Traumhotels für wenig Geld
200 preisgünstige Adressen mit Charme und Charakter
Schweiz und Nachbarländer

Von Graubünden bis zum Genfersee, vom Schwarzwald bis in die Lombardei und vom Tirol bis in die Provence die 200 schönsten Hotels mit dem besten Preis-Genuss-Verhältnis – das Standard-Doppelzimmer während der Hochsaison für weniger als 200 Euro oder 300 Franken. Traum- und Luftschlösser sind ebenso dabei wie charmante kleine Landgasthöfe oder originelle Design-Hotels, alle aber mit eigener Persönlichkeit, ehrlicher Gastfreundschaft und Preisen, die mit der gebotenen Leistung übereinstimmen.

Traumhotels für wenig Geld in Deutschland
200 preisgünstige Adressen mit Charme und Charakter

Ganz in der Nähe ganz weit weg sein … Vom Bodensee bis nach Sylt, von der Mosel bis an die Ostsee und von München bis nach Berlin versammelt dieser Führer erstmals eine Auswahl von über 200 Hotels in Deutschland, denen der Spagat zwischen Stil, Charme und fairen Preisen gelingt. In den ausgewählten Häusern kostet das Standard-Doppelzimmer für zwei Personen weniger als 180 Euro. Jedes dieser kleinen oder grossen Traumhotels ist eine Reise wert – zu einem Gegenwert, der ein Lächeln auf Geniessermienen zaubert.

Cityhotels – preiswert mit Stil
180 aussergewöhnliche und preiswerte Hotels
in 30 europäischen Städten

Gute und zugleich erschwingliche Übernachtungsquartiere auf eigene Faust zu finden ist ein Glücksspiel – besonders in den Metropolen. Dieses Buch stellt 180 aussergewöhnliche und dennoch erschwingliche Hotels in Europas beliebtesten Städtereisezielen vor, Häuser, in denen das Standard-Doppelzimmer weniger als 200 Euro kostet. Hotels mit Charme und Charakter für alle, die ihr Portemonnaie schonen und dennoch gerne stilvoll übernachten wollen.

Wellness in Weekendnähe

Die 100 besten Adressen zum Abtauchen, Entspannen und Geniessen
Schweiz und Nachbarländer

Abtauchen, entschleunigen, geniessen.
Dieses Buch präsentiert Ihnen 100 der besten Wellnesshotels der Schweiz und des benachbarten Auslands – sowohl die Flaggschiffe der Wellnesskultur wie auch spezialisierte Relaxoasen. Einige Hotels sind teuer, einige günstiger – alle aber bieten maximales Wohlgefühl in ihrer Klasse.

20 x 20 TopTipps Zürich

Zürich ist vital, trendbewusst und urban. Dieser Führer beweist es. Er führt Sie nicht nur zu den bekannten Zielen, sondern vor allem auch zu den verborgenen Schätzen der Stadt. 400 aktuelle Tipps, die Lust auf Entdeckungen machen und Zürich von immer wieder neuen Seiten zeigen. Eine Fundgrube für unternehmungslustige Geniesserinnen und Geniesser.

20 x 20 TopTipps Tessin

Das Tessin lockt uns immer wieder … Dieses Buch führt Sie nicht nur zu den berühmten Sehenswürdigkeiten, sondern vor allem zu den kleinen, verborgenen Schätzen abseits der ausgetretenen Trampelpfade. 20 x 20 Vorschläge, die unternehmungslustigen Geniessern Türen und Augen öffnen für die Schönheiten des Tessins.

AT Verlag
Stadtturmstrasse 19
CH-5401 Baden
Telefon +41 (0)58 200 44 00
Fax +41 (0)58 200 44 01
E-Mail: at-verlag@azag.ch
Internet: www.at-verlag.ch